KB274538

신외숙18번째 소설

어떤 이별

도서출판 한글

어떤 이별

2018년 4월 30일 1판 1쇄 인쇄
2018년 5월 5일 1판 1쇄 발행

저   자
신 외 숙
발 행 자
심 혁 창
발행처 **도서출판 한글**
서울특별시 서대문구 신촌로 27길 4(북아현동) 371-1
☎ 363-0301 / 362-8635
FAX 362-8635
E-mail : simsazang@hanmail.net
등록 1980. 2. 20 제312-1980-000009

▲ 파본은 교환해 드립니다

정가 14,000원

*

ISBN 97889-7073-543-6-13810

목 차

신 보헤미안

청량리를 출발한 버스가 어느덧 중랑교를 지나 공릉동에 닿았다. 상가가 밀집된 거리를 지나자 개천가를 끼고서 화랑대역이 보였다. 왼쪽이 여자대학 오른쪽이 육사였다. 갑자기 내 소설 속 주인공들이 여기저기서 튀어 나오면서 아는 체를 하는 것 같았다. 이 근처에서 둥지를 틀었던 사람들을 대상으로 쓴 내 소설 속 주인공들이었다.

드라마 같은 현실 속에서 내가 직접 취재해서 소설로 재구성한 것들이었다. 그 중에는 꽤 쓸 만한 소설도 있고 가십거리도 안 되는 허섭쓰레기 같은 것들도 있다. 어쨌든 이곳은 오래 전부터 와 보고 싶은 곳이었다. 그중 중편으로 썼던 줄거리가 생각난다.

척박한 환경에서 성실 하나로 버티던 여자가 공릉동 근처에서 알바를 하며 겪는 복잡한 인생 여정. 그녀는 대학 동기인 남자를 만나 잠시 감정의 소용돌이 속에 휘말리다 어느날 사기라는 걸 깨닫고 방황하고 좌절한다.

흔한 말로 돈에 속고 사랑에 우는…….

그러나 여자는 당황하지 않고 씩씩하게 삶을 개척한다. 당당하고 꿋꿋하게 그리고 마침내 새로운 사랑을 쟁취한다. 또 하나는 유복한 가정에서 자라나 평탄한 삶을 살아가는 여자 이야기다. 주인공은 대학시절 육사 생도와 그룹 미팅을 한다. 모두들 의기투합해 가까운 불암산으로 단체 산행을 간다.

그런데 그날따라 파트너가 몹시도 마음에 들었던 친구는 하이힐 뒤축이 부러지는 바람에 일행에서 제외된다. 집에 왔는데 오빠가 부아를 돋운다.

"너 오늘 미팅 나갔다 퇴짜 맞았지?"

"안 그래도 화가 나 죽겠는데 오빠 너 죽을래?"

"한강에서 뺨 맞고 종로에서 눈 흘긴다더니 왜 나한테 성질이냐? 누가 너더러 퇴짜 맞으래?"

"나 퇴짜 맞은 거 아니거든, 구두 뒤축이 부러졌단 말이야, 산에 올라가다가."

"뭐? 산에는 왜 갔는데?"

"오늘 육사생도랑 미팅 했거든, 불암산 올라가다가 그만."

친구는 그 이야기를 하며 그때 만난 육사 생도가 너무 근사해 마음에 들었다며 두고두고 아쉬워했다. 다음은 불암산 근처를 둘러싸고 벌어지는 보헤미안의 이야기다. 운동권 출신의 남자는 공안사범으로 몰려 혹독한 고문 끝에 정신병을 얻는다.

그는 겉보기엔 자유로운 영혼을 꿈꾸는 보헤미안이지만 기실은 극심한 공황장애와 불안장애를 겪는 환자다.

준수한 외모와 해박한 지식은 강한 카리스마를 풍기지만 여자에겐 고통을 안겨줄 뿐이다. 그러나 여자는 그걸 사랑이라고 착각한다. 낯섦과 방황의 함수관계가 둘 사이에 펼쳐진다. 둘은 불암산 자락에 근거를 마련한 채 사랑에 빠진다. 사랑과 문학을 두고 많은 대화가 오간다. 간간히 찰나적인 기쁨이 두 사람 사이를 오가며 가교 역할을 한다.

그러나 사랑은 운명처럼 오래 가지 못한다. 남자의 정신병이 재발한 것이다. 그는 공안사범으로 잡히기 전 오랫동안 도피생활을 했다. 잠시도 한군데 머물지 못하고 늘 떠나야만 했던…… . 낯선 곳만을 찾아 방황을 거듭하던 그는 그것을 예술적 감각에 의한 보헤미안 기질로 치부한다.

낯섦과 방황은 거듭된다. 이별 후 그들은 근거지인 불암산 자락을 떠나 각기 다른 환경 속에 살아간다. 그러다 어느 날 여주인공은 신문기사에 난 그의 소식을 접한다. 신혼여행 중 정신병이 재발해 벌어진 보헤미안의 실종.

여주인공은 또다시 감정의 소용돌이에 휘말린다. 그리고 숙원인 문학을 향해 도전한다. 그 소설을 쓰고 나서 20년이 흘렀다. 나는 지금 두 보헤미안의 근거지였던 불암산을 향해 가고 있는 중이다. 버스가 담터를 지났다. 그런데 예전에 못 보던 광경이 나타났다. 사통팔달(四通八達) 새로 난 도로를 따라 거대한 아파트 군단이 형성돼 있었다. 불암산을 중심으로 미니슈퍼와 군부대, 수녀원 개울물 작은 동리 그리고 45번 버스 종점이 사라진 채 하나의 평면처럼 변해 있었다.

배 밭 사이로 들어선 고기 음식점들도 보이지 않았다. 불암산은 저만큼 물러난 채 제지공장도 촬영소와 수녀원 뒷길에 난 울창한 숲길도 모두 사라졌다. 신축된 아파트 군락은 아늑하고 조형미도 뛰어났다. 잘려져 나간 불암산 자락이 신도시를 둘러싸고 조경역할을 하고 있었다.

세태보다 더 빠르게 변하는 게 신도시 같다. 버스는 천지개벽한 주변풍광을 담고서 경기도 남양주군 별내면을 지나 퇴계원으로 접어들었다. 신축도로를 따라 달리던 버스는 흰 눈 천지로 변해버린 산야를 그대로 담아냈다. 내 소설 보헤미안의 고장이 뒤로 물러나면서 차창은 새로운 풍경을 나타냈다. 낡고 퇴락한 거리의 읍내 도시였다. 상가는 어두침침한 겨울의 민낯을 그대로 드러냈고 옛 풍광을 그대로 재현했다.

버스는 오밀조밀한 상가를 지나 낯선 곳을 향해 계속 질주했다. 핸드폰 기기를 파는 상가와 의류상가, 음식점들 사이로 인파가 보였다. 낯선 기운이 이질감이 가슴에 전해 오면서 소설 속의 문장이 떠올랐다.

소설 보헤미안 속의 두 주인공 민희와 이현수의 대화였다.

"전 일정하게 고정된 틀이 싫어요. 그러한 틀 속에 내가 갇혀 있다는 느낌이 들 때면 난 무작정 이 도시를 탈출하고 싶어져요, 우선 아쉬운 대로 서울만 벗어나도 해방감이 느껴져요, 낯설다는 건 일종의 자유예요, 어쩌면 방종의 의미로도 해석할 수 있어요. 낯선 곳에서는 혼자 있어도 들킬 염려가 없어 안심이 돼요. 나를 알아 볼 이가 없다는 데서 은밀한 기쁨이 느껴져요. 보세요 이 도시 이 거리들 온통 처음 보는 것뿐이에요. 분위기도 전혀 새롭고요. 난 이제 더욱 안심이 돼요"

"맞아 낯설다는 건 완벽한 자유야, 온갖 수모와 고통으로부터의 탈출구지. 그런 의미에서 우리는 서로 통하는 보헤미안이지."

거리에 어느덧 어둠이 내리고 있었다. 칙칙한 겨울하늘이 음습한 공기와 함께 처음 대하는 낯선 객지에 흐르고 있었다. 버스는 한 떼의 청소년이 내렸다 타고는 계속 목적지를 향해 질주했다. 2차선 도로를 달려 상가와 산야를 끼고서 강줄기를 타고서 낯선 동네도 수없이 지났다. 낡고 퇴락한 촌락을 지났을 때 나도 모르게 말했다.

그래 바로 그거였어.

나는 버스에서 내려 불 켜진 곳을 향해 걸어갔다. 십자가 네온이 켜진 천주교회였다. 동리에서도 한참 떨어진 산기슭에 자리한 수양원 같은 곳이었다. 성모마리아상이 높게 서서 오는 사람들을 미소로 맞이하고 있었다. 저녁 미사가 끝났는지 교인들이 성당 문을 나서는 모습이 보였다.

그때 나는 환시를 보았던 걸까? 성의를 입은 신부가 보헤미안의 남자 주인공과 흡사했기 때문이다. 항상 변화를 꿈꾸며 이상(理想)의 세계에 살고 싶어 하던 이현수. 그는 시인이기도 했지만 집안대대로 카톨릭 신자이기도 했다. 도피시절 시골의 성당에 숨었다가 들키는 바람에 담당신부가 곤욕을 치렀다는 이야기가 생각났다. 그렇다면 여기가 바로 그곳?

기억 속에서 상상이 출몰을 거듭했다. 세월의 간극을 두고 사실인지 내가 꾸며낸 소설의 한 대목인지 영 헷갈렸다. 어둠과 달빛이 내 소설적 상상력을 부추기고 있었다. 그럴수록 나는 놀란 토끼눈이 되어 신부를 뚫어지게 쳐다봤다. 신부는 의아한 눈빛으로 나를 한참 바라보더니 사제관 쪽으로 걸어갔다.

사십 후반쯤 됐을까. 신부 치고 체격과 외모가 준수했다. 하긴 내 소설 속 인물 이현수가 살았다면 아마도 저와 비슷했으리라. 내가 또 소설을 쓴 것일까.

나는 가끔 소설과 현실을 착각할 때가 많다. 현실감각이 둔해지고 상상력과 영감이 물줄기처럼 차오를 때다. 그때는 내 주변이 온통 소설 소재감이 되면서 시나리오 무대가 된다. 닥친 현실 문제를 놓고 엉뚱하게 상상력을 갖다 붙이다 낭패를 보기도 한다. 주변사람들을 시나리오의 등장인물로 착각하며 대사를 쓴 적도 수없이 많이 있다.

상상력도 지나치면 해악이 된다는 사실을 미리 깨달았어야 했다. 사제관으로 걸어가는 신부의 뒷모습을 보며 나는 또다시 소설 문장을 떠올렸다. 그때 남자 주인공 이현수는 분명 꿈으로 신혼여행을 떠났고 첫날 밤 정신병이 재발해 실종되었다. 여주인공 민희는 직장에 근무하던 중 그 소식을 접했다.

그 소설을 쓴 지가 20년이 지났으니 그들의 나이도 중년으로 접어들었으리라. 나는 손가락으로 20이란 숫자를 허공에 그리고는 성당 내부를 구경하기 시작했다. 시골 성당이라 그런지 규모는 작아도 아늑한 분위기가 느껴졌다. 걸음을 옮기는데 발밑이 미끌했다. 쌓인 눈이 녹지 않아 빙판을 이루고 있었다.

성당 문을 나서는데 사방이 온통 눈 천지였다. 올라갈 땐 잘 몰랐는데 언제 이렇게 눈이 쌓였던 걸까. 그러고 보니 발길이 계속 미끄럼을 타고 있었다. 두 팔이 허공에서 몇 번인가 춤을 추는가 싶더니 어느 샌가 버스정류장 근처로 가고 있었다. 문득 배가 고팠다. 시간을 보니 저녁 7시가 지났다.

주변에 음식점이 보였다. 비닐포장이 쳐진 간이음식점이었다. 음식점이라기보다 포장마차에 가까웠다. 청소년들이 입을 호호 불며 어묵 꼬치를 먹고 있었다. 맞은편에 청기와라는 상호 아래

한식전문점이 보였다. 시골 음식점 치고 규모가 꽤 커 보였다. 윈
도우 안에는 불판이 놓인 탁자가 여럿 있었다.

  말이 한식이지 고기전문점이었다. 문을 열고 들어서니 앞치마
를 두른 중년여자가 주방 쪽에서 나왔다. 내게는 눈길도 돌리지
않더니 한쪽 테이블에서 식사 중인 커플에게 다가가 더 필요한
게 없냐고 묻는 눈치였다. 그들이 없다고 하자 비로소 내게로 발
길을 돌리며 물었다.

  "뭘로 해드릴까요?"

  그때 내 가슴 속에서 활활 타오르는 불길이 있었다. 분노. 그리
움. 낯섦. 방황의 거센 불길이 목을 태울 듯이 달려들었다.

  나는 턱 끝으로 메뉴판을 가리키며 말했다.

  "냉면 되요?"

  "네? 이 추운 겨울에 무슨 냉면?"

  여자가 주문을 받으러 왔다가 무슨 황당한 일을 당한 것처럼
되물었다.

  "겨울이라서 대신 칼국수는 어떨까요?"

  여자의 입가에 비웃음이 감돌았다. 표정도 여간 얄미운 게 아
니었다. 이 엄동설한에 냉면을 시키다니 어떻게 된 거 아닌가 여
자의 눈빛이 말하고 있었다. 기분 나빠 그냥 나오려는데 커플들
이 하는 이야기가 귓가에 들려왔다.

  "그러니까 오빠는 여기까지 온 이유가 겨우 옛 여자를 찾겠다
그거였어?"

  "누가 그렇대, 그냥 소식이나 알 수 있을까 해서지."

  "알아서 뭘 할 건데? 오빠 지금 소설 써?"

"너 어떻게 알았냐? 내 본업이 소설이란 걸."

"지금 농담이 나와? 제 정신이야?"

"너 좀 심한 거 아냐? 옛 소식을 물었기로 이게 막 사람을 무슨 또라이 취급하고 있어."

"아니 이제 와서 이십 년 전 소식을 물으니까 그렇지, 그렇게 궁금하면 직접 찾아가 보시던가."

"그럴 것 같으면 내가 왜 너한테 말하겠냐. 지금 거기는 신도시로 변했잖아."

"그럼 거기가 불암산 동네구나."

"응 그래."

그들의 대화를 듣고 보니 둘은 커플이 아닌 남매거나 절친 사이 같았다. 그런데 들을수록 내용에 호기심이 당겼다. 20년 전이란 숫자도 그렇고 소설가라는 말도 그랬다. 두 남녀는 술잔을 주거니 받거니 하다가 내 쪽을 바라보고는 고개를 갸웃했다. 그때서야 나는 두 남녀의 얼굴을 확인할 수 있었다.

말투로 보아서는 30대 초반 같았는데 얼굴을 보니 40대를 훨씬 상회했다. 나는 주방에 가 직접 음식을 주문했다.

"삼겹살 정식 주세요."

음식이 나오려면 시간이 좀 걸릴 것이다. 남녀의 대화를 좀 더 들을 필요가 있었다. 어쩌면 오늘 내가 길을 떠난 목적을 이룰 수 있을 것 같았다. 이야기를 자세히 들어보니 남녀는 오래된 지인 관계였다. 튀어나오는 말마다 20년 전과 오늘이었다. 그런데 이상한 점이 발견되었다. 여자가 하는 말은 현실적이고 진지한데 비해 남자가 하는 말은 허무맹랑하고 농담조가 많았다. 그에겐 도무지 현실감각이 없어 보였다. 이윽고 주문한 음식이 나왔다. 나는 고기 한 점을 집어 입어 넣고는 여전히 그들의 말에 귀를 기울였다. 이제 두 남녀는 취해 혀 꼬부라진 소릴 하고 있었다.

“그러니까, 오빠, 니는 제 정신이 아니라니까. 왜 또 정신병이 도진 거가?”

여자는 술잔을 흔들더니 남자의 머리를 쥐어박았다. 그 말에 남자가 자리에서 벌떡 일어나며 말했다.

“너 그 소리 한번만 더하면 니 죽고 나 죽는다.”

“그래, 죽여라. 죽여 어디 한번 그래 봐라.”

여자도 지지 않고 대들었다. 남자가 주먹을 들었는가 싶었는데 이내 풀이 죽었다.

“오빠, 니는 내 맘을 그렇게 모리나? 와, 와 그러는 건데.”

여자의 말투가 사투리로 변하면서 사정조로 나왔다. 아! 그러고 보니 둘 사이는 남매는 아니고 그렇다고 썸을 타고 것도 아닌 묘한 사이였다. 여자가 일방적으로 남자에게 대시하는 것인지도 모른다. 여자는 왜 정신상태도 불안한 남자를 좋아하는 걸까. 잃어버린 옛 사랑이나 추억하는 남자에게.

밥그릇이 거의 비워질 무렵 나는 자리에서 일어났다. 계산을 하는데 두 남녀가 내 등 뒤에 서 있었다. 여자가 남자의 어깨에 기댄 채 지갑에서 돈을 꺼내고 있었다. 저런 한심한… 나는 속으로 욕했다. 저런 등신. 어디 남자가 없어서.

버스 정류장 앞에 섰다. 거리도 도로도 한산했다. 시골 버스는 자주 오지 않는다. 눈이 녹지 않은 거리는 빙판이 져 미끄러웠다. 두 남녀는 서로 부둥켜안은 채 저만큼 가고 있었다. 그들 뒤에서 소설의 실마리가 보이다 사라졌다. 찬바람이 목과 귓속으로 마구 들어왔다. 버스정류장에 사람들이 하나 둘 모여들기 시작했다. 벌써 불 꺼진 상가도 몇 보였다.

서울까지 가는 버스노선은 많았다. 광역버스가 아닌 시내버스였다. 장거리 운행 치곤 노선도 경비도 괜찮았다. 어둔 하늘에 눈발이 날리기 시작했다. 사람들은 종종걸음을 치며 연신 사거리 쪽을 바라봤다. 아무래도 버스가 연착될 모양이었다. 핸드폰 전원을 켜 보니 8시였다. 문자메시지가 와 있었다. 모 문예지에서 보낸 원고청탁이었다.

등단 초기에는 우편으로 원고청탁이 오더니 다음엔 이메일과 쪽지를 통해서 왔다. 그러더니 언젠가부터 핸드폰 문자메시지로 오기 시작했다. 참 편리한 세상이다. 답 문자를 보낼까 말까 망설이는 사이 버스가 도착했다. 사람들이 우르르 몰려가 승차했다. 뒷자리에 앉아 창밖을 보니 눈은 함박눈으로 변해 있었다.

온 세상을 눈으로 덮으려는지 천지가 하얗게 변해가고 있었다. 낭만과 행복이란 단어가 공중에 붕붕 떠다니는 것 같았다. 이보다 더 아름답고 행복한 정경은 없으리라. 사람들은 모두 행복한 눈빛으로 쏟아지는 눈을 감상했다. 영화의 한 장면을 바라보듯. 이런 날은 소설보다는 시나리오가 더 제격이다. 훨씬 더 잘 떠오를 테니까.

그림 같은 풍경들이 차창 밖으로 휙휙 지나갔다. 어둔 들녘을 걸으며 데이트 하는 젊은 연인들이 포옹하는 장면도 눈에 띄었다. 길가에 차를 세워 놓고 핸드폰으로 통화하는 장면도 여러번 지나갔다. 산야는 점점 눈발에 쌓여가고 있었다. 길가의 가로수도 상가도 인가도 점점 눈 속에 침식돼 갔다.

정말이지 아름다운 시골밤 풍경이었다. 사람들은 버스에 설치된 영상화면을 보거나 잠에 떨어져 있었다. 봇짐을 안은 시골 노인들도 흔들리는 버스에 몸에 맡긴 채 곤히 잠들어 있었다. 이제 버스는 별내면 경계선을 넘고 있었다. 지하 굴다리를 나온 버스가 좁다란 이면도로로 접어들었다. 이제껏 조용했는데 뒷자리에서 통화를 하는지 말소리가 들려왔다.

"민희, 나 현수야 혹시 나 기억할 수 있겠어?"

남자의 목소리는 아주 절실했고 뭔가 잔뜩 기대감을 갖고 있었다. 못 알아들었는지 저쪽에선 반응이 없는 것 같았다. 잔뜩 귀를 기울이고 있다가 나는 화들짝 놀랐다. 민희? 현수? 가슴 속에서 쿵! 하고 거대한 울림이 들려왔다. 내 소설 보헤미안에 나오는 두 주인공 이름이 아니던가.

고개를 돌려 남자의 얼굴을 확인하고 싶었지만 차마 그럴 수 없었다. 목이 경직된 채 움직이지 않았다. 혹시 아니면 어쩌나 하는 두려움 때문인지도 몰랐다. 그보다도 그가 나를 알아보게 될까봐 두려움으로 가슴이 타들어가는 것 같았다. 나는 벗었던 모자를 깊게 눌러 썼다. 청각은 여전히 통화 내용에 가 닿았다.

"대답 안 해도 돼. 벌써 이십 년이란 세월이 흘렀으니까 기억 못한다 해도 할 말이 없어, 그동안 민희를 찾기 위해 여러 번 불암동을 갔었어, 이미 떠나고 없더군, 사실 몇 년 전만 해도 혹시나 하고 찾아가 보았는데 역시나………."

남자의 목소리가 울먹거리는가 싶더니 짧은 신음이 들렸다.

"난 당신과 헤어진 뒤 주로 바닷가 지역을 떠돌며 살았지. 불안한 마음을 달래기 위해서 어쩔 수가 없었어. 쫓기는 심정으로 늘 새로운 곳을 찾아다녔지. 어딘가엔 내 안식처가 있을 것 같았어. 내가 안심하고 숨을만한 곳, 피난처 요새 같은 곳 말야. 끊임없이 방황하면서 문학에 심취하고 여러 직업도 전전했지. 그러던 어느 날 남쪽 바닷가에서 필이 꽂히는 한 여자를 만났지, 직감했어. 운명이구나."

순간 속에서 천불이 나는 것 같았다.

저런 망할 X X X……

욕설이 생각나면서 분노가 머리를 태울 듯이 달려들었다. 신문 기사에 읽었던 그녀에 대한 기사가 눈앞에 쫙 펼쳐져 보이는 것 같았다.

"그 여자가 가진 부와 힘이 그동안 힘들었던 나를 편안하게 해 줄 거라 믿었지, 새로운 환경이 나를 다른 모습으로 변화시켜 주지 않을까 기대감도 있었어. 내게도 변화라는 센서 기능이 작동해 주지 않을까, 그래서 결혼을 강행했던 거야. 그런데 그게 그게 사단이 날 줄 누가 알았겠어. 사실 말이지 그 여자는 내게 평안을 준 적이 한번도 없었어, 그런데 왜 나는 그런 그릇된 판단을 했던 걸까."

그러면 그렇지.

"난 한동안 용인에 있는 정신과 병동 신세도 졌고 그리고 잠적 또 잠적 죽을까도 여러 번 고심했지, 그렇게 어둠속을 헤매다 어느 날 한 빛줄기를 발견했지."

나는 순간 심호흡을 멈추었다. 빛줄기라니? 지금 소설을 쓰려는 것인가.

"내 맘에 평안과 만족을 주시는 분, 그분을 만난 거야. 지존하신 그분은 내게 가장 안전한 피난처와 산성이 되어주셨고 유일한 안식처가 되셨지. 그분을 만나고 난 치유를 경험했지. 그 후론 다시 용인에 가지 않았어, 진정한 자유를 찾았거든."

자유? 나는 조금 전에 갔던 천주교회 십자가 불빛을 생각했고 신부의 얼굴을 떠올렸다.

"민희, 나는 지금 우리가 함께 기거했던 그곳으로 가고 있는 중이야. 그런데 불암산 말고는 다 변해 버렸더군. 불암산도 반이나 잘려나가고 신도시가 들어섰어, 우리가 즐겨 걷던 수녀원 뒷길의 울창한 숲길도 개천가 따라 걷던 산책로도 제지공장도 군부대도 다 사라졌더군, 이런 천지개벽도 또 없지 싶어, 촬영소 주변의 미니 슈퍼도 중국음식점도 우리가 가끔 가서 기도하던 교회도 다 없어졌어, 내가 얼마나 그리워하던 곳인데. 이곳이야말로 우리의 꿈과 사랑이 있던 유일한 장소인데, 민희 내 말 듣고 있지, 전화 끊지 마, 이거 음성녹음으로 말하는 거야. 날보고 뻔뻔하다 말해도 어쩔 수 없어. 난 살면서 당신을 잊은 적이 한 번도 없었어, 잘못된 선택으로 결혼예식을 치렀던 그 순간마저도. 나 참 뻔뻔하지."

그래 너 첨 뻔뻔하고 가증스럽다. 너 혹시 다중인격자 아니냐? 하마터면 욕설이 튀어나올 뻔했다. 또다시 소설 속 문장이 떠올랐다.

"민희 이제 나를 떠나도 좋다."

그렇게 나를 밀어놓고 새 여자를 만나 안정을 꿈꾸다니, 이런 적반하장도 숨이 막히는 것 같았다.

"지난 세월 동안 난 끊임없이 내재된 불안과 싸웠지, 매번 그 전쟁에서 넘어졌는데 이젠 달라, 이길 수 있는 힘이 생긴 거야. 내 안에 힘과 능력을 공급해 주시는 그분이 내게 창조의 힘과 함께 참된 만족과 기쁨도 주셨지. 나는 그분 한분만으로 만족하기에 더 이상 새것을 찾아 방황하지 않아, 그리고 죽음에 대해서도 담대할 수 있어. 내세에 대한 확신이 생겼거든."

아! 그 순간 나는 뒤통수를 세게 얻어맞는 기분이었다. 전혀 상상하지 못한 의외의 결과였다.

"사람들은 상황이 좋을 때는 서로 잘 지내다가도 사업이 부도가 나거나 실직을 하는 등, 어려운 일이 닥치면 등 돌리고 외면하기 일쑤지. 내 친구들 중 사업하는 중견실업가가 있었는데 어느 날 IMF라는 태풍을 만난 거야. 친구 일가친척은 물론 가족들도 싹 외면하고 돌아서더래, 핸드폰까지 수신거부로 해놓고, 친구는 충격으로 자살기도까지 했었지. 그때 나는 친구를 내가 하는 출판사로 끌어들여 영업사원으로 채용했지. 친구 빚 문제는 파산선고로 해결했고. 사람들은 필요하면 이용하고 망하면 외면하고 멸시해, 그러나 사람은 우리를 외면해도 끝끝내 나를 도와주시는 분은 오직 전능 주뿐이야."

나는 그즈음 숨을 내리쉬었다. 아! 저 사람이 또 소설을 쓰는구나. 역시나 직업은 못 속이는구나. 버스 안 승객들은 모두 스마트폰에 빠져 있거나 잠들어 있었다. 그런데 이상했다. 조금 전에 분명히 별내면에 들어섰는데 아직도 불암산이 보이지 않았다. 그 주변만 맴돌 뿐이었다. 여전히 눈은 폭풍 같은 기세로 내리고 있고 산야는 하얗게 색칠을 당하고 있었다.

남자는 여전히 핸드폰에 대고 음성녹음 중이었다. 내가 듣던지 말든지, 심지어 내가 소설 속 여주인공이 되어 자신을 비난하고 있는 줄도 모른 채. 생각 같아선 남자의 얼굴을 똑바로 보고 심한 대거리라도 해주고 싶은 심정이었다. 너 때문에 민희가 얼마나 많은 마음 고생을 했는지 아느냐고.

그런데 이제 와서 그리움이라니, 이십 년이란 세월이 너한텐 장난이었냐고.

"내가 용인병동 속에 갇혀 있을 때였지, 그날따라 어둠 깊숙이 침몰돼 있는데 내 귓가에 음악이 들려왔어 누군가 내 마음을 열고 들어오는데 그건 아주 환한 빛이었지. 나중에야 알았어. 정신병동에 전도대가 찾아왔는데 인근 교회에 있는 봉사자들이었어, 그들이 찬양을 부르는데 가슴속에 있는 어둠이 싹 빠져나가면서 빛이 내 마음을 한가득 차지하는 거였어."

어두운 후에 햇빛 오며 바람 분 후에 잔잔하고
소나기 후에 햇빛 나며 수고한 후에 쉼이 있네,
고통한 후에 기쁨 있고 십자가 후에 면류관과
숨이 진 후에 영생하며 이러한 도는 진리로다.

순간이었지, 빛은 어둠을 몰아내는 가장 강력한 무기라는 사실을 그때 처음 알았지. 그건 바로 신의 사랑, 신적 의지였어, 그가 내게 의지를 준 거야. 사랑과 용서라는 의지를. 그 후에도 어둠은 나를 여러 번 찾아왔었어. 하지만 난 이전처럼 당하지는 않았어. 왜냐하면 그걸 이길 수 있는 힘이 생겼거든. 한마디로 난 담대해진 셈이지, 그리고 사랑은 두려움을 이기는 또 다른 무기가 되더군. 사랑이야말로 두려움을 이기고 평안을 갖다 주는 가장 큰 힘이야, 그분은 그런 초월적인 힘을 공급해주는 분이신 거야, 진즉 그분을 알았더라면 그렇게까지 헤매고 다니지 않았을 것을. 민희, 난 이제 자유해, 더 이상 방황은 없어, 내가 이곳에 온 것은 당신이 생각나서야. 나를 만나준 그분을 당신도 만나길 바라."

나는 그 순간 새로운 대사를 썼다.

"사람이 살다보면 옛일은 잊게 마련이라고 하지만 그렇지 않아, 기억은 그리움은 없어지지 않아, 난 그동안 안정된 평화를 찾아 헤매고 다녔지, 이 세상 어딘가에 숨 쉬고 살고 있을 당신을 만나 내 마음을 꼭 전하고 싶었어. 당신은 내게 주신 신의 선물이었어."

그러나 내 귓가에 들려온 건 전혀 의외의 말이었다.

"민희, 이제 나는 진정으로 당신을 내 맘속에서 떠나보낼 수 있을 것 같아. 그래서 오늘 마지막으로 이곳을 찾아온 거야. 더 이상 과거에 묶여있다간 미래로 나갈 수가 없어. 미래는 현재의 선택과 직결돼 있거든."

넌 나를 또 한 번 죽이는구나. 이십 년 전에도 그런 식으로 나를 죽이더니 왜 또 말장난이 하고 싶어진 거냐? 그리고 또 의심했다. 저 사람은 아직도 완치되지 않았다. 신의 사랑, 신적 의지 운운하면서 하고 싶은 말은 따로 있다. 새 여자를 만나 다른 삶을 꿈꾸기 위해 이별을 선언하고는 방황 운운했던 것처럼.

도대체 너의 진실과 속셈은 무엇이냐? 제 맘대로 떠났다가 다른 여자와의 삶을 계획했다가 실패하니까 이제 와서, 그것도 20년이나 지난 지금 와서 사랑 그리움 운운하더니 결국엔 또다시 떠나겠다고? 슬금슬금 부아가 나기 시작했다. 참 편리한 사고방식을 가진 남자이다. 사랑도 이별도 배반도 재회도 모두 일방통행식이다. 그런 그의 방식에 놀아난 여주인공 민희는 더욱 한심하다. 무책임한 남자에게 사랑이라는 기대를 걸어 놓고 상처와 방황을 거듭하는 민희는 소설 초반에 나오는 버림받은 시골 여자의 모습과 똑같은 양상이다. 허무맹랑한 보헤미안의 논리에 함께 휘말리는, 나는 또 소설 속의 문장을 떠올렸다.

'우리는 자신의 진짜 모습과 가짜 모습이 전혀 분별되지 않는 아주 낯설고 외진 곳을 좋아한다. 혼자 있어도 외롭지 않은 곳. 정체를 들킬 염려가 없어 더욱 안심이 되는 곳. 창작열이 불꽃처럼 활활 타오르는 곳이어야 한다. 우리는 끊임없이 여행을 떠나며 보헤미안의 꿈을 재현할 것이다.'

차창 밖을 내다보았다. 밖은 칠흑 같은 어둠속에 쌓이는 눈으로 시간이 정지된 것 같았다. 버스는 아무리 달려도 이정표 하나 보이지 않았고 어둠과 공존한 공간만이 보일 뿐이었다. 하늘과 맞닿은 공간은 시간과 함께 정착지도 모른 채 계속 달려가고 있었다. 이제 버스는 막다른 골목을 향해 가속 페달을 밟고 있었다.

그런데 이상했다. 남자의 목소리가 들리지 않았다. 대사가 끊긴 걸 보니 남자는 잠들었거나 이미 내렸는지도 모른다는 생각이 들었다. 뒤를 돌아보려는데 역시나 고개가 빳빳이 굳어 움직이지 않았다. 주변을 둘러보니 승객들은 모두 잠들어 있었다. 스마트폰을 쥔 채 잠이 든 젊은이도 있었고 아기를 업은 채 잠든 여자도 있었다. 모두 꿈나라로 직행한 모양이군.

그런데 왜 이 버스는 중간에 한 번도 쉬지 않고 계속 달리기만

하는 걸까? 그리고 왜 내 몸은 움직이지 않고 생각만 하는 걸까? 도대체 이 버스는 어디로 가고 있는 걸까? 그때였다. 내 뒤에서 요란한 전화벨 소리가 들렸다. 벨소리는 버스 안을 통째로 흔들 듯이 엄청나게 컸다.

그런데 그건 사이렌 소리 같기도 하고 앰뷸런스 소리 같기도 했다. 전화벨 소리 하나 특이하게 해놨네. 그런데 왜 전화를 받지 않는 거지 시끄러워 견딜 수가 없군. 당장이라도 남자를 흔들어 깨우고 싶었다. 이봐요 빨리 전화 받지 않고 뭐하는 거예요? 다른 사람들한테 방해된다고 생각하지 않나요?

벨소리는 여전히 울려대고 있었다. 도저히 참을 수가 없군. 나는 드디어 자리에서 일어났다. 그런데 몸이 차꼬에 묶인 듯 꼼짝 않는 것이었다. 도대체 이게 어떻게 된 거지? 내가 지금 꿈을 꾸고 있는 걸까? 그런데 자세히 보니 승객들도 운전기사도 몸이 굳어 있는 것 같았다. 모두 잠든 채 미동도 않는 걸 보면.

그러고 보니 버스는 달리는 게 아니고 그대로 정지돼 있었다. 도대체 이게 어떻게 된 것일까. 정신을 똑바로 차리고 상황을 인식해야지. 그런데 정신을 차리면 차릴수록 자꾸만 혼미해져 갔다. 그때였다. 내 손에 미끈하게 잡히는 게 있었다. 새빨간 핏덩어리였다.

그 피가 내 옆구리에서 자꾸만 새어 나오고 있었다. 얼굴에서도 손에서도 피가 뚝뚝 떨어지고 있었다.

아악!

내 입에서 비명이 터지고 말았다. 그러나 소리는 공중에 흡수된 채 들리지 않았다. 아니 내 입안에서만 감돌뿐이었다. 도대체

이 상황이 어떻게 발생한 걸까? 나는 무엇보다 뒤에 앉은 남자가 궁금했다. 방금 전까지 내 소설 줄거리를 외우며 그리움을 하소연하던, 그런데 눈앞이 자꾸만 뿌옇게 변하면서 의식이 가물거렸다.

나는 이내 혼곤한 잠속으로 추락했다. 꿈속에 많은 길들이 보였다. 아스팔트 직선도로로 뚫린 광활한 빛이 보이는 길과 비포장도로 울퉁불퉁한 자갈길과 가시덤불 숲길 속에 구름이 보이는 산길도 있었다.

험한 등산로 끝에 찬란한 햇빛이 보이는 길도 보였고 가파른 오솔길 너머 아슬아슬한 벼랑이 보이는 십자로도 있었다. 그런가 하면 해안도로를 따라 여러 사람들이 한꺼번에 달려가는 길도 있었고 혼자서 무거운 짐을 진 채 끙끙대며 올라가는 시지프스 같은 험한 길도 있었다. 그러나 길은 모두 한곳으로 나 있었다. 영원이라는 길이었다. 사람들은 모두 그 길을 향해 자신도 모르게 끌려가고 있었다.

그 길 끝에서 민희와 현수가 나를 향해 손짓하고 있는 모습이 보였다. 그들 뒤로 햇빛과 구름이 산 아래 세상을 비추고 있었다.

언젠가 기차 레일을 바라보며 길이란 제목으로 글을 쓴 기억이 났다. 수없이 갈라진 레일은 인생행로와 같이 선택과 책임이라는 의미를 엄숙히 묻는 거라며 경고성 메시지를 날린 적이 있다. 그때 영원이라는 단어도 함께 썼던 것 같다. 그런데 그 다음은 무엇이라 썼는지 통 기억이 안 난다.

민희와 현수를 향해 나가는데 주변에서 웅성거리는 소리가 들렸다. 비명 같기도 하고 싸우는 소리 같기도 하고 걱정과 근심이 잔뜩 서린 말소리 같기도 했다. 내 몸이 누군가에 의해 거칠게 흔들리고 있었다. 정신 차리라고 일어날 수 있겠느냐고 누군가 내 귓가에 대고 계속 이야기하고 있었다.

그때였다. 눈앞이 환해지면서 사물이 보이기 시작한 것은. 제일 먼저 눈에 들어온 건 침대 위에 누워 있는 내 모습이었다. 다음은 내 앞에서 왔다 갔다 하는 의료진과 나와 동승했던 승객들이 내 침대 옆에 누워있는 모습이었다. 부상 정도가 경미한 걸로 보아 대형사고는 아닌 것 같았다.

그러니까 버스가 퇴계원을 막 벗어났을 때였다. 갑자기 차량이 왼쪽으로 쏠리는가 싶더니 쾅! 소리가 났다.

커브 길에서 마주 오던 차량과 버스가 맞부딪친 것이다. 간단한 접촉사고였지만 피해는 만만치 않았다. 사고 차량이 거의 반파되다시피 했는데 부상자가 적어 그나마 다행이었다. 다친 승객들은 시골에서 농사지으며 힘들게 살아가는 촌로들이었는데 그들은 내게 걱정스런 눈길을 보내고 있었다. 그 관심어린 눈길에 저절로 눈물이 났다.

그런데 내 옆자리에 누운 남녀는 유난히 많은 앓는 소리를 냈다. 다리를 다쳤는지 붕대를 친친 감고서 거푸 의사와 간호사를 불러댔다. 그러면서도 여전히 상대를 걱정하는데 잉꼬부부도 그런 잉꼬부부가 없었다. 다음 순간 나는 내 뒷자리에서 음성녹음으로 통화를 하던 남자를 떠올렸다.

그는 틀림없이 내 소설 속 주인공 이현수였다. 민희를 향한 그 애처로운 호소가 한 서린 사랑고백이 생각났다. 옆 침대에 누운 환자에게 물었다.

"혹시 제 뒷자리에 앉아 계시던 분은 어떻게 되었나요?"

"아줌씨, 뒤에 앉은 사람이냐뇨? 아무도 없지 않았나?"

"아니요, 분명히 있었어요. 제 뒤에서 길게 음성녹음으로 통화 했었어요."

"혹 꿈을 꾼 건 아니슈? 버스 안에 승객이라곤 아줌씨랑 나 그리고 노인네 몇 명뿐이었는데 기억 안 나슈?"

그는 옆자리로 돌아누우며 귀찮은 듯 말했다. 시덥잖게 별 걸 다 묻고 있네 하는 표정이었다. 그러자 그 옆 침대에 누운 젊은 남자가 말했다.

"아줌마 생각났어요, 아줌마 뒷자리에서 계속 전화통화 하던 아저씨 말이죠? 방금 전에 퇴원했어요, 자기는 다친 데가 없다면서 어떤 아줌마가 오더니 같이 나가던데요."

남자는 아무리 봐도 멀쩡해 보였다. 다친 척 연기하는 건 아닌지 의심될 정도였다.

"그런데 그 아저씨는 왜 찾는 건데요? 혹시 아는 사이세요?"

혹시라는 말에 나는 잔뜩 긴장했다.

"아니 그게 아니고 뒤에서 통화 하는데 자꾸 눈물이 나서."

"그 아저씨가 통화 하는데 왜 아줌마가 눈물이 나요?"

"통화 내용이 그랬거든요."

당황한 나는 링거 병에 달린 주사바늘을 빼고 침대에서 일어났다. 옷을 갈아입고 나자 나는 듯이 병원을 빠져 나왔다. 사방에서 객지의 바람이 불어오고 있었다. 난생 처음 보는 곳이었다. 시골 읍내 치고 병원 규모가 꽤 컸다. 요즘은 웬만한 소읍에만 가도 문화시설이 대도시 못지않다.

거리마다 각종 브랜드 의류상가와 음식점을 비롯한 위락시설과 병원이 들어서 전혀 불편함이 없다. 각 동리마다 교통편이 발달돼 있고 은행 전자대리점 대형마트 학원 등이 주거민들의 편의를 도와준다. 점점 갈수록 도시와 농촌의 간격이 좁혀지고 있는 걸 실감한다.

버스와 전철도 연이어 도착하고 상가의 불빛도 대도시의 그것과 똑같다. 나는 읍내 거리를 걸으며 누군가를 급히 찾고 있었다. 시멘트 담벼락이 있는 골목길까지 찾아 헤매며 급하게 발걸음을 옮겼다. 처음 보는 거리 풍경은 옛 정취를 일깨우고 있었다. 나는 길을 헤매며 소설적 상상력에 집중했다.

그러다 미친 발걸음으로 전철 역사를 향해 무한 속도로 달려갔다. 달려가는데 객지의 성난 바람이 내 갈기를 물고 늘어졌다. 역사(驛舍)는 가파른 계단 위에서 승객들을 맞이하고 있었다. 웬일인지 에스컬레이터는 멈춘 채 작동이 되지 않고 있었다. 나는 사람들 사이를 비집고 계단을 단숨에 뛰어 올랐다.

카드를 판독기에 대는데 전광판에 불빛이 보였다. 전동차가 막 역내로 진입하고 있었다. 발걸음을 전동차 안으로 드미는 순간 나는 보았다. 지난 밤 꿈속에서 보았던 수많은 길들을. 그리고 내 뒷자리에 앉아 음성녹음으로 길게 이야기하던 남자의 실체를. 전동차는 출발하자마자 전속력으로 달리기 시작했다.

인생여정에 지친 발걸음들을 빠르게 빠르게 대도시로 옮겨주고 있었다. (2016년 한국소설)

청량리 시장

　청량리 역사 옆 롯데 백화점이 마주 보이는 청량리 시장에 가면 시골집이라는 백반집이 나온다.

　3년 전 SBS 리얼 코리아에 방영된 적이 있는 그곳은 칠십이 다 된 노파와 큰딸, 그리고 종업원 아주머니가 근무하고 있다. 새벽 다섯 시면 인근 상인들이 밥을 먹기 위해 시골집으로 몰려온다. 개중에는 10년 이상 된 단골도 많이 있다.

　지금은 프로판 가스를 쓰지만 얼마 전까지만 해도 연탄 화덕에서 국 끓이고 밥하고 모든 음식을 다했다. 그 집은 특히 된장국 맛이 일품인데 그것은 할머니가 직접 담근 된장에다 멸치 다시물을 이용해 끓이기 때문이다. 반찬도 참기름 향이 살살 도는 게 아주 맛깔스럽고 좋다. 한 가지 특징은 멸치나 새우젓을 제외하고는 모두 야채라는 점이다.

　공기 위로 수북이 올라온 밥과 된장국 김치 이외에 반찬이 4-5가지나 된다. 수민이 시골집을 처음 찾았을 당시는 음식 값이 단돈 천 원이었다. 그러다 아이엠에프가 불고 1,500원이 되었다가 그나마 몇 년 전에는 2,000원으로 뛰었다. 지금은 3,500원이다. 4평 남짓한 음식점은 주방 옆 탁자가 하나, 온돌방에 밥상이 대

여섯 개 놓여져 있다.

그곳에는 세상 풍조와 상관없이 열심히 살아가는 사람들의 얼굴이 많이 보인다. 수 십 년 간 시장에서 잔뼈가 굵은 상인들은 수저로 밥을 꾹꾹 눌러 먹으면서 삶을 이야기한다. 사시사철 시장 바람 맞아가며 살아온 그네들의 얼굴에는 상흔이 엿보인다. 새벽부터 나와 몸부림치며 사느라 늙는 줄도 모르고 허리가 휘도록 일만 했단다.

손님 상대하느라 얼굴 붉히고 말투 거칠어지고 면장갑 낀 손가락만 굵어졌다. 노점상을 하다 어엿한 자기 점포를 마련한 사람이 있는가 하면 자기 점포를 가지고 장사하다 망해서 길거리로 나앉아 행상하는 사람도 있다.

수민이 지방에서 올라와 시골집에 들어섰을 때 노인 두 사람과 중년여자가 한 밥상에 앉아 이야기를 하고 있었다. 흰 점퍼 스타일의 옷을 입은 여자가 밥을 국에 말아 입에 가져갔다. 양복을 입은 노인이 여자의 팔꿈치를 손으로 툭 치며 말했다.

"난 마음씨 좋은 여자가 젤 좋더라, 그런 여자들만 보면 밥을 안 먹어도 배가 부르더라."

"남자가 잘해 주면 여자 마음씨는 저절로 예뻐지는 법이죠, 남자가 여자 마음을 만들어 주는 법이니까요."

"누가 마음을 예쁘게 해 줘? 마음은 천심인 법인디. 마음씨 좋은 사람은 아무리 독한 짓을 혀라도 못혀, 그란디 독한 사람은 아무리 착한 일을 하래도 못하는 법이지 아암 그렇고 말고."

그러자 옆에 앉아 있던 벽돌색 점퍼를 입은 노인이 말했다.

"이제 곧 겨울이 닥칠 텐데 이곳에 난로를 놔야겠구먼 추워서 밥 먹기가 영 거시기 할 것 같어."

이번에는 주인 여자가 되받아쳤다.

"난로 놀 공간이 어딨어요, 그러다 옷이나 태워 먹지."

"그러니께 히프 큰 사람은 아예 고용을 말아야 혀."

"난로를 놓으면 남자들은 축 늘어져서 안 되어 남자덜은 손해 랑게."

"저런저런 좌우간 남자들은 밖에 내보내고 나면 영 안심을 못 한다니까요."

"여자들은 집에 놔둬도 안심을 못 하겠더라."

그러자 벽돌색 점퍼의 노인이 말했다.

"남자는 잘해봐야 애인이 한둘인데 여자들은 적어도 서넛은 돼 야 체면이 유지된다며?"

수민은 그들의 이야기를 들으며 자리에서 일어나 밖으로 나왔 다. 아버지가 일찍 돌아가시고 달리 먹고 살 길이 없었던 어머니 는 성 바오로 병원이 마주 보이는 청과물 시장에서 장사를 시작 했다.

플라스틱 바구니에다 사과 배 감 등을 올려놓고 목이 쉬어라 떨이를 외쳤다. 새벽이면 지방에서 올라온 과일 트럭 앞에서 남 자들과 악다구니 써가며 물건을 끌어내리고 서로 좋은 물건을 차 지하겠다고 피터지게 싸웠다.

옆자리에서 장사하는 아주머니하고는 이틀에 한번 꼴로 싸웠 다. 청과물 시장 뒤편에 난 생선가게에서 도매 장사를 한 적도 있 었다. 지방에서 올라온 냉동 장어를 소분해서 팔았는데 꽤 쏠쏠 하게 장사가 잘 됐다. 하지만 얼마 안 가 양 옆으로 경쟁자가 생기는 바람에 그만두고 말았다. 경쟁이라면 치 떨리고 자다가도 벌떡 일어날 일이었다.

어머니에게 여자다운 면모는 별로 없었다. 남자처럼 억세고 무뚝뚝하고 성격이 괄괄했다. 남자들이 흔히 건네는 농 짓거리에도 핏대를 올리고 싸웠다. 그래서인지 어머니에겐 치근대는 남자도 없었다.

과부라면 침을 삼키며 좋아하는 게 보통 남자들인데 어머니만은 예외인 모양이었다. 어머니에겐 감정이란 게 없는 사람처럼 보일 때도 있었다. 그래도 어머니의 자식 사랑은 유별났다. 어머니가 과일상을 할 때의 일이었다.

수민은 옆에 앉아 어머니가 깎아 주는 과일을 받아먹었다. 어떨 때는 어머니가 다 깎은 과일을 사등분해 자른 것을 포크로 찍어 입에 넣어 줄 때까지 기다렸다. 입에 넣어 주지 않으면 먹지 않겠다고 떼를 쓰고 울었다.

"아이구, 우리 아가가 오늘따라 왜 이렇게 화가 나신 걸까 자! 아 하고 입 벌리세요 어미가 넣어줄 테니."

그러면 그녀는 얼른 입을 벌려 받아먹었다. 어머니는 과일 중에서도 제일 빛깔이 곱고 흠이 없는 것만을 골라 그녀에게 먹여 주었다. 옆에서 장사하는 여자들은 흠이 지고 곯은 것을 골라 먹이는데 수민이 엄마는 달랐다. 어머니에게 자식은 우상이었다. 애지중지 보물단지이자 소망의 닻이었다.

겨울이면 연탄 화덕 가까이에 앉게 하고는 자신의 외투를 벗어 딸을 감싸고 또 감쌌다. 수민이 초등학교에 들어가자 시외버스 정류장 앞에 점포를 얻어 옷 장사를 시작했다. 새벽 일찍 평화시장에 가 물건을 떼어다가 물건을 진열하고 나면 사람들이 구경삼아 기웃거리다 옷을 사갔다. 터가 좋아서인지 장사는 잘 되는 편이었다. 물건을 대량으로 떼다가 싼 가격으로 파니까 마석이나 양수리 양평 쪽으로 가는 시골사람들이 잘 사갔다.

어느 날 어머니가 화장실에 간 사이 혼자 가게를 지키고 있을 때였다. 낮모르는 남자가 그녀의 뺨을 어루만지고 있었다. 남자의 입에서 술 비린내가 풍겼다. 소주에다 삼겹살을 먹었는지 고기냄새가 진동을 했다. 남자가 그녀의 얼굴을 만지며 막 뽀뽀를 할 때였다. 언제 나타났는지 어머니의 갈퀴 같은 손이 남자의 손을 물어뜯으며 욕설이 튀어 나왔다.

"이 죽일 놈아 술을 처먹었음 곱게 갈 일이지 왜 남의 딸 얼굴에 먹칠을 하는 겨?"

"뭣이여? 이 여편네가 생사람 잡고 있네. 애가 귀여워서 뽀뽀를 한 것 좀 가지고 날 순 불한당 취급하네 그려."

"뭐 애가 이뻐서라고 내참 기가 막혀서, 내가 니 속을 모를 것 같냐, 내 자식 안 이뻐해도 좋은 게 썩 꺼지거라. 너 아니래도 내 딸 이쁘다고 하는 사람들 많다."

"뭣이여, 이 시러베 같은 여편네가."

"야! 이놈아 니눔이 뭔데 남보고 여편네 여편네 하는 것이냐?"

"아니, 근데 이 여편네가 아까부터 놈자를 붙이네 야! 이 쌍년아, 그러니께 네년이 이 시장 바닥에서 장사나 해 먹는 것 아니냐?"

"뭐? 장사나 해 먹는다고 그러는 니놈은 뭐가 그리 잘났더냐? 술을 처먹었음 곱게 처먹을 것이지 다신 나타나지 마라, 내 귀여운 자식에게 손 끝 하나 댔단 봐라, 에이 죽일놈 같으니라구."

워낙 어머니의 기세가 등등해서였을까. 남자는 뒤도 안 돌아보고 시장통 골목으로 사라졌다.

"아가, 엄마가 없더라도 남자가 와서 우리 아가 얼굴에다 뽀뽀를 하거나 손을 잡으면 싫다고 하면서 마구 울어번져라 알겠제."

어머니는 걱정스런 표정으로 그러나 아주 다정한 말투로 말했다.

"왜 그래야 하는 건데?"

어린 그녀는 어머니를 빤히 쳐다보며 물었다.

"엄마가 말씀하시면 예 알겠습니다, 하고 대답하는 겨 알겠제."

"응 알았어 엄마."

"이구 귀여운 내 새끼 엄마는 이 세상에서 우리 아가를 최고로 많이 좋아한당게."

"오빠보다 더?"

"그럼 그렇다마다."

수민은 그 말을 곧이곧대로 믿었다. 그러나 어머니는 오빠인 경민에게도 똑같은 말을 되풀이했다.

"나는 하나뿐인 내 아들을 이 세상에서 최고로 귀중하게 생각한당게 그거 모르지는 안컷지, 귀여운 내 새끼."

언젠가 잠자리에서 오빠에게 하는 말을 엿들은 수민은 속았다고 분해했다. 그렇게 청량리 바닥에서 비바람 맞아가며 사계절을 보내고 청소년 시기를 맞이했다. 어릴 때 그녀가 본 청량리는 서울의 또 다른 외곽 지대였다. 늘 습기 차고 어두운 낮은 지대였다. 욕설과 악다구니가 난무하는 삶의 전쟁터를 연상케 하는 곳이었다.

그 낮고 험한 지대를 살면서 그녀는 어머니의 둥지 안에서 늘 편안했다. 그러나 누군가 사는 곳이 어디냐고 물으면 청량리 하다가도 얼른 입을 다물었다. 답십리라고 대답해도 마찬가지였다. 상대방의 입가에서 스치는 조소를 그녀는 늘 보았다. 그건 일종의 병적인 부끄러움으로 둔갑해 그녀를 소심하게 만들었다.

"엄마 우리 이사 가면 안 돼?"

"갑자기 이사라니?"

"사람들이 사는 곳이 어디냐고 물으면 창피하단 말야. 차라리 교문리로 가던가."

"왜 교문리에 누가 있는 겨?"

"누가 있는 게 아니고 여기를 벗어나자 그거지."

"여그가 우리네 삶의 터전인데 벗어나긴 어딜 벗어나. 단골도 얼마나 많이 잡혔는데 엄마는 여그가 좋단게"

"난 싫단 말야."

"근디 야가 오늘따라 왜 그런다냐, 이사 타령을 다 허고."

어머니는 한결같이 청량리를 떠나는 것을 두려워했다. 단골 놓치고 새로운 곳에 터 잡으려면 그만큼 힘들기 때문이었다. 주변 상인들과도 오랫동안 정 붙이고 살다 보니 나름대로 애착이 남아 있는 모양이었다.

고등학교에 들어가자 그녀는 가게 근처에는 아예 얼씬하지도 않았다. 어머니도 싫어했지만 너무 바빠 그럴 짬이 없었다. 대입 시를 앞두고 학원과 그룹 과외 다니기에 바빴기 때문이다. 그녀는 어머니의 마지막 소원인 명문 여대를 들어가기 위해 밤낮으로 공부에 매달렸다.

"니가 효도하는 길은 대학에 척하니 붙는 것이여 그것도 이름 높은 대학말여. 그러면 이 어미는 두 발 쭉 뻗고 잠들 수 있을 것이구면."

어머니는 자신의 모든 명운을 딸의 입시에 거는 것 같았다. 경민이 입시에 실패한 다음부터 그런 현상은 더 심화된 것 같다. 경민은 일찍부터 공부에는 뜻이 없었다. 어머니가 아무리 성화를 해대도 아랑곳하지 않았다. 재수는커녕 아예 입시학원 근처에는 가려고도 않았다. 그러자 어머니의 모든 기대가 그녀에게로 향한 것이다.

그녀는 효도하는 셈치고 열심히 공부해 대학에 합격했다. 모두들 불합격을 예견했지만 운이 좋았던 모양이었다. 어머니의 기쁨은 하늘을 찌를 듯했다. 시장 사람들을 모아 놓고 잔치판을 벌였다. 막걸리 소주, 돼지머리 삼겹살을 구워 놓고 딸 자랑을 침이 마르게 했다. 어머니가 청량리 시장판에서 20년 가까운 세월 동안 장사하면서 상인들에게 선심을 쓰기는 그때가 처음이자 마지막이었다.

상인들은 그런 어머니를 향해 부러움과 시샘을 동시에 보냈다. 그날 밤 어머니는 술에 취해 기쁨의 눈물을 흘리며 말했다.

"자랑스럽구나, 내 딸이, 아암 자랑타마다 남들은 대학 못 보내야단인디 내 딸은 재수 한 번 안 허고 대학에 척 붙어 부렀구나. 그것도 최고루 일류 대학으루다. 고맙구나, 니 아빠가 살았으믄 얼매나 좋아했을꼬."

딸의 대학 입학식을 앞둔 어머니는 태어나서 처음으로 맘모스

백화점으로 가 정장을 사 입었다.

"이제 이걸 입고 졸업식에도 갈 거구먼."

난생 처음 정장을 입고 거울 앞에선 어머니의 모습은 우스꽝스러웠다. 아무렇게나 빗어 올린 머리는 꽁지 빠진 비둘기 같았다. 불그죽죽한 낯 색은 풍상을 많이 겪은 과부상 그대로였다. 거칠어진 손과 남자처럼 떡 벌어진 어깨와 굽어버린 등, 알통이 딴딴하게 배인 다리는 고개를 돌려 외면하고 싶을 정도였다.

"우뗘, 잘 어울리제? 그래도 나도 한때는 꽤 이쁘단 말도 많이 들었어야."

치마단 줄이는 품삯이 아까워 손수 가위를 들고 바느질을 하면서도 어머니는 싱글벙글 벌린 입을 다물지 못했다. 입학식 날 아침에는 미용실에 가 파머 머리를 자르고 드라이를 하면서 딸 자랑을 쉬지 않았다.

"미스 김, 오늘이 무슨 날인 줄 알어? 우리 딸 대학교 입학식이구먼. 어느 대학이냐고? 우리나라에서 최고 가는 여자 대학이다 그 말씀이여."

입학식이 진행되는 동안 어머니는 울다 웃다를 반복했다. 시골에서 중학교를 다니다 돈이 없어 중도에 학업을 포기한 어머니는 늘 자신의 학력을 부끄러워했다. 그것이 평생의 한이 된 어머니는 읍내 고등학교를 수석으로 졸업한 남자에게 매달려 결혼하는 데 성공했다. 결혼한 지 오 년도 못 돼 청상과부가 되었지만. 남편에 대한 사랑은 수절 과부가 되어서도 일편단심 변하지 않았다.

"너거 아부지는 참으로 똑똑한 사람이었제, 읍내 고등학교를 수석으로 졸업하고도 돈이 없어 대학을 못 갔지만 부모 원망 한번 안 하고……. 공무원 시험에 턱 붙고……. 처자식 끔찍이 위하고……. 모두들 나를 부러워했어야. 우리 아그들도 이렇게 똑똑허니 낳아주고 말이다."

"엄마가 우릴 낳았지 아빠가 우릴 낳은 건 아니잖아."

수민이 두 눈을 똑바로 뜨고 묻자 어머니는 웃으며 말했다.

"이것 보라이, 우리 수민이가 이렇게 똑똑하다니……. 수민아 엄마 말 잘 들어 보래이, 아부지가 아니었으면 너거들은 이 세상에 태어날 수 없었다 그 말이제 이제 알겠나."

어린 그녀는 알겠다는 듯 고개를 끄덕끄덕했다. 시장에서 장사하는 일 말고는 어머니는 언제나 푸근했다. 자식 얼굴만 들여다보아도 웃음이 절로 나오는 모양이었다. 아무리 피곤하고 힘든 일이 있어도 자식들에게는 내색 한 번 하지 않았다. 마음에 주름살이 생길까봐 미리 단도리를 하는 것 같았다. 경민이 군대 가는 날 아침에는 찰밥을 지어 아들의 속을 든든히 해주었다.

"힘든 일이 있어도 무조건 참아야 된다, 너거 아부지처럼 조신하게 행동하면서 누굴 보든가 니가 먼저 인사하고 알겠제? 훈련 끝나고 자대 배치 받으면 엄마한테 연락해라. 면회 갈 텡게……. 알겠제."

경민은 고개를 끄덕였지만 얼굴은 공포로 잔뜩 질려 있었다. 그리고 끝내 울고 말았다.

"사내가 못 나게스리 울기는……. 동생 보기에 부끄럽지도 않나 그만 그치거라."

수민은 두 모자를 보며 웃음을 참지 못했다.

"둘 다 울면서 서로 울지 말래."

경민은 강원도 최전방 동부 전선에 배치되었다. 어머니는 불안을 감추지 못하고 안절부절못했다. 예감이 불길하기는 수민도 마찬가지였다. 경민이 근무하는 초소는 북한 철책선이 마주보이는 곳으로 민간인 출입금지 지역이었다. 어떤 경우에도 면회가 허용되지 않았다. 예감이 들어맞았던 것일까. 근무한 지 육 개월 만에 비보가 날아들었다. 그야말로 의문사였다. 사인(死因)을 알 수 없었다.

군복무 중 이탈 사망인지 단순한 총기 사고인지 전혀 알 수가 없었다. 군 기밀상 절대 비밀로 붙여진 경민의 죽음은 아주 조용하고 간소하게 치러졌다. 경민의 주검은 일반 군인들과는 달리 국립묘지에 안치되지도 않고 부대에서 가까운 강물에 그 뼛가루가 뿌려졌다. 일반 참관인이나 동료들의 배웅도 없이 가족만 참석했다.

어머니는 너무 울어 기진하다시피 했다. 나중에는 목이 너무 잠겨 울지도 못했다. 다른 사람들 같았으면 부대에 찾아가 한바탕 소동이라도 벌일 텐데 어머니는 그렇지 않았다. 일주일을 자리에 앓아눕던 어머니는 그래도 산 입에 거미줄은 쳐야 한다며 아픈 몸을 끌고 장사를 나갔다. 무슨 생각에서였을까.

어머니는 그때로부터 시골집에서 밥을 시켜 먹었다. 이전에는 연탄 화덕을 끼고 앉아 밥과 찌개를 손수 끓여 먹었었다. 된장국에 밥을 말아먹으며 찬 속을 덥히던 어머니. 수민이 학교에 다녀오면 맨발로 내려와 딸의 손을 잡으며 난로 가까이 데려가 언 손을 녹여 주었다. 아들이 죽고 난 이후부터는 딸에 대한 정성은 차라리 집착에 가까웠다.

전과는 다른 행동들이 나타나기 시작했다. 그전처럼 장사도 호기 있게 하지 않았다. 느닷없이 학교 근처에 나타나 그녀를 당황하게 하는가 하면 조금이라도 귀가 시간이 늦으면 온 청량리 골목을 헤매고 다니며 딸의 행방을 수소문했다. 그런 다음날 아침이면 수민은 상인들에게 인사 받기에 바빴다.

"어제는 무슨 일이 있었기에 니 엄마가 온 시장을 헤매고 다니면서 니를 찾더라 하나밖에 없는 엄마 속 썩이지 말고 일찍일찍 다니거라."

"니 어제 데이트했나, 와 그리 늦었노? 니 엄마가 딸이 안 보인다 카른다 막 울면서 다니더라."

언젠가는 학교 교문에 나타나 그녀를 놀래준 적도 있었다. 시장에서 장사하던 모습 그대로 나타난 어머니는 볼썽사납게도 몸뻬 차림이었다. 주변에 친구들이 누구냐고 눈짓으로 물었을 때 그녀는 창피하다는 생각으로 얼굴이 벌겋게 달아올랐다.

"아이구, 수민아. 내 니가 걱정이 돼서 도저히 기다릴 수가 없어 왔단다, 그래 점심은 먹었나. 안 먹었음 가자 엄마가 맛있는 것 사주께."

"엄마 왜 왔어?"

대뜸 신경질적인 말이 튀어나왔다.

"끝나면 어련히 집으로 안 갈까봐 그래, 어휴, 내가 창피해서……."

그 뒷말을 눈치 챈 어머니는 망연자실 딸의 얼굴을 바라보았다. 다른 친구들 어머니는 인텔리에다 교양과 지성이 넘치는데 시장판에서 장사하는 모습을 그대로 내보이고 말았으니 그녀로선

망신도 아주 큰 개망신이었다. 그 당시 유행하던 말이 있었다. 시골에서 뼈 빠지게 농사지어 아들 대학 보내 놨더니 친구들에게 하는 말이 자기 아버지를 가리켜 집에서 부리는 머슴이란다. 그녀는 어머니의 직업을 그때까지 속이고 있었다.

"시장에서 점포를 가지고 임대업을 하고 있어."

이후론 어머니는 다시 학교 근처에 나타나지 않았다.

"엄마는 신경질 나게 늦을 수도 있는 문제지 왜 자꾸 시장 사람들한테 날 찾고 난리야. 내가 무슨 큰 사고나 치고 다니는 줄 알잖아."

"그래도 우리 딸이 안 보이면 걱정이 돼서 그러지. 일찍일찍 다니믄 괘않찮아 안 그래?"

그런 어머니가 자리에 덜컥 앓아눕기 시작했다. 처음에는 40도가 넘는 고열에 시달리더니 횡설수설하며 헛소리를 했다. 너무도 놀란 그녀는 어찌할 줄을 모르고 발만 동동 굴렀다. 아들의 죽음에 충격을 받은 이후부터 흉통을 호소하더니 드디어 자리에 앓아누운 것이다.

충격으로 인한 일종의 심인성 질환이었다. 그러나 증세는 날이 갈수록 심각해졌다. 날로 기력이 쇠잔해지고 자리에서 일어날 기미를 보이지 않았다. 한 번 자리를 보전하고 누운 어머니는 자나깨나 돈 걱정이었다. 의사는 몸보다 정신이 더 문제라고 했다. 밑 빠진 독에 물 붓기 식으로 돈이 뭉텅 뭉텅 들어갔다.

"내가 우리 수민이 대학 졸업할 때까진 살아야 할 텐데, 아무래도 그 이전에 니 오빠 뒤를 따라갈 것 같다."

"엄마 그게 도대체 무슨 소리야? 날 두고 가다니 안 돼."

"수민아 미안타, 내 죽어도 서러워 말아라. 죽으면 너거 아부지랑 경민이랑 모두 만나볼 거구먼. 이럴 줄 알았으면 니 앞으로 보험이라도 들어줄 것을……. 그저 하루하루 먹고 사느라 바빠서 그러지 못했구나."

숨이 가쁜지 어미는 간신히 말했다.

"호 호랭이가 물어가도 정신만 차리믄 산다는 옛말이 있지 않나. 무슨 일이 있어도 대학은 꼭 마쳐야 한다. 에미 없어도 기죽지 말고 공부 열심히 하고……. 우리 가문은 원래 단명하는 가문이라카더라. 거 누구가 그러든데 예수 믿으면 저주가 끊긴다는 말을 하더라. 널랑은 부디……. 때 거르지 말고 밥 꼭 챙겨 먹고……. 하아 하아……."

어머니는 더 이상 말을 잊지 못하고 혼수상태에 빠졌다.

골목길을 빠져나오자 쌍쌍 무도장에서 흘러나오는 뽕짝이 그녀의 발걸음을 붙잡았다. 초로의 노인들이 허리를 부둥켜안고 무도장 안으로 들어가면서 깔깔대고 웃었다. 요즘은 환락의 바람이 노년층으로 확산된 모양이다. 무도장 간판 옆에 24시간 사우나와 미용실 간판이 눈에 확 들어왔다. 고개를 반대로 돌려 상호 간판을 둘러보니 이름들이 하나같이 재미있었다.

쌍학 주단, 양평 해장국, 그린하우스- 커피 음료, 식사 주류 일절, 섬진강 민물 장어집, 비디오 방, 유일 정육점, PC방, 고향집이란 상호 옆에 잔치 국수 글자도 보였다. 무도장에서 흘러나오는 음악 소리가 온 청량리 골목을 휘몰아쳤다.

아싸… 아싸… 빗속의 연인… 그 여인을 잊지 못하네.

옛날에 옛날에 꽃가마 타고 시집가던 날….

음식 배달 가던 여자가 어깨를 흔들며 어둡고 습기 찬 골목길을 미끄러지듯 지나갔다. 청량리 밤하늘이 어두워지기 시작했다. 휘황한 네온이 하늘을 밝히고 빛이 어두움을 산산조각 내고 있었다. 청량리 588번지 유리창에도 붉은 빛이 비치기 시작했다.

공인된 섹스 윤락가.

그곳 사창가 588번지 한가운데 교회 건물이 보였다. 안디옥 교회였다. 20년 전에 세워졌던 그 교회에는 현대판 사마리아인들이 많이 모였다. 부랑자와 오갈 데 없는 노인들, 노숙자와 행려병자도 있었다.

그 근처를 지나다 비오는 여름날 처마 밑에서 기침을 하면서 죽어가던 폐병 환자가 생각난다. 배가 남산만큼 부른 모습으로 다니던 간암 말기 환자도 있었다. 그곳은 슬픔과 절망에 찬 사람들이 모여드는 마지막 코스처럼 보였다.

이강두. 그는 안디옥 교회 청년회 회장이었다. 청년이라고 해봐야 고작 20명 안팎이었다. 남자보다 여자가 두 배 더 많았다. 이강두. 조금만 발음을 잘못하면 강도로 변해 이름을 부를 때 조심해야 했던……. 그래서 그의 이름을 두고 얼마나 많은 에피소드가 생겼는지 모른다.

이 강도야. 날치기 소매치기. 택시강도. 떼강도하며 그를 놀려댔었다.

안디옥 교인들의 인상은 형형색색이었다. 지역이 지역인지라 매춘녀로 보이는 여자 교인도 꽤 됐다. 주변 상인들과 외지인도 있었지만 대부분 직업에 관해서는 함구했다. 대충 말투와 행동에

서 짐작할 뿐이지 대놓고 신상명세서를 묻지 않는 게 불문율처럼
되어 있었다. 그 안디옥 교회 청년회에서 대학생은 이강두 한 사
람뿐이었다.

그가 어떻게 안디옥 교회를 가게 되었는지 청년회에서 어떻게
활동했는지 그건 잘 알 수가 없다. 의협심 강한 이강두는 그곳에
서 틀림없이 자신의 뜻과 비전을 시험해 보고 싶었는지도 모른다.
어느 날 이강두는 588거리를 지나다 펨프에게 붙잡혀 죽도록 얻
어맞는 창녀를 구해준 일이 있었다. 여자는 피를 너무 흘려 거의
빈사 상태였다.

그런데도 펨프는 깨진 병조각으로 여자의 머리를 찌르려고 했
다. 주변에 사람들이 몇 있었지만 아무도 나서려고 하지 않았다.
공연히 나섰다간 해코지를 당할 게 뻔했기 때문이다. 그때 이강
두는 분연히 나서서 여자를 구해주었다. 펨프가 들고 있는 병조
각을 얼른 낚아채 멀리 던져 버리고는 남자와 격투를 벌인 것이
다.

그건 눈 깜짝할 사이에 일어난 일이었다. 힘으로 보면 이강두
는 분명 열세였다. 주먹으로 먹고 살아가는 깡패를 무슨 도리로
당해 내겠는가. 모두가 승산 없는 싸움으로 알았다. 그러나 시간
이 지나자 싸움은 역전되고 있었다. 펨프가 이강두의 다리 밑에
깔리면서 구조를 요청하듯 손을 흔들었다. 이강두가 주먹을 들어
내리치려는 순간 펨프는 낮은 소리로 말했다.

"자네 어서 이곳에서 사라져 그렇지 않으면 자넨 쥐도 새도 모
르게 사라진다네."

"뭐라고?"

이강두가 귀를 기울이는 순간 펨프의 주먹이 얼굴을 향해 날아왔다. 순간 이강두는 정신을 잃고 나뒹굴었다. 그 순간 여자는 골목길을 빠져나가 대로에서 택시를 집어타고 있었다. 그밖에도 이강두는 불의한 일만 보면 나서는 바람에 얻어맞아 피가 터지거나 물질적으로 손해를 보는 일이 왕왕 있었다.

그런 그를 향해 청년들은 이 전도사. 이 해결사 하며 따로 별명을 붙여 주었다. 이강두는 안디옥 교회에서 봉사하면서 사창가를 두고 벌어지는 많은 이야기를 알고 있었다. 어느 날 정력이 왕성한 대학생이 청량리 588을 열심히 드나들고 있었다.

젊고 잘 생긴 대학생은 매너 또한 좋아 사창굴에서 단연 인기였다. 그는 따로 단골을 정해 놓은 것도 아니어서 한번 관계한 여자와는 다시 상대하지 않았다. 물론 나이 많은 매춘녀도 단연코 사양했다. 그와 마찬가지로 돈 잘 쓰고 매너 좋은 초로의 신사도 있었다. 그 신사는 젊은 여자 건 나이 든 여자 건 상관 않고 모두 좋아했다.

성적으로 만족을 준다면 외모도 따지지 않았다. 여자에게 기발한 섹스포즈를 요구하지도 않았고 다만 젊은 대학생처럼 매번 다른 여자와 관계 갖기를 원했다. 어느 날 대학생은 한 떼의 친구들을 몰고 와 성인 의식을 치르고 갔다.

술에 만취된 그들은 노래를 부르며 사창가를 빠져나갔다. 그때였다. 친구와 어깨동무를 하고 가던 대학생이 맞은편 사창굴에서 나오던 초로의 신사와 맞부딪친 것이다. 그리고 그들의 입에서 동시에 괴성이 터져 나왔다.

"아 아버지……."

"너 이 자식……. 너 여기서……. 이 자식 너."

순간 대학생은 머리꼭지가 확 도는 것 같았다. 그는 상대하던 매춘녀로부터 초로의 신사에 대한 이야기를 들은 적이 있었다. 매춘녀들에게 매너 좋고 가끔씩 용돈도 쥐어주는 마음씨 좋은 아저씨라며 자신도 언젠가는 파트너가 되기를 원한다는 것이었다. 그 신사의 인심은 펨프들도 다 알고 있는 것이었다. 그밖에 그 신사에 대한 여러 가지 말을 들은 기억이 났다. 그런데 그가 다름 아닌 아버지란 것을 그는 그 순간 모든 것을 알아차렸다.

대학생은 같이 있던 친구들에게 부끄러웠던지 돌아서 뛰기 시작했다. 그때 하필이면 소설에서 읽은 한 구멍 두 서방이란 단어가 생각났을까. 부자(父子)의 얼굴은 너무도 흡사해 주변사람들이 눈치 채는 건 시간문제였다. 그 길로 집을 나간 그는 행방불명이 됐다. 도저히 아버지의 얼굴 볼 자신이 없었다.

그런 아버지를 남편으로 둔, 평생을 남편 사랑 하나에 목숨 걸고 살아온 어머니의 행복한 얼굴은 더더욱 볼 자신이 없었다. 또 자신과 한 배를 탔을지도 모를 아버지가, 또한 자기 자신이 가증스러워 견딜 수가 없었다. 집을 나간 그는 정신이상자가 되어 거리를 떠돌다가 마침내 자살하고 말았다.

어쩌다 이강두를 따라 안디옥 교회를 방문한 수민은 여러 가지 광경을 목격했다. 직업이 밤무대 출신으로 보이는 어떤 중년남자는 기괴한 옷차림으로 나타나 사람들을 웃겼다. 늘 베이지색 싱글을 즐겨 입는 그는 빨간 머플러를 길게 늘어뜨린 채 통 넓은 바지를 휘날리며 교회 안팎을 돌아다녔다. 그는 말할 때마다 침방울을 튀기곤 했는데 자칭 만물박사였다. 정치 경제 연예계는 물론 신앙에 대해서도 무불통지였다. 연예인에 대해서도 다양한 지식을 가지고 있었다.

가수 탤런트 개그맨 등, 그의 말을 액면 그대로 믿는다면 그들은 다 자신의 하수인이나 마찬가지였다. 지금이라도 전화만 하면 당장 달려와 자기 앞에서 굽실대며 형님! 한다는 것이다. 그러면서 자신의 이력을 펼쳐 보이는데 그렇게 화려할 수가 없다.

자칭 무대 경력 20년이라는 그는(아직도 현역이라고 주장함) 내노라 하는 연예인들과 함께 공연하면서 최고의 인기 절정을 누렸다고 했다. 따르는 여자는 부지기수로 많았고 처치 곤란할 정도로 흘러넘쳐 아내에게 이혼 당할 뻔한 위기도 여러 번이었다고 한다. 그는 악기도 못 다루는 게 없다고 했다.

건반 악기는 물론 드럼 트럼펫 색소폰 등 손으로 다룰 수 있는 악기는 만사 오케이라는 것이었다. 그러나 청년들이 정중하게 연주를 부탁했을 때 준비가 안 됐다며 그대로 내빼고 말았다. 어떻게 신앙을 갖게 되었느냐는 물음에 대답 또한 기상천외였다.

평소에 자신을 짝사랑하던 나이 어린 여자가 있었는데 죽기 직전 자기에게 예수 믿으라고 권고했다는 것이었다. 자신은 그 유언을 지키기 위해 교회 문턱을 열심히 드나드는 것이고 어쩌다 성령체험을 했단다.

그 성령체험이라는 것도 그랬다. 그는 자신에게 무슨 영적인 능력이 있는 것처럼 말하면서 어떤 사람을 봐도 그 안에 있는 악한 영의 실체가 보인다고 했다.

"투시의 은사를 받았나 보죠."

어느 여집사가 비꼬듯 말하자 그는 더욱 교만한 표정으로 말했다.

"성령의 아홉 가지 은사가 있는데 저는 그중에서 많은 것을 받았습니다. 그러니까 사도 바울께서는……."

그가 장광설을 늘어놓으려 하자 교인들은 모두 자리를 박차고 나가버렸다. 그의 다양한 언변을 들어보면 밤무대 출신인 것만은 틀림없는 것 같다. 청량리 근처에 있는 요상한 클럽에서 근무하는 것도 확실한 근거는 없지만 사실로 믿어진다.

그러나 그의 외모나 씀씀이로 보아 백수건달이 틀림없다고 하는 사람도 많이 있었다. 그가 굴다리 근처에서 무료 식사 대열에 끼어 끼니를 해결하는 모습도 여러 번 목격되곤 했으니까. 그 광경을 몇 번 들킨 다음부터 말수는 많이 줄어들었지만 뺑치는 솜씨는 여전했다.

어느 때는 머리를 어깨까지 늘어뜨린 채 나타나 엘비스 프레슬리 흉내를 내곤 했다. 뿐만 아니라 유행하는 가수 개그맨 흉내도 곧잘 냈다. 그런 그도 담임목사 앞에서는 순한 양이었다. 그는 자신보다도 서너 살은 어려보이는 젊은 목사 앞에서 늘 주눅이 들어 절절맸다.

때로는 안수기도를 받겠다고 따라다니며 조르는 경우도 있었다. 제아무리 잘나고 큰소리 땅땅 쳐도 영권(靈權) 앞에서는 무용지물이었다. 머리가 유난히 큰 소년도 가끔씩 교회에 나타났다. 그는 늘 목사 흉내를 내며 만나는 사람마다 먼저 악수를 청했다. 한쪽 손으로 머리를 빗어 올리며 어깨를 으쓱하는 그는 잘해야 스무 살 안팎이었다.

예배 도중 자리에서 일어나 성가대를 지휘하는가 하면 목사처럼 두 손을 높이 들고 축도를 했다. 그런가 하면 집 나온 4남매가 교회에 찾아와 잠자리를 요구한 적이 있었다. 4남매는 얼굴이 모두 비슷했다. 얼굴에 상흔과 불량기가 가득한 것도 비슷했다. 누가 건드리기만 하면 금방 폭발할 것만 같은 분노가 그들 얼굴에 팽배했다.

그들은 누가 뭐라고 하거나 말거나 교회 장의자에 누워 킥킥대고 웃었다. 특이한 것은 넷 다 얼굴이 퉁퉁 부어 있는 것이었다. 눈빛이 험악한 그들은 다 떨어진 신발에다 때에 찌든 옷에, 누가 봐도 고아원 출신임을 의심케 했다.

그런가 하면 사창굴에서 막 탈출한 것으로 보이는 여자의 얼굴도 보였다. 그녀는 공포와 수치심에 절은 얼굴로 예배드리다가 끝나기가 무섭게 목사에게 달려가 손을 맞잡고 눈물을 보였다.

가끔씩 노숙자 행려병자도 찾아왔다. 병세가 심한 노숙자는 종암동에 있는 성가병원이나 동부 시립병원으로 보냈다. 노숙자들에게는 교회에서 따로 거처를 마련해 주었다. 가끔씩 교회에 자원 봉사 나오는 팀도 있었다. 의대생들과 식품영양학과 학생들이었다.

이강두. 그는 588번지 근처에서 아르바이트하면서 학비를 조달하고 있었다. 그가 하는 일이 정확하게 무엇이었는지 잘 알 수는 없었다. 하지만 그는 그곳을 지날 때면 꼭 그녀와 동행하기를 원했다. 그것도 꼭 팔짱을 낀 채로. 그래야 여자들이 팔목을 낚아채지 않는다고 했다.

그들이 지나가면 유리창 안에 있는 여자들은 휘파람을 불거나 유리창을 손바닥으로 마구 두들겼다. 그녀들의 몸매는 환상적이었다.

미끈한 다리와 튼실한 둔부, 터질 듯한 가슴은 화가들이 그린 그 어떤 그림보다 아름다웠다. 어느 날 수민이 친구들과 함께 신촌에 있는 나이트클럽에 갔을 때 박스 안에서 멘트를 날리던 남자가 손가락을 쳐들며 말했다.

"여러분 사랑을 하려면 청량리로 가세요, 588로 가는 초특급 급행열차를 타십시오. 여러분을 기다리고 있습니다."

그 말의 의미를 어수룩한 그녀는 깨닫지 못했다. 사랑과 588이 무슨 상관이 있단 말인가. 나중에야 깨달은 그녀는 실소를 금치 못했다. 사랑과 섹스를 동일시해 말한 것을 그녀만 모르고 있었던 것이다.

어느 날 이강두는 수민에게 정식으로 프러포즈를 해 왔다.

"그리스도 안에서 당신을 영원한 반려자로 사랑하고 싶습니다."

처음에는 그 말이 무엇 말인가 싶어 얼떨떨하기만 했다. 그러나 다음 순간 왠지 징그럽다는 생각이 들었다. 사랑과 섹스를 동일시해 말하던 나이트클럽 디제이가 생각나서였다. 그의 진실이야 어떻든 남자로부터 사랑 고백을 듣기는 난생 처음이었다. 하지만 그녀는 그때까지 그에게 그렇게 진한 사랑의 감정 따위는 느낄 수가 없었다.

그는 그냥 스쳐가는 바람처럼 그녀에게 별다른 의미를 주지 못했다. 노코멘트로 일관하던 수민에게 자존심을 상한 탓일까. 이강두는 더 이상 말이 없었다. 그후 이강두와는 졸업을 두 달 앞둔 어느 날 결별하고 말았다.

그를 만났을 당시는 어머니가 돌아가시고 나서 얼마 안 됐을 때였다. 철썩같이 믿고 의지하던 어머니가 오빠의 뒤를 이어 세상을 버리고 나자, 그녀는 말할 수 없는 공허와 두려움에 사로잡혔다. 누군가가 나타나 어머니의 빈 공백을 채워줄 수 있다면 조금은 위로가 될 것 같았다. 그러나 이강두는 그런 역할을 감당하지 못했다.

신앙적인 논리만 강조할 뿐, 그는 지나치게 고지식했고 단순했고 영악하지 못했다. 보통의 남자라면 마음이 텅 비어버린 여자를 얼마든지 공략할 수 있었을 것이다. 그런 여자의 마음을 낚아채기란 식은 죽 먹기일 것이다.

그러나 이강두는 그렇지 않았다. 어리숙하게도 그는 진실에만 초점을 맞추고 있었다. 그것도 아무도 알아주지 않는 신앙적 양심에만 몰두한 채. 아무튼 그 당시는 그녀에게 가장 힘든 시기였다.

오빠가 젊은 나이로 의문사를 당하고 어머니마저 떠나버리자 그녀는 심각한 심리적 공황사태에 직면했다. 낭떠러지로 침몰한 그녀는 둥지를 잃은 가엾은 새였다. 어머니가 운영하던 상가는 어느 사이엔가 다른 사람의 명의로 이전되었고 그녀에게 남은 건 전셋집과 외로움뿐이었다. 정신적으로나 경제적으로 독립은 꿈도 못 꿀 수민에게 삶이라는 현실은 거칠고도 무서웠다.

무엇 하나 제 의지로 결단하기 힘들만큼 나약하고 허술한 그녀는 살기 위해 무엇이든 해야 했다. 그래서 대학을 꼭 졸업해야 했다. 그것이 어머니의 죽음에 보답하는 길이라 여겨졌다.

"환란 날에 나를 부르라 내가 너를 건지리니 네가 나를 영화롭게 할 것이니라."

어느 날 이강두가 찾아와 그 말 한마디와 성경을 두고 떠났다. 그리고 그 말은 그녀의 가슴에 각인처럼 새겨졌다. 힘이 들 때마다 외로울 때마다 두려움으로 온몸이 저려올 때마다 그 말은 힘이 되고 위로가 됐다.

고통이 외로움이 뼛속같이 스며올 때면 이강두가 두고 간 성경을 읽었다. 그녀가 느끼는 고통과 성경속의 고통은 그 의미가 달랐다.

"여호와를 경외하지 않는 것이 고통이요 악이니라."

그녀는 살아생전 어머니처럼 오로지 살기 위해 몸부림을 쳤다. 이따금씩 스며드는 공황심리와 어머니에 대한 그리움을 잊기 위해 더 힘들게 바쁘게 살았다. 조금이라도 여유가 생기면 어머니가… 오빠가 생각 속에 찾아와 그녀를 괴롭혔다.

보드라운 깃털 위에서 어미 새가 물어다 주는 먹이만 받아먹던 어린애에 불과했던 그녀였는데, 지난날이 꿈결같이 느껴졌다. 태어나서 한 번도 노동을 해보지 않은 손은 어느 사이엔가 거칠어졌고 너무도 지쳐 완전 그로기 상태에 이를 정도로 몸도 마음도 쇠잔해졌다. 그러나 어느 사이엔가 의지도 담력도 강건해진 자신을 느낄 수 있었다.

언젠가부터 그녀는 반드시 청량리를 떠나리라 마음먹은 적이 있었다. 청량리를 떠나야만 슬픔의 족쇄로부터 자유로울 것 같아서였다. 어머니가 생각나는……. 낮은 지대인 청량리……. 대낮에도 취객이 지나며 오물을 흘리는 음습한 골목길.

대표적인 사창가가 있는 청량리 588. 청과물과 어물전이 상시를 이루는 청량리. 떠나기 위해 늘 북적대는 청량리 역사(驛舍).

그래 이곳을 탈출하자. 내 어머니의 기억이 묻어 있는 이곳을 떠나 되도록 멀리 날아가 보자.

생각이 행동을 낳고 꿈은 이루어진다고 그것은 너무도 쉽게 현실로 다가왔다. 졸업과 동시에 지방에 있는 중등학교 임용고시에 합격, 대기 발령 순서에 오른 것이다. 그것이 바로 15년 전의 일이었다.

길거리가 분홍과 진노랑으로 물들어가던 봄날 그녀는 드디어 탈 청량리에 나섰다. 그것은 영화처럼 너무도 급작스럽게 이루어진 일이어서 자신도 잘 믿어지지 않을 정도였다. 그녀는 청량리에서 남행열차를 타면서 얼마나 울고 또 울었는지 모른다. 어머니가 깎아 주는 과일을 입에 넣어 줄 때까지 떼를 쓰며 울던 기억이 떠올랐다.

딸이 대학에 붙었다고 온 청량리 시장이 떠나가도록 잔치를 벌이던 어머니. 행여나 딸의 손에 구정물 묻힐 새라 늘 애지중지 금지옥엽으로 키우던 어머니. 하나뿐인 아들을 가슴에 파묻고 슬픔조차 내색할 줄 모르고 안으로만 삭이다 끝내 화병을 얻어 세상을 버린 어머니. 몸뻬 차림으로 시장바닥에 앉아 목이 쉬어라 떨이를 외치고 자식을 위해 머슴같이 죽도록 일만 했다.

살아생전 좋은 옷 한 벌, 맛난 음식 한번 제대로 못 먹어보고 딸을 위해 온전히 헌신한 어머니. 그 어머니가 창피해 일부러 먼 길을 돌아다녔던 못난 딸의 행태는 또 어떠했던가. 딸이 너무도 보고 싶어 대학 근처까지 찾아온 어머니를 창피하게 왜 찾아왔냐며 면박과 지청구를 하던 못난 딸.

수민은 그런 어머니는 무쇠로 만든 것이라 피곤하지도 아프지도 않을 거라 생각을 한 적이 있었다. 한 번도 자식 앞에서 피곤하다 아프단 말 한마디 없었으니까.

그녀는 그렇게 어머니 앞에서 몰인정했고 무관심했다. 오직 자신밖에 몰랐다. 어머니를 생각하면 아련한 기억 속에 묻힌 고통과 아픔뿐이었다. 그 어머니에 대한 기억이 봇물처럼 터져 나왔다. 자신을 먹이고 키웠던 청량리 시장이었는데 그녀는 왜 그토록 떠나고 싶어 했을까.

그 기억 속에 웅크린 부끄러움에 그녀는 진저리를 쳤다. 그녀가 도착한 곳은 남해 바다가 보이는 아주 외딴 곳이었다. 고속버스에서 내려 시외버스를 두 번이나 갈아타고도 내려서 20분을 걸어야 하는 곳이었다. 왜 그토록 빨리 발령이 났는지 알만 했다.

그곳은 그녀가 처음 겪는 초행길이자 타관이었다. 태어나서 그때까지 그녀는 한번도 청량리를 벗어나 본 적이 없었다. 물론 학창시절 잠깐 여행간 기억은 있을지 몰라도 거주지를 옮겨본 것은 그때가 처음이었다.

그녀가 졸업 후 첫 직장으로 발을 내딛은 중학교는 그녀에게 또 다른 시련을 예고하는 시험 무대였다. 아직 솜털이 보송보송한 그녀를 학생들과 교사들은 신기한 눈으로 바라봤다. 신출내기 교사가 뭘 제대로 해낼 수 있을까.

영 못 미더워하는 눈치가 역력했다. 그것은 그녀가 처음으로 맞닥뜨린 거부반응이었다. 그들은 과연 시골 사람답게 나이 부모 고향 등지를 따져 물으며 동질감을 찾으려 애썼다. 경상도 사투리와 다혈질의 성격이 대부분인 그들은 상대하기 버거울 정도로 직선적이었다. 그때마다 그녀는 여러번 당혹감을 감추지 못했다.

낯가림. 그것은 어릴 적 그녀의 별명이었다. 하도 낯가림이 심해 어머니는 그녀를 남에게 맡겨본 적이 한 번도 없었다. 어머니의 품속에 갇혀 지내다 보니 외부 사람을 경계하느라 정붙이기가 그만큼 힘들었다. 더구나 생면부지의 이곳에서야……

겉으로는 시골 인심 운운하며 친절한 척해도 나중에 가면 전혀 딴 소리를 하는 게 사람 마음이었다. 어느 정도 서로의 처지를 알게 되고 마음을 터놓고 지내게 될 무렵, 유혹의 손길이 뻗쳐오기 시작했다.

그녀는 남자들이 손짓을 해 올 때마다 그 저의를 파악할 수 없어 애를 먹었다. 진짜로 순수하게 좋아하는 건지, 흑심을 품고 마수를 뻗치려는 건지. 순결을 덮치기 위한 계획적인 감정놀음인지……

그녀가 남자 교사와 몇 번 말을 주고받은 것을 보고 심각한 이성관계로 발전시켜 소문을 퍼뜨리는가 하면 심지어는 유부남인 교사와 불륜관계에 있다고까지 소문이 돌기도 했다. 그 근원지야 어쨌든 그것은 그녀에게 치명적으로 작용했다. 고립무원인 그녀의 처지를 깔보고 노골적으로 유혹을 해오는 경우도 있었다.

퇴근하는 그녀를 따라붙기 위해 미리 자동차를 대기시켜 놓았다가 납치하려는 경우도 있었다. 그때 그녀가 죽을 각오를 하고 자동차에서 뛰어내리지 않았다면 그녀는 순결을 짓밟혔을지도 모른다. 혼자라는 건 과연 위험하고도 고달픈 것이었다.

꽃을 한 아름 사들고 하숙집 문을 지키던 남자가 있었다. 매일 밤 그녀의 퇴근 시간에 맞춰 나타나 자신의 사랑을 받아달라고 읍소하는 폼이 꽤나 진실성 있어 보였다. 한 서너 번 만났을까.

남자는 본색을 드러냈다. 그녀에게 억지로 술을 마시게 하고는 동침을 요구하는 것이었다. 그것도 반 협박조로. 그는 자신의 목적이 성취되지 않자 몹시 화를 내며 돌아갔다.

"아니, 여자가 말야. 눈치가 있어야지. 왜 그리 비싸게 구는 거야."

문제는 그 다음에 있었다. 알고 보니 그는 처자가 딸린 유부남이었다. 며칠 뒤 그의 아내라는 여자가 교무실로 찾아와 난장을 피우고 간 것이다.

"선생이란 년이 남의 남자나 넘보고……. 이년 어딨어? 당장 모가지를 분질러 버릴 테다."

여자는 교무실에 있는 집기를 마구 집어던지며 난장을 피웠다. 적반하장도 유분수지 제 남편의 행태는 까맣게 모른 채 모든 걸 그녀에게 뒤집어씌우는 것이었다. 남자가 무슨 말을 어떻게 전했는지, 자기 남편은 가만히 있는데 이쪽에서 꼬리쳐 먼저 유혹의 손길을 뻗쳤다는 말도 안 되는 주장을 펼치면서 여자는 광분하고 있었다. 여자는 자기 남편이 영화배우처럼 잘 생긴 줄로 착각하는 모양이었다.

"너 잘 들어 다신 내 남편 넘보았다간 그땐 너 죽고 나 죽는 거야."

수민의 사정을 알 길 없는 교사와 교장은 그녀에게 시말서 쓸 것을 종용했다. 그녀가 아무리 사실을 말해도 소용없었다. 아니 땐 굴뚝에 연기 나랴 식이었다. 아니 그들은 한 술 더 떠 온갖 소문을 부풀려 냈다. 문제는 그 다음에 또 발생했다.

남자가 학교 근처에 나타난 것이다. 남자는 뻔뻔스럽게 아내의 잘못을 사과하며 자신과 동행해 줄 것을 요구했다. 그에게는 최소한의 양심이나 상식적인 기준도 없어 보였다. 순간 자책감과 분노가 가슴속에서 소용돌이치며 일어났다. 도대체 나의 어떠한 점이 저 남자를 저토록 뻔뻔하고 당당하게 만들었을까.

내가 정말 저 남자를 유혹하기라도 한 것일까. 그녀는 너무도 기가 막혀 그 자리에서 쓰러질 뻔했다. 그런 식으로 남자들은 그녀의 주변을 맴돌며 늘 크고 작은 사건들을 만들어 냈고 그때마다 그녀는 이삿짐을 싸야 했다.

그 비애감과 분노, 상실감은 그녀를 나락으로 빠뜨렸다. 그로 인해 그녀는 한동안 우울증과 자포자기의 심경에 사로잡혀 지냈다. 그렇게 낯선 타관을 전전하며 지나는 15년이라는 세월 동안 그녀는 총 여섯 번의 사랑에 실패했고 네 번의 자살을 시도했으나 모두 실패했다.

그런데 그때마다 이상하게 이강두가 떠오르면서 그녀는 묘한 상상력에 휘말렸다. 고통이 심각하면 할수록 불신감과 피해의식이 크면 클수록 이상하게 이강두에 대한 생각이 그녀의 뇌리를 차지했다. 이강두는 그들과 다를 것이라는 밑도 끝도 없는 확신이 드는 것이었다.

그는 지금쯤 무엇을 하고 있을까, 하는 사소한 궁금증으로부터 대학시절 그가 프러포즈했을 때 그냥 모른 척하고 받아 줄 걸 하는 후회감까지 포함돼 있었다. 그때 그와 결혼해 살았다면 사람들의 입놀림에 오르내리지도 또 괴로운 타관살이도 하지 않아도 될 것을 하고, 별별 생각이 다 꼬리를 물고 일어났다.

또 직장을 서울로 옮겨 볼까도 여러 모로 생각했다. 그러나 그 뒤에는 이강두에 대한 궁금증이 숨어 있었다. 15년이라는 긴 세월을 보내는 동안 그녀는 동료를 따라 교회에 나가 착실하게 신앙생활을 하기도 했다.

허전하고 빈 가슴을 신(神)의 은총으로 대신 메워 놓으면 살기가 좀 편해지지 않을까 하는 바람에서였다. 그러나 상황은 좀처럼 달라지지 않았다. 마음은 갈대 같아서 늘 우왕좌왕이었다. 타관 생활이라는 게 좌불안석 불안하기만 했다. 그러다 결정적인 사건이 발생했다.

여학생 중의 하나가 그녀를 향해 상욕을 하면서 주먹을 휘두른 것이다. 그 애는 인근에서 유명한 깡패였다. 덩치가 남자 못지않게 크고 성격도 폭력적이고 안하무인이었다. 아버지가 경찰서장이라는 이유로 문제가 발생해도 겁날 것 없다는 발상이 항상 문제를 일으키는 아이였다.

그 사건으로 학교는 발칵 뒤집혔고 학생 앞에서 공개적으로 개망신을 당한 그녀는 사직서를 제출하고야 말았다. 그러자 미처 상상하지 못한 자유와 해방감으로 가슴이 벅차올랐다. 동료교사들은 사직서를 미결 상태로 놓고 여러 가지 이유를 들어 만류했지만 그녀의 고집을 꺾을 수는 없었다.

주먹을 휘두른 아이가 찾아와 무릎을 꿇고 용서를 구해도 마찬가지였다. 후임교사가 오는 대로 그녀는 그 지겨운 도시를 떠나오고 말았다.

열차가 청량리에 와 닿는 순간 그녀는 환호했다. 공해에 찌든 청량리 하늘이 그렇게 반가울 수가 없었다. 청량리 역사(驛舍)를 빠져나오는 동안 그녀는 몇 번이나 뒤를 돌아다보았다. 고향으로 돌아오기까지 기나긴 여정이 묻어 있는 듯했다.

롯데백화점 앞을 지나 성 바오로 병원을 향해 천천히 걸었다. 사방천지에서 빛줄기가 가슴속으로 밀려왔다. 왼쪽 도로로 접어들자 사창가 골목이 보였다. 언제가 이강두로부터 들은 부자(父子)이야기가 생각났다. 부자가 함께 사창가를 드나들다 우연히 마주친 이야기. 그 일로 인해 아들은 죽음을 택하고…….

답십리 굴다리가 나타났다. 찬바람이 부는데도 거리에 쓰러져 누운 노숙자들의 모습이 보였다. 그들이 먹다 남은 소주병과 컵라면이 아무렇게나 나뒹굴었다. 삶의 패잔병이 되어 거리에 내팽개쳐진 그들 위로 사나운 밤바람이 엉켜 붙었다.

어디선가 여자들의 비명소리가 들려왔다. 싸움을 하는지 유리창과 병 깨지는 소리도 들렸다. 그런가 하면 고기 굽는 냄새가 사방에서 진동을 했다. 알코올 냄새와 고기 냄새가 한데 어우러져 토할 것 같았다.

굴다리를 지나자 국내 유일의 무료진료 병원 건물이 보였다. 그녀는 거기서 걸음을 딱 멈추었다. 그 건물 바로 뒤 허름한 한옥 집이 어릴 때 그녀가 살던 곳이었다. 지금은 그 집이 헐리고 상가가 들어서 있었다. 상가 바로 뒤에 안디옥 교회가 보였다.

안디옥 교회는 증축을 해서 5층 건물로 변해 있었다. 1. 2층은 예배실로 3. 4층은 선교관으로 5층은 교육관으로 쓰고 있었다. 이강두는 아직도 안디옥 교회에 남아 있을까? 아니면 먼 지방이나 외국에 가 있는 걸까? 새삼스럽게 그의 안위가 궁금해졌다. 결혼은 했을까? 내 나이가 지금 서른아홉이니까 그는 마흔이 되었겠군.

그의 아내 되는 여자는 어떤 스타일의 여자일까. 자녀는 몇이나 두었을까. 그를 닮았을까. 가만 그의 전공이 뭐였더라. 맞아 경영학이었어. 그렇다면 취직해서 과장이 되었겠군. 이제 제법 중년 티가 날지 몰라. 두 턱이 지고 배가 나왔을까. 옛날처럼 의협심이 강해 아직도 신앙논리에만 충실해 살아가는 건 아닐까.

세월이 많이 흘렀으니 그도 세파에 물들었겠지. 워낙 세상이 험하니까. 그나저나 나를 보면 알아보기나 할까. 그녀의 가슴은 어떤 기대감으로 한껏 부풀어 올랐다. 신축중인 건물 상가에서 비닐이 펄럭이고 있었다.

오토바이가 헤드라이트를 강하게 비추며 그녀 곁을 지나갔다. 오바이트를 하느라 담벼락에서 웩웩거리는 남자가 보였다. 중년으로 보이는 남녀는 서로의 허리를 껴안고 달려오는 택시를 향해 뛰어갔다.

예나 지금이나 청량리는 별로 달라진 게 없었다. 안디옥 교회는 불을 환하게 밝힌 채 빛 되신 그리스도의 품으로 돌아오라고 인생들을 향해 재촉하고 있었다. 철야 기도회를 하는지 기도의 함성이 들려왔다.

아! 저들은 오늘도 신을 향한 간구를 밤새 부르짖을 모양이다. 중간 중간 보혈의 찬송도 들려왔다. 그러더니 잠시 후 조용해졌다. 얼마가 지났을까. 교회 문이 열리더니 교인들이 우르르 쏟아져 나왔다.

수민은 몸을 상가 뒤로 숨긴 채 문에서 나오는 교인들의 얼굴을 눈여겨봤다. 옛날에 비해 옷차림도 깔끔하고 부유해 보이는 인상들이 많이 보였다.

마지막으로 검은 성의를 입은 목사의 모습이 보였다. 옆모습이 어디선가 많이 본 듯한 인상이었다. 그러나 불빛에 가려 잘 식별하기가 어려웠다. 이윽고 문이 닫혔다. 수민은 교회를 향해 천천히 다가갔다. 가슴이 오그라드는 것 같았다.

꼭 도둑질하는 심정이었다. 교회 문 앞에 이르자 불이 꺼졌다. 다음날 아침 수민은 일찍 청량리 시장을 갔다. 지방에서 올라온 트럭이 짐을 부리느라 장사진을 치고 있었다. 소매상인들이 달려들어 서로 좋은 물건을 차지하겠다고 아우성을 쳤다.

어머니의 모습이 떠올랐다. 새벽 일찍부터 시장에 나가 물건을 부리고 들어와 딸의 아침상을 준비하던 어머니. 도시락 반찬에 신경 쓰느라 어머니는 잠시도 쉴 틈이 없었다.

"우리 딸 남들한테 기죽으면 안 되는데."

혼잣말을 중얼거리며 어머니는 아침마다 조바심을 쳤었다. 수민은 상인들의 모습을 보면서 삶의 활력을 느꼈다. 청과물 시장에서 과일 몇 가지를 산 수민은 노상 음식점이 보이는 쪽으로 발걸음을 옮겼다. 좁은 통로에 먹자골목이 형성돼 있었다.

고추 방앗간을 지나 내의 종류를 파는 가게를 지나자 야채전이 보였다. 그 야채전 왼쪽 골목으로 시골집이란 간판이 보였다.

대학 노트만한 크기에 페인트로 쓴 것이었다. 큰 고무다라에서 물이 흘러넘치고 있었다. 주인 여자가 커다란 양푼에다 김치를 버무리고 있었다. 식당 안으로 들어서자 상인으로 보이는 사람들이 식사를 하고 있었다.

그들에게서 어머니의 모습이 느껴졌다. 가슴이 찡해 왔다. 오빠가 죽은 후 이 시골집에서 밥을 시켜 먹던 어머니. 그 당시 백반 값이 천 원 하던 이 시골집에서 어머니는 끼니를 때웠었다. 그 어머니를 생각하자 비로소 고향으로 돌아온 느낌이 들었다.

"아줌마, 여기 밥 한 상이오."

수민은 어머니 흉내를 내며 말했다. 된장국의 구수한 향내가 코끝에 다가왔다. 그녀는 생전의 어머니처럼 밥을 된장국에 말아 입에 가져갔다. 젓가락으로 반찬을 집어 올리다 말고 그만 목이 메었다.

사시사철 시장 바닥에 앉아 장사하던 어머니. 자식 자랑에 열 올리다 주변 상인들로부터 지청구를 듣던 어머니, 딸의 대학 입학을 자랑하며 동네방네 잔치를 벌이던 어머니. 지금쯤 살았다면 이 딸의 모습을 어떤 눈으로 바라볼까.

어머니가 살아 계셨다면 지금과는 전혀 다른 모습으로 살아갈지도 몰라. 아마 아이 엄마가 되어 이 시장 골목을 오가며 지낼지도 몰라. 어머니에게 외손자를 보여주며 투정을 해대겠지. 또다시 눈물이 솟구쳐 올랐다.

밥을 다 먹고 나자 얼굴이 눈물로 뒤범벅이었다. 시골집에서 나와 먹자골목으로 들어섰다. 파라솔을 펼쳐 놓은 채 술과 음식을 파는 상인들이 곳곳에서 손짓을 했다.

"칼국수 맛있어요. 드시고 가세요."

"꼼장어 맛있어요. 잘 해 드릴게 드시고 가세요."

소매를 잡아끄는 여자 상인도 있었다. 그때였다. 왼쪽으로 보이는 의류상가에서 귀에 많이 익은 듯한 목소리가 들려왔다.

"환란 날에 나를 부르라 내가 너를 건지리니 네가 나를 영화롭게 하리라는 말씀이 있습니다. 우리 인생은 고해와 같아서 언제 무슨 일을 만날지 모릅니다. 1분 이후의 일도 알 수 없는 게 인생사입니다. 그래서 사람들은 불안해하고 점을 치기도 하고 심지어 어떤 이는 부적을 의지하기도 합니다. 그러나 우리 인생은 오직 하나님 손에 달려 있습니다. 인생의 생사화복을 주관하시는 이는 오직 하나님 한 분뿐입니다. 부적이나 요행은 문제를 해결할 수 없습니다. 오직 전능주 하나님만이 문제 해결자가 되십니다. 하나님을 사랑하는 자 곧 그 뜻대로 부르심을 입은 자에게는 모든 것이 합력하여 선을 이룬다고 했습니다. 우리가 보기에는 당장 슬퍼 보이고 안 된 것 같아 보여도 나중에 가면 그것이 오히려 전화위복이 되는 경우가 얼마나 많이 있습니까? 그리고 당장은 좋아 보여도 나중에 보면 그것이 오히려 화근이 되는 경우도 우리가 많이 보지 않습니까. 현재의 모습보다 미래에 소망을 걸고 사십시오. 하나님께서 반드시 복을 주시고 합력하여 선을 이루는 결과가 나타날 것입니다."

목소리 톤이 어딘가 많이 귀에 익은 듯했다. 수민은 기억을 떠올리다 자신도 모르게 목소리의 주인공을 향해 고개를 돌렸다. 이강두였다. 그가 목사가 되어 교인 집에 심방 왔다가 설교를 마친 후 막 일어서고 있었다. 심방 집사로 보이는 여자도 같이 일어섰다. 이제 서른이 되었을까. 여자는 앳되어 보이면서도 보기 드믄 미인 축에 속했다. 이강두가 주인 여자의 손을 붙잡고 위로의 말을 건넸다.

"우리의 피난처는 오직 하나님뿐입니다. 세상 근심 격정 주님 발 앞에 다 내려놓고 평안을 누리십시오 주님이 다 돌봐 주실 겁니다."

"예, 예 목사님 고맙습니다."

옆에 서 있던 여집사가 말했다.

"어려운 일 생기시면 곧바로 연락 주세요. 저희가 모시러 올게요."

"예, 예 고맙습니다."

여자가 연방 허리를 굽실거리며 머리를 조아렸다. 심방을 마친 이강두가 심방 집사와 함께 현대코아가 있는 쪽으로 걸어갔다. 그 뒷모습을 바라보는 수민의 눈에서 눈물이 흘렀다. 이강두. 그가 목사가 되어 심방을 마치고 돌아가는 것이었다.

대학생 때부터 전도사로 불리던 그가 목사가 되리라고 왜 미리 짐작하지 못했을까. 수민은 좁은 골목길을 빠져나와 횡단보도가 있는 쪽으로 걸어갔다. 호두과자를 파는 리어카상과 노점상들이 발끝에 채일 정도로 많았다. 그들이 질러대는 소리로 귀가 다 먹먹할 지경이었다.

횡단보도를 건너자 곧바로 롯데백화점이 보였다. 오른쪽으로 588 거리가 보였다. 이전에는 청소년 출입금지란 팻말과 한께 거리가 온통 유리창 안에 든 여자 일색이었는데 지금은 그 거리가 상가로 변해 있었다.

세월이 15년이나 지나는 동안 그 거리도 구획정리가 된 모양이었다. 옛날 이강두와 함께 걸었던 그 거리를 혼자서 상가 간판을 읽으며 걸어갔다. 한참 걸어가자 유곽이 보였다. 노래방 섹시클럽이란 간판도 보였다.

남자들이 그곳 주변을 맴돌며 서성거리고 있었다. 그때였다. 귀청을 뚫을 듯이 들려오는 소리가 있었다.

"환란 날에 나를 부르라 내가 너를 건지리니 네가 나를 영화롭게 하리라"

이강두. 그가 행인들에게 전도지를 나눠주며 복음을 외치고 있었다. 그 옆에 서 있는 여자도 보였다. 심방 집사, 아니 자세히 보니 그의 아내였다. 순간 가슴이 철렁하며 실망감이 가슴속으로 물살처럼 퍼져갔다.

날씬한 체격에 호감 가는 인상의 여자였다. 그의 아내는 행인들에게 전도지를 나눠주며 내조를 톡톡히 감당하고 있었다. 그 모습을 바라보며 수민은 휴 하고 안도의 숨을 내쉬었다.

"어휴, 그때 내가 프러포즈 받았을 때 거절하길 잘했지."

발걸음을 돌이키는데 어디선가 호루라기 소리가 들려왔다. 소매치기가 발생한 모양이었다. 방범대원으로 보이는 남자가 팔을 내지르며 한 남자의 뒤를 쫓고 있었다. 사람들이 발자국 소리를 내며 일제히 몰려갔다. 수민도 그들을 따라 정신없이 달려갔다. 한참을 달려가는데도 이강두의 목소리가 계속 맴돌며 들려왔다.

"환란 날에 나를 부르라 내가 너를 건지리니 네가 나를 영화롭게 하리라" (2006년 조선문학)

실제훈련

1호선 전철 역사(驛舍)를 올라왔다.

역 광장으로 가는 오른쪽 벽면에 독립투사에 관한 글귀가 보였다. 평생을 조국의 독립에 몸 바친 의사(義士)는 애국 항일 정신을 후세들에게 전하며 진한 감동마저 선사하고 있었다. 극도의 이기주의 개인주의가 판치는 세상에 애국심, 아니 경각심을 일깨우며 무언의 암시를 던지고 있었다.

「국가가 없으면 미래도 없다」

언젠가 양재동에 있는 윤봉길 의사 기념관에 간 기억이 났다. 그때의 감동을 수필로 써 발표한 적이 있었다. 인터넷 사이트를 통해 발표했을 때 얼마나 많은 비난을 받았는지 모른다. 이유는 위대한 시인을 비판했다는 말과 함께 작가의 소양이 부족하다느니 하면서 야유에 가까운 원성을 받았다.

어떤 사람은 자기가 일제에 태어났다면 틀림없이 친일했을 거라면서 일본 만세를 외치기도 했다. 하긴 모 방송 프로그램에서도 나약한 기자는 말했었다. 자기가 일제 시대에 살았다면 어쩔 수 없이 친일에 가담했을 거라고.

그러면서 그가 하는 말이 독립투사들의 용기에 대해 무한한 존경과 찬사를 보낸다고 했다. 용기가 없어 애국을 못하는 거야 그렇다 치더라도 친일파를 향해 비난했다고 해서 욕까지 먹게 될 줄은 몰랐다.

아무리 생각해도 애국과 정의의 기준이 무엇인지 그 순간 엄청 헷갈렸었다. 역 앞에서 시외버스를 탔다. 창밖을 내다보는데 가벼운 흥분이 몰려왔다. 짓다 만 건물이 구조물만 남긴 채 흉한 모습으로 행인들을 내려다보고 있었다.

아마도 자금이 바닥났거나 피치 못할 사정으로 건축이 중단 되었을 것이다. 사람들은 흉가처럼 변해버린 건물을 볼 때마다 상상의 시나리오를 써댈 것이다. 상가를 조금 벗어나자 간판이 바뀌기 시작했다.

주물 사출성형 금형 선반 밀링이란 단어가 검은 기름때와 함께 지나갔다. 대형음식점과 모텔 건물도 전철이 지나는 주변 도로를 따라 형성돼 있었다. 강물이 흐르는 교각을 지나자 굴다리가 보였다. 페인트칠이 벗겨진 단층짜리 건물 사이로 옛 정취가 흐른다. 굴다리 왼쪽으로 골프 연습장이 보였다.

그물망처럼 쳐진 골프연습장과 초록 잔디가 주변의 환경과 동떨어진 느낌이 들었다. 그곳을 조금 지나자 고가도로가 보였고 자연과 도심의 정취가 사람들의 마음을 당기고 있었다. 버스를 내려 천변을 따라 걷는데 어디선가 색소폰 소리가 들린다.

7080 팝송이 유흥지에 흐른다. 나도 모르게 어깨가 들썩거려진다. 천변과 산자락을 중심으로 봄기운에 취한 현란한 색채가 마음을 흩트려 놓는다. 흐드러진 벚꽃과 진달래 개나리가 색소폰 소리와 함께 산과 거리를 메우고 있다.

거리는 개울물과 함께 드라마의 한 세트장 같다. 낭만이라는 글자를 공중에 뿌려놓은 것만 같은 훈훈한 정취가 흐른다. 이곳에서 봄기운은 사람들의 마음을 터치할 것이다. 아무리 강팍한 사람일지라도 온유하고 부드러운 마음으로.

상춘객들은 대부분 중년남녀들이다. 지천으론 남아도는 시간을 산에다 정염을 풀어대고 해거름이 지면 내려와 개울가 근처 음식점에 들어가 고기와 술로 시든 영혼을 달랜다. 짙은 화장과 선글라스로 면피하고 스타킹처럼 쫙 달라붙은 옷차림으로 젊은이들 흉내를 내고는 음담패설과 술기운으로 밤을 맞이한다.

발악하듯 늙음과 맞서보지만 이미 초로(初老)에 들어선 그들은 육신의 허전함을 한발 앞서 느끼고 있다. 살아온 세월이 얼굴에 칼주름이 되어 흉하게 이지러진 표정으로 남는다. 탐욕과 정욕, 발악하듯 살아온 삶의 이력서가 허무와 노년의 쓸쓸함으로 남는다. 술잔을 맞부딪치며 위하여를 외쳐 보지만 마음에는 벌써 눈물이 흐른다.

평생 자식 농사에 목숨 바쳤건만 남은 건 빚뿐이라며 무자식이 상팔자란 소리도 여기저기서 들린다. 노년에 대한 두려움으로 탄식하는 소리도 들린다. 암이니 뇌졸중이니 수술이란 단어도 들린다. 술 취한 사람들의 노래가 술잔 부딪치는 소리와 함께 섞인다. 최고급 등산복에 등산화를 신은 사람들은 잠시나마 젊음의 흉내를 내고는 쓸쓸히 웃는다.

내 어린 시절, 저런 모습들을 얼마나 혐오했던가. 여고시절 만원 버스에 시달리며 등교할 때 가장 보기 싫은 광경 중의 하나가 추한 중년의 모습이었다. 자리가 나면 가방부터 던져 놓고 자리를 차지하는 그악스런 중년여자들. 욕심이 덕지덕지 달라붙은 얼굴에 비둔한 몸집을 흔들며 체면이고 예의고 도통 모르쇠로 일관하는…….

자식들 일이라면 두 팔부터 걷어붙이고 치맛바람 날리는 강철 같은 어머니상은 그래도 나았다. 거기에는 헌신적인 사랑이 숨어 있었으니까. 지금이야 달라졌지만 30년 전만 해도 남아선호 사상에 사로잡혀 앞장서서 딸들 구박하고 나서는 것도 어머니들이었다.

언젠가 나를 찾아와 눈물로 호소하던 이선희씨가 떠오른다. 그는 내 열렬한 독자였다. 항암치료로 홀랑 빠진 머리칼을 하고서 나만 보면 다가와 눈물부터 쏟았다.

"작가님, 내 이 가슴 아픈 사연을 꼭 소설로 써 주세요, 전 전 살면서 죽음을 생각하지 않은 순간이 거의 없었답니다. 어릴 때부터 내 앞길을 막은 건 제 어머니였지요."

"어머니가 왜요?"

"하나뿐인 독자 아들 위한다고 어린 저에게 지게 지고 농사일 시킨 게 바로 제 엄마예요, 중학교 2학년 다니고 있는데 아들 치다꺼리 하라고 다니던 학교를 때려 치라는 거예요, 그래도 전 순종했어요, 비록 사랑은 받진 못했지만 전 엄마를 사랑했거든요."

말 잇기도 힘이 드는지 숨찬 목소리로 간신히 말했다.

"작가님에겐 위로의 힘이 있는 것 같아요, 위로의 은사 말예요, 참 고마워요, 이렇게 제 이야기를 들어주시고 지난번에 주신 책은 잘 읽었어요, 너무 재미있게 읽었어요, 어떤 부분에 가서는 제 이야기 같아 얼마나 울었는지 몰라요."

"고마워요, 선희씨 같은 독자가 있어 글 쓸 힘이 나네요."

"저는 결혼도 어머니가 등 떠밀어서 했어요, 남편이 마음에 안 들었지만 그래도 어머니가 하라는 건 무조건 순종하려 했어요, 혹시나 사랑받을까 해서. 그런데 제가 결혼해서 죽을 고생해서 집을 마련하니까 제 엄마가 뭐라는 줄 아세요?"

"……?"

"그 집을 제 남동생한테 주라는 거예요, 그뿐인 줄 아세요, 돈이 조금 모일라치면 남동생에게 주라고 득달같이 연락이 와요, 제가 어찌 되든 전혀 상관없다는 투예요. 제가 암수술을 받고 누워 있는데도 병원에 단 한 번도 찾아오지 않았어요."

그녀는 이제 엉엉 소리 내어 울었다. 나는 친엄마가 맞냐고 묻고 싶은 걸 간신히 눌러 참았다.

"해준 건 아무것도 없으면서 얼마나 당당하게 요구하는지 몰라요, 제가 이혼하고 나서 정신과 치료를 받는데 찾아와서 한다는 말이 뭐 하러 하느님을 믿느냐는 거예요, 제 마음 하나 다스리지 못하면서, 기가 막혀서 버릇없는 며느리년한텐 말 한마디 못하면서 딸한텐 언제나 기세 등등 큰소리만 쳐요."

"그래도 선희씬 하느님 자녀잖아요, 어머니의 사랑 방식이 잘못된 건 사실이지만 이젠 용서하고 앞으로 좋은 일만 생기기를 기도하세요."

"수술할 때 대장을 삼십 센티 잘라냈어요, 항암 치료하고 나서 죽을 고비 몇 번 넘겼는데 제 몰골이 이렇게 변하니까 아차 싶었나 봐요."

무슨 말이 나올까 싶어 다음 말에 귀를 기울였다. 설마…….

"제가 죽을지도 모른다는 생각이 들었는지 처음으로 안쓰러운 표정으로 쳐다보더니 하는 말이 돈은 얼마나 모아 놓았느냐고, 그래서 제가 악을 쓰며 말했어요. 왜 그 돈마저도 그 잘난 아들 주라는 거냐고."

"그랬더니요?"

"호스피스 병동에 들어가라고 하더라고요. 그러면서 제 여동생을 시켜 끝까지 옆에서 잘 돌보라고 그게 제 어머니의 마지막 모성이었나 봐요, 작가님, 전 너무 허무한 인생을 살았어요, 오십 평생을 누굴 위해 살았는지 무엇 때문에 그렇게 아등바등 살았는지 모르겠어요."

나는 자식들 일을 묻고 싶었지만 차마 입을 뗄 수 없었다. 상한 마음에 기름을 끼얹는 건 아닌가 해서였다. 선희씨는 잠시 미소 짓더니 말했다.

"사람들이 저를 보면 하는 말이 있어요, 하느님께서 주신 달란트를 왜 사용 않고 허비하느냐고, 제 이름이 가수 이선희랑 똑같잖아요, 그런데 전 사실 노래를 못해요."

그녀는 빠진 머리칼을 감추느라 깊게 눌러쓴 모자를 손으로 매만지며 말했다.

"남편과는 이혼했는데 여자 문제가 원인이었어요. 자식들은 둘 다 그 여자한테 맡겼어요, 집을 나와서 사업을 시작했어요, 처음엔 동네에서 작은 양품점을 했는데 사업이 잘 안 돼 곧 문을 닫았어요, 다음에는 동평화 시장에서 작은 옷 도매상을 했어요, 꼭 두새벽에 일어나 장사를 하는데 꽤 장사가 잘 됐어요. 예금통장에 돈이 쌓이고 꽤 평수 넓은 아파트도 장만했어요, 어려운 사람들도 돕고 선교지에 헌금도 보내며 신앙생활도 열심히 하는데 어떻게 소문이 났는지 남자들이 다가오는 거예요, 제게 돈이 있다는 정보가 들어간 거죠.”

저런, 나는 속으로 혀를 끌끌 찼다. 그녀는 회한에 찬 표정으로 말했다.

“작가님, 돈 없다고 애태우지 마세요, 여자가 능력이 있으면 그 돈 빼앗으려고 사기꾼만 모여든답니다. 여러 번 속아 있던 집 날리고 겨우 지하 셋방에서 사는데 제가 암이 걸린 걸 알고는 남자가 제 곁을 떠나더라고요, 사실 그때가 제겐 가장 사랑이 필요한 시기였는데.”

그녀는 눈물을 한 방울 삼키고 나서 말했다.

“암 수술 받고 항암 치료 받는데 그때 비로소 느꼈어요, 내 주변엔 아무도 없구나. 하느님밖에 안 계시구나. 수녀님과 교우들이 가끔 찾아와서 위로해 주었지만 가고 나면 오히려 더 마음이 아픈 거예요, 저들은 모두 건강한데 나만, 나만…….”

그녀의 신세 한탄은 한참을 이어졌다.

“선희씨는 하느님께 축복받은 딸이에요, 사람은 우리에게 위로를 못 준답니다. 오직 하느님만이 우리의 위로자가 되시며 영생의 기쁨을 주시지요. 미래는 누구도 장담 못해요.”

“맞아요 작가님, 천국에 가서도 작가님을 잊지 않고 기도할게요, 작가님은 제가 세상에 태어나 처음으로 저를 위로해 주시고 격려해 주신 고마우신 분이세요.”

“제가 무슨, 끝까지 하느님만 의지하세요, 평강의 주님께서 선희씨를 끝까지 돌보시고 책임지실 거예요.”

하느님이 선희씨를 꼭 살려주실 거예요. 나는 끝내 그 말을 하지 못했다. 그녀가 용인에 있는 호스피스 병동으로 떠나고 나서 한 달이 지났다. 어느 날 문자가 왔다.

'작가님, 저는 지금 너무나 평화롭습니다. 제 어머니와 제 주변 사람들 모두를 용서하고 나니 자유와 평강이 넘칩니다. 그동안 고마웠습니다. 우리 이다음에 천국에서 만나요.'

문자를 확인하는 순간 가슴속 깊은 곳에서 탄식어린 울음이 솟구쳐 올라왔다. 그녀를 처음 만났던 순간부터 마지막 만남까지 영상이 한 순간에 지나갔다. 성당에 있는 교우들 중 누구도 그녀의 이야기를 들으려 하지 않았다. 이상하게 그 성당에는 유난히 고학력자가 많았다. 직업도 하나같이 전문 직종이었고 빼어난 외모의 소유자도 많았다.

대대로 천주교 집안이 많았는데 조상들 가운데는 순교자도 많았다. 따라서 그들은 자부심도 대단했다. 좋은 신앙 환경 속에서 자란 탓인지 다른 사람의 상처나 고통을 이해하는 힘도 부족했다. 그 중의 하나가 선희씨의 학력이었다.

아무리 집안환경이 어려워도 그렇지 어떻게 중퇴란 말인가. 그럴 것 같으면 검정고시를 하든가 어떤 방법을 통해서라도 최소한 고등학교는 마쳐야 했지 않은가. 그리고 과거의 상처쯤 신앙심으로 극복하고 다스렸어야지 그걸 놓고 이 사람 저 사람 붙잡고 하소연하는 것은 아니지 않은가. 그들은 그런 식으로 그녀의 상처를 놓고 판단하고 외면했다.

신앙인과 불신자의 차이를 도무지 느낄 수가 없었다. 그런데 그녀가 어떻게 나를 알아보고 찾아왔을까. 소설가라는 내 직업에서 어떤 희망의 실마리를 발견했던 걸까. 선희씨는 어느 기도회에서 알게 되었다며 처음부터 나를 작가님으로 호칭했다. 그러면서 작가님의 책을 읽고 싶다며 관심을 표시했다.

첫눈에 알아보았다. 그녀가 상처받은 영혼이라는 것을. 모자를 눌러 쓴 걸로 보아 암환자라는 것도 알아챘다. 나에게 다가오는 대부분의 사람들이 그러했다. 상처에 찌든 가슴을 위로 받고 싶어서. 그렇지 않으면 위기를 만나서 낭떠러지 앞에 서 있는 심정이라 했다.

이상했다. 왜 내게는 가슴 아픈 사연 가진 사람들만 몰려드는 걸까. 그리고 왜 난 그들을 위로해 주어야만 하는 착각을 일으키는 걸까. 나는 거의 사명자적인 입장에서 그들의 이야기를 들어주고 공감대를 형성하며 위로해 주고 있었다.

개중에는 마음이 회복되어 정상적인 삶을 사는 사람도 있었고 끝까지 상처를 붙들고 사는 사람도 있었다. 또 나를 피난처로 실컷 이용하고는 내 가슴에 적잖은 상처를 준 사람도 많았다. 대부분 상처는 대물림되거나 다른 약한 존재에게 전이되는 경우가 많았다.

그러나 상처가 있다고 해서 다른 사람에게 똑같이 피해의식으로 보복하는 것은 아니었다. 오히려 상처라는 공감대를 통해 다른 사람을 위로하고 격려하는 사람들도 있었다. 또 상처 없이 사랑과 인정 속에 자랐다 하여 남에게 상처를 주지 않는 것도 아니었다.

그런 사람들의 특징은 상처에 대한 이해심이 전무하다는 것이었다. 그래서 더 상처받은 사람들을 조롱하고 핍박하는 경우도 있었다. 인간관계 속의 악재를 드라마에 나오는 일쯤으로 치부하며 공주병 왕비병에 사로잡힌 여자가 있는가 하면 툭하면 주먹질에 안하무인격으로 행동하는 후안무치도 있었다.

가장 골치 아프고 이해가 안 되는 건 공주병 왕자병에 걸린 환자들이었다. 온전한 부모 사랑 속에 자라 귀에 거슬리는 말을 한 번도 안 듣고 자랐다는 여자는 일만 발생했다 하면 모든 걸 남의 탓으로 돌렸다.

자기는 남에게 할 말 못할 말 다 지껄이면서 다른 사람이 자기에게 나쁜 감정 갖는 것에 대해서는 거품을 물고 뒤로 쓰러졌다. 평생을 떠받듦을 받고 살아 상황에 대한 인식이 전혀 없었다. 그런 여자들은 사회생활이 거의 불가능했다.

항상 우월감에 취해서 주변 사람들로부터 사랑과 인정을 받아야만 직성이 풀리는지라 어딜 가나 배척을 당했다. 그때 그녀는 사람들에게 왕따를 당하자 거의 패닉상태에 빠졌는데 그 상황을 악몽으로 표현했다.

내가 보기엔 전부 자기 잘못인데도 그녀는 그걸 인정하지 않았다. 그 정도라면 사이코도 거의 중증 증세였다. 하긴 악인의 종류도 다양했다. 경우에 따라선 가해자나 피해자나 악하긴 마찬가지였다. 피해자는 자기가 당한 만큼 몇 배로 되돌려 갚아주겠다며 복수를 다짐하는 경우도 있었다.

악은 사람들 마음속에 전염병처럼 번져 독화살처럼 상대를 향해 언제나 쏘아댔다. 악은 강하고 끈질겨서 좀처럼 세력이 약화될 것 같지 않았다. 분노와 증오, 복수심을 유발하며 마음과 마음을 이간질시키며 퍼져갔다.

악을 대항해 이길 힘은 전혀 없어 보였다. 왜냐하면 사람들은 연약한 심성에 지칠 대로 지쳐 있었기 때문이다. 더위가 심해질수록 사람들은 더 폭발적으로 짜증과 분노를 나타냈다. 간혹 거리를 지날 때면 담쟁이마다 걸쳐진 장미넝쿨을 보면서 여유를 맛보긴 했지만 아직까진 한참 더 이어질 것 같았다.

그러나 악마의 유희로 더 이상 이어질 것 같지 않았다. 악이 아무리 기승을 부려도 신의 영역마저 침투할 순 없기 때문이었다. 신의 영역 안에는 악마가 미처 생각하지 못한 무기들이 있었다.

용서와 회개. 연민의 마음들이었다.

개울 건너편 맞은편으로 좁다란 골목길이 보였다. 지붕 낮은 가옥과 푸르스름한 산자락을 사이에 두고 오밀조밀한 길이 미로처럼 형성돼 있었다. 칠이 벗겨진 기와지붕에선 잡초가 무성하게 자라나고 있었다.

집채만한 바위를 뚫고 뿌리를 내린 소나무도 여럿 보였다. 그런가 하면 담벼락 사이에 뿌리를 내리고 푸른 기운을 내뿜는 잡초도 보였다. 길을 걷다가 인도블록 사이에서 푸른 싹을 틔우고 자라나는 잡초를 보게 된다.

어떨 땐 그 작은 틈바구니에서 나팔꽃을 피우는가 하면 채송화와 자운영 꽃을 피우면서 사람들의 발길에 짓뭉개지는 모습을 본 적이 있다. 위태한 담벼락 사이에서 제법 큰 나무가 자라나는 모습도 본 적도 있다.

생명의 힘은 위대하다. 어느 곳에서나 뿌리를 내리고 자라는 잡초도 마찬가지다. 그 끈질긴 생명력에 경탄을 보내지만 이내 쓸쓸함에 가슴이 저리다. 왜냐하면 그 생명력은 거의 일회성으로 끝나기 때문이었다. 담벼락 사이에서 위태하게 생명을 지탱하던 나무는 담벼락이 헐리면서 끝내 운명을 다하고 말았다.

인생도 마찬가지 아닐까. 뿌리가 얕은 잡초 인생은 언제 뽑힐지 모르는 운명과 싸워야 한다. 주변의 악조건을 딛고 꽃을 피웠는데 어느 사이엔가 사람들의 발길에 짓뭉개지고 만다. 소위 디딜만한 언덕이 없기 때문이다.

어쩌다 개천에서 용이 탄생한다는 일화가 있지만 그건 어디까지나 일화일 뿐이다. 버스가 상가를 지나 공원에 닿았다. 사람들이 서둘러 내린다. 산자락을 타고 흐르는 개울을 중심으로 상가와 주택가가 형성돼 있다.

개울 건너편에는 납골당과 기도원이 어깨를 맞대고 있다. 종교와 죽음, 내세라는 단어가 떠오른다. 주차장에서 계단을 올라서니 곧바로 기도원이다. 선희씨는 곧잘 이 기도원을 이용했다.

비록 종파는 다르지만 기도원에만 들어서면 천국과 같은 안정감과 기쁨이 느껴져 좋다고 했다.

"작가님도 시간 나면 꼭 한번 가보세요, 정말 좋은 곳이에요."

신선한 산공기가 폐부 깊숙이 느껴진다. 나는 기도원으로 가다 말고 납골당으로 걸음을 옮겼다. 갑자기 선희 씨의 모습이 보고 싶다. 납골당은 층층이 칸막이로 된 아파트 같다.

죽은 자들의 소리 없는 외침이 여기저기서 들리는 것 같다. 구석진 곳에 선희 씨의 사진이 보인다. 나보고 왜 이제 왔느냐고 책망하는 것 같다. 용인 호스피스 병동에 있을 때 한 번도 찾아가지 않은 것에 대해 뒤늦은 후회가 된다.

몇 번인가 핸드폰 번호만 눌렀다가 그냥 끊곤 했었다. 죽음을 앞두고 있는 사람에게 어떻게 위로의 말을 건네야 할지 정말이지 난감했다. 마지막으로 문자메시지를 보내는 걸로 모든 마무리를 하고 말았다.

"주님 만나는 그날까지 평안하세요, 천국에서 주님과 함께 재회합시다."

눈물도 나오지 않았다. 이상했다. 그냥 잊고 싶다는 생각만 들었다. 사진 속의 선희씨는 활짝 웃고 있다. 사십 안팎으로 보이는 얼굴은 꽤 미모다. 그녀의 생년월일과 사망일 옆에 흐릿한 글자가 보였다.

독립유공자 후손 이선희. 잘못 본 것은 아닐까. 생전에 그녀가 자기 입으로 독립유공자라고 말한 적은 한 번도 없었다. 사실을 알았다면 그녀는 어떤 식으로든 꼭 말했을 것이다. 가진 것 없고 배운 것 없는 사람일수록 더 자랑거리를 찾는 법이니까.

그렇다면 저 독립유공자의 후손이란 말은 누가 새겨 넣은 걸까. 혹시 그녀는 죽기 직전까지 그 사실을 몰랐던 건 아닐까. 독립유공자라면 가문의 최대 영광이 아니던가.

국가에서 기금도 받을 수 있고 얼마든지 자랑거리로 삼아도 뭐라 할 사람도 없다. 그런데 선희씨는 어찌된 연유로 중학교를 2학년 다니다 중퇴했단 말인가. 그 정도로 살림이 곤궁했다면, 하긴 독립유공자들의 자손들은 굶어 죽거나 무학이 대부분이었다고 들은 기억이 난다.

친일파의 후손들은 튼튼한 경제력으로 자녀 교육에 힘써 해방 후에도 국가의 주요 기관은 다 차지했다고 하지 않던가. 진즉 알았다면 그 가정 내력을 알아본 뒤 장편소설 한권쯤 건질 수 있었을 텐데. 못내 아쉬운 생각이 들었다. 나는 그녀의 사진을 붙들고 잠시 혼잣말을 했다.

"선희씨, 이젠 평안해요? 살아 있을 때는 그렇게 삶이 힘들다고 하더니, 그거 알아요? 선희씨가 내게 얼마나 많은 용기를 주었는지. 선희씨는 누구보다 신앙심 강하고 좋은 사람이었어요, 내가 힘들어할 때 그랬잖아요, 작가님 다른 사람들이 무시하고 비방할 때 이렇게 생각해 보세요, 아! 저 사람들이 내게 관심이 많구나. 그래, 관심 가져 줘서 고맙다. 그렇게요."

비록 배움은 적어도 그녀에겐 많은 재주가 있었다. 사업 수완도 좋았고 친화력도 많았다. 또 배움에 대한 열의도 많아서 검정고시 끝에 방통대에 진학해 공부하기도 했다. 암이 발생해 중도에 포기했지만.

성경암송대회에 참가하면 언제나 우승은 그녀 차지였다. 암과 투병하면서도 내 책만큼은 끝까지 읽어 주었다.

"작가님은 꼭 베스트셀러 작가가 될 거예요, 제가 천국에 가서도 기도할게요."

빈말일지라도 얼마나 고마운지 눈물이 폭포수처럼 나왔다. 그녀는 상처받은 이야기를 할 때마다 꼭 덧붙이는 말이 있었다.

"저 이런 이야기 아무한테도 안 해봤어요, 작가님이 처음이에요, 소설 쓸 때 꼭 써주세요."

그런 식의 이야기를 한두 번 들은 게 아니다. 그때마다 그녀 이야기는 꼭 써야만 할 의무 같은 게 느껴졌다. 그녀의 사진을 매만지며 나도 모르게 눈물이 솟았다.

"그래요, 내 약속 꼭 지킬게요."

납골당을 나온 나는 곧바로 기도원으로 올라갔다. 곧게 뻗은 소나무가 울창하게 들어선 기도원은 마치 수목원 같았다. 저절로 삼림욕이 되는 것 같았다. 주변에 벚꽃과 진달래와 개나리가 마음을 어린아이처럼 들뜨게 했다.

그러나 꽃향기는 전혀 나지 않았다. 언젠가 들은 기억이 난다. 봄꽃은 매화 이외에 전혀 향기를 내지 않는다는. 나는 시험이라도 하듯 벚꽃과 진달래를 붙잡고 냄새를 맡아 보았다. 전혀 향기가 나지 않았다. 진짜네.

기도원을 산책하는데 뒤쪽으로 숲길이 보였다. 한참을 올라가는데 산자락 밑에 고택이 보였다. 60-70년은 더 되어 보이는 빛바랜 기와지붕에 먼지 낀 창틀, 오랜 세월 비바람이 몰아쳤을 나무 현관문은 금방이라도 바스라질 것 같았다.

저 집에는 분명 무슨 사연이 있으리라. 나는 소설가다운 상상력으로 가까이 다가가 보았다. 전혀 사람이 살 것 같지 않은 분위기가 감지되었다. 그런데 다음 순간 나무 현관문이 덜컹거리더니 웬 노파가 나오는 것이었다.

허리가 굽은 노파는 팔십도 넘어 보이는, 게다가 눈도 잘 안 보이는지 가까이 있는 나조차 알아보질 못했다. 나는 흡사 도둑질하다 들킨 사람처럼 숲속을 뛰어 기도원 정문 앞까지 왔다. 아까 들어갈 때는 잘 몰랐는데 나올 때 보니까 벚꽃이 장관을 이루고 있었다.

산에도 새하얗고 샛노랑 진분홍 물감을 떨어뜨려 놓은 것처럼 화사하게 진열돼 있었다. 뭔가 떠오를 것 같다. 갑자기 영감(靈感)이 충만해지는 느낌이었다.

집에 돌아와 컴퓨터 앞에 앉았는데 이혼한 여동생한테서 문자가 왔다. 조카가 이번에 대학에 진학하는데 잠시만 데리고 있어 달라고 했다. 또 무슨 일이 발생한 게 틀림없다. 가족에게 연락이 올 때면 항상 불길한 예감이 가슴을 누른다.

가족에겐 치명적인 두려움이 있었다. 어딜 가나 인간관계에 악재가 발생하는 것이었다. 스물세 살에 대학을 졸업하자마자 결혼한 여동생은 신혼여행을 다녀오자마자 청천벽력 같은 소식을 들었다. 남자의 본처가 미국에 가 있다 돌아온 것이었다.

그러니까 애초에 남자는 유부남이었던 것이다. 처자식이 미국에 시퍼렇게 살아 있는데 끝까지 속이고 결혼한 제부는 거짓말과 뻔뻔함이 극에 달해 있었다. 그는 충격으로 쓰러진 우리 가족을 향해 뻔뻔하게 곧 이혼할 예정이라 했다.

그러나 본처는 죽어도 이혼 못해 주겠다며 엄청난 위자료를 요구했다. 말이 안 되는 요구였다. 위자료를 요구하는 것은 이혼을 전제로 해야 성립되는 게 아닌가. 오히려 위자료를 청구할 쪽은 우리인데 거꾸로 뒤집어씌우려는 것이다.

그들은 처음부터 계획적으로 일을 꾸민 것이다. 남자는 이미 모든 재산을 본처에게 양도한 뒤였다. 순진한 여자 꼬여내 사기 결혼까지 한 마당에 그는 더 이상 두려울 게 없는 모양이었다. 그렇지 않아도 그 잘난 결혼하느라 엄청난 혼수비용으로 기둥뿌리가 휘청할 지경이었다.

동생은 직장생활은커녕 그 흔한 알바 한번 하지 않고 곧바로 결혼한 케이스였다. 세상 물정 모르고 살다 키 크고 잘 생긴 남자가 나타나 잘해 주니까 그만 정신이 나가 속도위반부터 해 버린 것이다. 여동생은 이것저것 잴 것 없이 그저 남자가 시키는 대로 고분고분 따르고 있었다. 처음에 집으로 인사오던 날부터 알아봤다.

남자의 교활한 눈빛과 사기 근성을. 그는 무척 달변이었는데 말에 진실성이라곤 먼지만큼도 없었다. 순진한 여동생이 넘어간 것도 무리가 아니었다. 남자의 진실을 안 여동생은 어린 나이에 실신하다 울부짖기를 반복했다. 왜 속였냐며 따지지도 못하고 자리보전하고 누워 버렸다.

동생은 집안에서 곱게 자라 어려움이 뭔지 고생이란 단어의 뜻조차 알지 못하고 컸다. 남자는 대학가에서 커피숍을 운영하는 남자였다. 외모가 수려해 따르는 여자가 많았다고 한다. 게다가 매너까지 깍듯해 바람둥이 기질이 다분했다.

하지만 그 이면에는 교활함과 치밀함이 도둑고양이처럼 숨어 있었다. 나는 처음부터 동생의 결혼을 극구 반대했다. 남자를 대하는 순간 어떤 영적 파장을 느꼈기 때문이다. 이상한 두려움과 끊임없이 달라붙는 불길한 예감이 그 증표였다.

남자는 혼수를 필요 이상으로 요구했고 여동생에게도 집안 살림 대신 맞벌이할 것을 원했다. 태어나서 직장생활은커녕 흔한 알바 한번 해보지 않은 여동생한테. 남자는 동생보다 열 살이나 많았다.

여동생은 그런 요구에 대해서도 아무런 반응을 나타내지 않았다. 성격이 소심했고 자기밖에 모르는 철부지였다. 어렵사리 대학을 졸업한 것도 천운에 가까웠다. 결혼할 당시부터 남자한테 절절 매더니 신혼여행에서 돌아온 뒤에는 아예 실신해서 일어나지도 못했다.

"저 애물단지가 여러 가지로 속 썩이는구나."

엄마 아빠는 속이 터져 죽겠다며 한숨을 내리 쉬었다. 불길한 예감이 현실로 나타나자 가족은 그제야 내 예지능력을 인정하는 것 같았다.

"쟤 경옥이가 반대했을 때부터 알아봤어야 하는 건데."

"반대했으면 뭘 해, 민옥이년이 벌써 애부터 가진 걸."

"뭐여? 그럼 민옥이가 애를 가졌다는 겨?"

엄마는 그제야 아차 싶은 모양이었다. 그러니까 남자는 주도면밀하게 계획적으로 결혼을 밀어붙인 것이다. 여동생의 사기 결혼 사건은 오랫동안 가족들을 괴롭히고 큰 후유증을 남겼다. 결국 여동생은 호적에 이름을 올리지도 못한 채 이혼한 셈이다.

아이는 충격으로 사산되었다. 집안에 하나밖에 없는 아들인 오빠도 마찬가지였다. 어디서 알았는지 불여우 같은 여자의 꼬임에 넘어가 결혼 전부터 얼마나 말썽을 부렸는지 모른다. 사치벽이 심한 여자는 명품 아니면 걸치지도 않았는데 그로 인해 카드빚이 쌓이는 건 당연지사였다.

여자의 외모는 그야말로 V라인 S라인 수준이었는데 거기에다 성격은 완전 여우였다. 순진한 오빠가 넘어간 건 지극히 당연한 것인지 모른다. 그때도 나는 혼자서 열심히 결혼을 반대했다. 여자의 눈초리가 심상치 않았기 때문이다.

그녀는 내 오빠 말고도 얼마든지 남자를 섭렵(涉獵)할 여자였다. 자기의 허영심을 채워줄 남자가 나타나면 언제든지 신발을 바꿔 신을 여자였다. 눈치로 보아 벌써 여러 남자를 파탄에 빠뜨렸을 그런 여자였다.

여자의 외모에 정신이 나간 오빠는 미친 듯이 날뛰다 내게 주먹질을 하기도 했다. 그러다 여자와 함께 백화점을 다녀오더니 내게 카드빚을 갚으라고 뻔뻔하게 요구했다. 한마디로 미친놈이었다. 제 월급통장 거덜낸 것도 모자라 내게도 그 짐을 나눠주려는 수작이었다.

나는 그 길로 집을 나와 용인에 있는 기도원으로 숨어 버렸다. 비록 종파가 달랐지만 숨어 있기는 안성맞춤이었다. 일가친척들 돈까지 빌리고 대출까지 받아 한 결혼이었다. 올케는 예물에 대해 항상 불만을 터뜨리며 부부싸움을 했다고 한다.

여동생의 말을 빌리자면 지옥도 그런 지옥이 없었다고 한다. 나중에는 남편의 면전에 대고 욕을 하고 끝내 이혼도장을 내밀었다. 오빠는 그 와중에도 이혼만은 안 된다고 울며 매달렸단다. 정말이지 못난이 팔푼이도 그런 팔푼이는 없을 터였다.

천주교 집안에서 이혼은 안 될 말이었다. 하지만 벌써 두 번이나 빨간 줄이 가고 만 것이다. 3남매 중 둘이나 이혼을 했으니 집안망신이 더 이상 없을 줄 알았다.

정확히 말하면 여동생은 혼인신고를 못했으니 이혼이라고 할 것도 없었다. 하지만 결혼식을 올렸으니 남들이 보기엔 이혼이나 마찬가지였다. 나도 그렇고 가족들에겐 이상하게 인덕이 없었다. 평생 살면서 남에게 해코지 한번 해 본 일 없다고 입버릇처럼 말하는 아버지도 사기 당한 전력이 화려했다.

돈이 조금 모일라치면 어떻게 알았는지 사기꾼이 몰려와 돈을 빼앗아 갔다. 오빠와 나는 직장에 취직했다가 월급도 못 받고 쫓겨난 적도 여러 번 있었다. 무슨 일을 계획했다가도 도중에 무산된 것은 그나마 나았다. 상처로 인해 노이로제 강박증에 시달리느라 아무 일도 시도하지도 못하고 무기력 속에 나날을 보내기도 했다.

오빠와 여동생의 경우를 보면서 나는 항상 속으로 다짐했다. 나만큼은 절대 속지 말아야지. 손해 보면 안 되지. 정신 바짝 차려야지. 사람이고 돈이고 간에 항상 조심 또 조심하며 살아야지. 그렇게 조심한 결과 나타난 게 극심한 피해의식이었다.

나는 그 피해의식을 극복하기 위해서 심리치료에 대한 글을 많이 독파했다. 하지만 피해의식에 관한 글을 잘 찾아볼 수가 없었다. 피해의식의 종류가 너무 광범위해서일까. 내적치유 세미나에도 참석해 보았지만 피해의식에 대한 내용은 찾아볼 수가 없었다.

피해의식이 심할수록 대인관계에 먹구름과 실수가 잇따랐다. 감정의 기복이 심해지면서 잘못된 판단으로 상처가 반복되는 결과로 나타났다. 어느 날 나는 자리에 누워 나 자신을 살펴보면서 피해의식에 대한 글을 써내려가기 시작했다.

「피해의식이란 과거의 상처에 두려움으로 반응하는 것이다.

즉 과거의 상처에다 상상력을 덧붙여 상대에게 감정을 이입 시키는 것을 말한다. 판단을 과거의 경험에 결부시킴으로 감정체계에 혼란을 일으키는 것이다. 피해의식은 무의식 속에서 끊임없는 반추 작용을 통해 새로운 사고(思考)를 형성하며 다른 사람에게 또 다른 상처와 피해를 끼친다. 즉 상처를 떠올림으로 수많은 오해와 편견을 야기하는 것이다.

또한 그것은 미래로 나아가지 못하도록 발목을 붙잡는 역할을 한다. 마음은 형체는 없지만 감정이라는 기능을 가지고 있어서 상처가 침입하면 반응한다. 그 반응에 따라 마음은 갖가지 양상을 나타내는데 그럴 때 나타나는 증상이 상처에 대한 방어체계다. 마음은 또다시 발생하게 될지 모를 상처를 미연에 방지하기 위해 방어기제를 사용하는데 그때 나타내는 증상이 피해의식이다.

피해의식은 기억체계를 동원 재빠르게 반응한다. 상대를 먼저 공격하거나 두려움 혹은 회피하는 양상을 나타낸다. 피해의식은 과거의 경험에서 반추되는 것이므로 타협이나 이해심이 없는 게 특징이다. 그 감정의 근저는 불신이며 양상은 적대감과 분노로 나타난다. 피해의식은 모든 것을 악의로 해석하는 경향을 띈다.

어떠한 말이나 행동도 과거에 반추해 악의로 결론 내린다. 설령 그것이 잘못된 판단으로 나타난다 할지라도 그와 같은 현상은 매번 반복된다. 과거의 상처에 집착된 사고(思考)가 끊임없이 추측과 상상을 되풀이하기 때문이다. 자기만이 옳다고 주장하기 때문에 타협이나 수정의 여지가 없다. 자연히 무리에서 이탈되며 외톨이가 된다.

대인관계에 있어 가장 상대하기 힘든 케이스다. 사람들은 피해의식에 휩싸인 사람들을 가장 꺼려한다. 진실이 통하지 않기 때문이다. 과거의 기억에 모든 판단을 맡기기 때문에 그에게는 오직 이기심과 두려움만 있을 뿐이다. 그에게는 사랑이나 인정(認定)도 통하지 않는다. 그것조차 의심하고 두려워한다.

그것이 사실로 판명난다 할지라도 다시 재해석함으로 마음이 낮아진다. 피해의식은 두려움의 형태가 분노로 나타나는 일종의 자의식 현상이다. 그 이면에는 자존심 상하고 손해 본 기억들이

도사리고 있다. 그래서 뇌에서 끊임없이 명령하는 것이다.

손해 보지 말아라.

상처 입지 말아라.

대적하고 먼저 공격하라.

거절의 감정을 이기지 못하고 그는 항상 고뇌한다. 의식 속에 한번 뿌리 내려진 상처는 사고(思考)를 고착화하고 갖가지 부정적 양상을 일으킨다. 모든 걸 자기 주관적으로 해석해 수많은 오해의 불씨를 나타낸다. 불신과 두려움이 끊임없이 생각을 조정하는 것이다.

그는 항상 외롭다. 사랑을 믿지 않기 때문에 평강이나 행복이 존재하지 않는다. 손해 볼까 봐 늘 전전긍긍하며 사랑마저도 늘 주저한다. 그러나 그 심연(深淵) 저변에는 사랑받고자 원하는 끊임없는 욕구가 도사리고 있다. 누군가 그에게도 다가가야 한다. 그에게 다가가 참 사랑의 진수를 보여주어야 한다. 한두 번 갖고는 안 된다.

열 번 스무 번 거듭 거듭 보여 주어야 한다. 피해의식의 가장 확실한 처방책은 사랑이기 때문이다.」

글을 끝마치고 났을 때 내 마음속에 드리워진 상흔(傷痕)을 보았다. 그 상흔을 없애기 위해선 무엇보다 자기성찰을 통해 현실에 대한 올바른 판단이 중요했다. 과거에 얽매인 올무를 끊어버리고 자유하기 위해서다. 가끔 자유가 임할 때면 마음이 넓어지면서 소리 없이 평안이 찾아오기도 했다.

그럴 때면 내 소설은 날개를 달고 창작의 결과물을 수없이 많이 쏟아냈다. 내 소설을 읽는 독자들은 카타르시스를 느낀다며 느닷없이 상담을 요청하기도 했다. 그들은 내게 엄청난 기대를 하고 다가왔는데 정작 내가 해줄 말은 별로 없었다. 그냥 듣고서 고개만 끄덕이는 게 고작이었다.

그런데도 그들은 만족한 미소를 지으며 돌아섰다. 사실 내게도 가족 못지않게 많은 상처와 아픔이 있었다. 한때는 화병으로 쓰러지기 직전까지 간 적도 있었다. 그럴 때면 내 주변에 천사가 나타나 위로해 주곤 했었는데 그 중의 하나가 선희씨였다. 그는 내 질문에 맞는 답변을 내놓으며 위로와 부러움을 동시에 나타냈다.

"그래도 작가님은 최고 학부를 나오셨잖아요."

그 말에 난 그만 입이 닫히고 말았다.

여동생은 재혼해 아들 하나를 두고 있었다. 재혼하여 남편과 함께 음식점을 운영하는데 부부싸움이 잦았다. 제부는 주방장 겸 주인이었는데 성격이 불이었다. 게다가 그는 학력이 고졸이었다. 그게 불화의 원인이었다.

걸핏하면 아내가 자신을 무시한다며 폭력과 주먹질을 했다. 동생은 힘든 식당일도 버거운데 남편이 폭력까지 행사하자 진단서를 끊어 이혼신청을 했다. 조카는 동생이 맡기로 했다. 조카는 엄마 아빠 잘생긴 부분만 닮아 훈남이었다.

곧 대입시를 앞두고 있는데 여자애들한테 끝도 없이 문자메시지가 온다고 했다. 핸드폰을 압수했으니 대학 입학 때까지 데리고 있어 달라고 했다. 혼자 지내다 조카를 맡자니 얼른 내키지가 않았다. 다 큰 녀석 감당할 자신도 없었다.

대학 입학 때까지만 단서를 붙여 맡기로 했다. 녀석은 처음 온 날부터 반찬타령을 하더니 이모가 하는 말에 꼬박 꼬박 말대답을 하면 속을 뒤집어 놓았다.

왜 돈도 안 되는 소설을 쓰느냐. 차라리 결혼을 해라. 아님 취직을 하든가 장사를 하라고 했다. 괜히 데리고 왔나 싶었다. 그런데 조카는 언제 내 소설을 읽었는지 심각한 표정으로 묻는 것이었다.

"이모, 외할아버지가 친일 매국노였어?"

"뭐라구? 누가 그래?"

"이모 소설에서 그랬잖아, 진짜야?"

"아, 아니야. 그건 그냥 소설일 뿐야. 소설은 원래 다 허구 그러니까 다 거짓말이잖아."

"근데 왜 그렇게 당황하고 그래, 난 그냥 혹시나 해서 물어본 것뿐인데."

나는 내가 썼던 소설을 점검하면서 기억을 더듬기 시작했다. 아! 바로 그거였다. 내가 썼던 성장소설 중에서 머리맡에서 나누는 대사 중의 하나였다.

"너희 할아버지가 일제 고등계 형사, 그것도 아주 악명 높은 형사였느니라, 독립투사를 고문하고 생체실험까지 했던 아주 악질이었다는구나. 그래서 후손들이 이렇게 고생하며 후환을 당하는지도 모르지."

인과응보의 한 일환으로 쓴 소설이었다. 좀 더 정확히 표현하자면 내 어린 시절 잠결에 들었던 말이기도 했다. 꿈결에 들었는지 자세한 기억은 안 난다. 어린 나이였지만 그 말의 의미를 알고 있었다. 하지만 나는 질문하지 않았다.

언젠가 친척들 간에 할아버지에 대한 이야기를 하다가 집안싸움이 벌어진 적이 있었다.

할아버지의 전력에 대해 큰 수치가 있는 게 분명했다. 어쩌면 내 어린 시절 잠결에 들었던 이야기가 진실이었는지 모른다. 할아버지 이야기만 하면 엄마가 화를 불같이 냈기 때문이다. 이후, 할아버지에 대해 묻는 것은 불문율처럼 여겨졌다.

조카는 하라는 공부는 않고 카톡과 SNS에 집중했다. 동생보고 빨리 와서 데리고 가라고 하고 싶은 마음이 굴뚝 같았다. 한번은 급히 메시지를 받고 밖으로 나가는 조카를 불러 말했다.

"공부 안 하고 또 어딜 나가? 엄마한테 말해서 너 데리고 가라고 한다."

"홍 마음대로. 아마 엄마는 안 올 걸."

"뭐라구?"

"엄만 나한테 관심도 없어."

"왜?"

"나를 귀찮아 해, 그래서 이모한테 맡긴 거야."

그 말에 가슴이 무너져 내리는 것 같았다. 내가 모르는 뭔가가 있구나. 아이에게 상처를 주었을 많은 사건이 있었겠구나. 갑자기 조카가 측은하다는 생각이 들었다.

"혁주야, 이모는 말이지, 우리 혁주를 이 세상에서 제일 좋아해, 왜냐하면 우리 혁주는 우리 집에서 하나밖에 없는 귀중한 아이거든. 이모한테는 너가 제일 소중해."

"치 거짓말."

"아니 진짜야. 이모가 우리 혁주 잘 되라고 매일 기도하거든."

"정말? 정말이지?"

"그럼."

조카는 눈빛을 반짝이더니 도로 들어왔다. 제 방에 들어가더니 곧바로 책상 앞에 앉았다. 조카는 이듬해 서대문에 있는 모 대학 모델학과에 합격했다. 오로지 잘 생긴 외모 덕이었다. 아이의 합격 소식을 듣고 동생과 제부가 한 걸음에 달려왔다.

이혼했다더니 그게 아닌 거 같았다. 아님 다시 재결합한 건가. 동생 말로는 하던 음식점을 접고 체인점을 시작했다고 했다. 수없이 망하는 게 체인점인데 혹시 사기 아니냐고 하니까 가까운 지인의 소개가 있었다며 걱정 말라고 했다.

아는 사람이 더 무섭지 하니까 산전수전 겪은 사람답게 "망하면 또 일어서면 되지 뭐" 했다. 조카가 입학을 앞두고 있던 어느 날이었다. 우연히 TV를 보고 있는데 카메라가 비추는 곳은 독립문이 보이는 서대문 근처였다.

나이가 칠십은 넘어 보이는 남자가 인터뷰에 응하고 있었다.

"제 선친께서 악명 높은 고등계 형사였다는 말을 듣고 자랐습니다. 동네 사람들로부터 따돌림도 많이 당했죠, 쌓아 놓은 재산 가지고 별다른 어려움 없이 살았는데 언젠가부터 죄책감이 들더군요. 그래서 살던 집을 팔고 서대문 근처로 이사했습니다. 독립투사들을 잡아 잔인하게 고문하던 악명 높은 서대문 형무소로 이사한 것은 조상의 죄를 속죄하고 싶어서였습니다. 제가 사는 6층 아파트 창을 통해 옛 형무소 자리가 있었던 곳을 바라보며 날마다 속죄하는 심정으로 삽니다. 주말이면 봉사활동도 하고 참회하는 심정으로 삽니다. 친일 매국노였던 조상의 덕으로 편안하게 사는 것은 도리가 아니라 생각합니다."

언젠가 선희씨와 거리를 걸으며 하던 말이 생각난다.

"용인에 있는 기도원에 가면 숲속 뒤편에 오래된 가옥이 있어요. 이완용과 함께 나라를 일본에 상납했던 대표적인 매국노의 며느리가 사는 곳이죠. 그는 일제로부터 받은 땅을 국가에 상납하고 많던 재산은 선교사들에게 헌금하고 자기는 적막한 곳에 숨듯 살고 있어요. 대한제국을 일제에 넘긴 시아버지의 죄를 속죄하는 심정으로 얼마 안 남은 재산마저 독립투사들의 후손들을 돕는 데 쓰고 있대요."

그런데 왜 그녀는 그 이야기를 하면서 독립투사의 자손임을 끝까지 밝히지 않았을까. 수수께끼처럼 마음에 여운으로 남는다. 언젠가, 버스를 환승하기 위해 서대문역에 내렸을 때였다. 계단을 올라 한참 걷고 있는데 시선을 당기는 글이 보였다.

조국의 광복을 위해 일제한 항거한 유명한 독립투사의 자랑스런 이야기가 사진과 함께 보였다. 시대는 바뀌어도 애국정신은 후세로부터 추앙과 교훈을 절절히 나타내고 있다. 전철역에만 가도 애국항일 투사와 전쟁으로부터 나라를 구한 영웅들의 이야기가 사람들의 발걸음을 멈추게 한다.

저절로 사상 교육을 받는 느낌이다. 나는 조카에게 그 글귀를 가리키며 눈짓을 했다.

"이모는 언제 역사소설 쓸 거야?"

조카의 느닷없는 질문에 나는 말을 더듬거렸다.

"그, 글쎄 한 십년 후쯤."

"역사소설 잘 쓰면 히트도 치고 드라마도 된대. 이모도 역사소설 써 봐."

"그래 고마워."

조카의 꿈은 일류모델이 되어 집안의 가문을 빛내는 것이라 했다. 요즘은 연예인이 대세다. 명예와 영광의 모델처럼 되어 가문을 빛낸다니 참 생각해 볼 일이다. 조카와 함께 서대문 전철역을 지나는데 섬광처럼 선희씨의 말이 떠올랐다.

"그런즉 누구든지 그리스도 안에 있으면 새로운 피조물이라. 이전 것은 지나갔으니 보라 새 것이 되었도다."

그건 어쩌면 그녀가 가장 하고 싶은 말이었는지 모른다. 서대문 밤거리가 서서히 짙어지고 있었다. 각 건물에서 수많은 빛을 색색가지로 쏟아내고 있었다. 고층빌딩 사이로 난 기찻길에서 전동차가 굉음을 지르며 달려가고 있었다. (2017년 코스모스 문학)

관계

명수는 서초역 부근을 지나다 작은 책자를 보았다.

손바닥 만한 크기에 가슴 울리는 사연들이 적혀 있었다. 삶속에서 벌어지는 아픔과 갈등을 사랑으로 극복하는 신앙 이야기였다. 재난과 질고를 신앙으로 이기고 우뚝 선 이야기가 있는가 하면 인간관계의 악재를 사랑과 용서로 풀어가는 진솔한 이야기도 있었다. 그중에서 가장 가슴 울린 이야기가 있었다.

무명으로 쓴 이야기의 주인공은 참으로 파란만장한 삶을 살았다. 이야기의 전말은 대충 이러하다. 시골 벽촌에서 자란 그는 알코올 중독자인 아버지와 폐병을 앓는 어머니 밑에서 갖은 고초를 겪으며 살았다. 폐병을 앓는 어머니는 약 한번 써보지 못하고 알코올 중독자인 남편의 무관심과 자식 걱정을 하다 죽어갔다.

그 비참한 고통은 쉽게 물러가지 않았다. 아내를 잃은 아버지는 온 동네를 떠돌며 폐인처럼 살았고 견디다 못한 그는 불쌍한 동생들과 함께 무작정 서울로 상경했다. 셋방을 얻어 생활하는데 주인 부부의 도움이 컸다.

어린 그는 주인 부부의 도움으로 낮에는 주인이 운영하는 가게 일을 돕고 밤에는 야간 학교에 다녔다. 동생들도 주경야독하며 학교에 다녔는데 주인 부부의 배려가 컸다. 주인 부부는 사고무친(四顧無親)인 그들에게 일자리는 물론 학교 문제도 도움을 주었고 일요일이면 교회로 인도해 신앙의 길잡이 역할도 해주었다.

삭막한 도시에서 그들은 주인부부의 도움으로 입지전적인 인물로 성장했다. 시골 무지렁이에서 교수가 되었고 교회에서 만난 자매와 결혼하여 행복한 가정도 이루었다. 비록 아내를 잃은 뒤에도 폐인이 되어 떠돌던 아버지의 죽음도 보았지만 그들은 따듯한 마음씨의 주인 부부의 도움과 사랑으로 지옥같은 낭떠러지에서 삶의 정상으로 우뚝 선 것이다.

세상에 그 주인부부처럼 사랑과 배려를 베풀어주는 사랑 지킴이 혹은 인생의 멘토링만 존재한다면 얼마나 좋을까. 영화나 소설에서나 존재할만한 그 주인부부의 사랑은 가슴 벅찬 감동으로 다가온다. 말 못하는 어린 아이들을 성폭행 하고 자기 친딸도 때려 죽이는 목사가 존재하는 세상이다. 의지가지 없는 고아들에게 폭력과 착취를 일삼은 악마 사기꾼도 존재하는 세상에서 그 미담은 거짓말처럼 느껴질 만큼 숭고하기까지 하다.

명수는 책자를 읽으며 깊은 감명을 받았다. 그는 얼마 전에 아내와 정식으로 이혼에 합의했다. 다행이 그들에게는 아이가 없어 이혼 숙려기간은 거치지 않았다. 그동안의 결혼생활은 지옥이나 다름없었다. 그가 일방적으로 밀어붙여 한 결혼이었다. 첫눈에 반한 아내의 외모 때문에 그가 구걸하다시피 한 결혼이었다. 남자들은 왜 그렇게 쉽사리 여자의 외모에 끌리는 걸까. 동물적 감각으로 이성조차 맥 못 추고 미래까지 결정해 버리는 걸까. 아내는 그가 아니더라도 처음부터 결혼의사가 없었다.

인생의 목표가 오로지 이기심 자기만족에 있는 여자였다. 명수가 하도 좋아하고 매달리니까 자기 이기심에 보탬에 될까 해서 한 결혼이었다. 그런데 결혼을 하고 나자 명수의 생각이 먼저 바뀌었다. 아내로부터 사랑받고 보살핌을 받고 싶었다.

아내가 왕비병 행세를 해도 아이가 태어나면 달라질 거라 내심 기대했다. 아이가 태어나면 여자는 강해지고 남편을 의지할 수밖에 없을 테니까. 그는 무엇보다 과거에 대한 사무친 원한이 있었다. 편부모 슬하에서 사랑받지 못하고 상처받고 쫓겨 다니며 살아온 그는 사랑에 대한 욕구가 누구보다 강했다. 아름답고 배려심 많은 아내를 만나 똑똑한 자식 낳아 키우며 어릴 때 느껴보지 못한 행복감을 누리고 싶었다.

한눈 팔지 않고 아내 하나만 바라보고 사랑할 자신도 있었다. 누구보다 가정에 성실할 자신도 있었고 아내가 원하는 건 무엇이든 채워줄 수 있으리라 믿었다. 그리고 자신이 아내에게 사랑을 쏟은 만큼 남편으로서 인정받고 사랑받을 줄 알았다.

그러나 그건 그의 일방적인 생각이었다. 그의 아내 역시 그와 비슷한 상처를 갖고 있었는데 그녀는 사랑에 대한 신뢰감이 전혀 없었다. 겉으로 내색하지 않아도 그녀의 마음속에는 사랑에 대한 불신과 남자에 대한 혐오감으로 가득 차 있었다.

그 결과 나타난 게 이기심이었다. 그녀는 자기가 원하는 걸 하지 않으면 못 견디는 여자였다.

갖고 싶은 게 있으면 무슨 수를 쓰더라도 갖고야 말았다. 자기 몸과 마음을 위해서라면 무슨 짓이든 했다. 남에게 피해가 가든 상처가 되든 신경 쓰지 않았다. 그런 그녀를 아내로 받아줄 남자는 세상에 없을 거라 했는데 마침 그때 그가 나타난 것이다.

그녀를 만나는 순간 명수는 어떤 환상에 빠졌다. 하늘에서 천사가 하강한 줄 알았다. 맑은 눈빛에 환한 미소가 온 세상의 더러움을 당장 씻어낼 것 같은 순수함이 느껴졌다. 튕기고 가끔씩 떼쓰는 것도 매력으로 느껴졌다.

그녀와 둘이서 걸어가면 지나가는 모든 남자들이 부러운 눈빛으로 바라봤다. 저런 미인과 함께 할 수 있다면 당장 지구를 떠나도 좋겠다. 그녀는 미인형에다 두뇌도 명석했다. 일류대학을 나와 모 기업체에 근무하고 있었는데 이상하게 직장이 자꾸 바뀌는 것이었다.

업무가 맞지 않아서 치근대는 남자직원이 많아서 스트레스가 너무 심해서, 핑계는 대기 마련이었다. 직장을 그만 두고 나와서 금세 취직되는 것도 신기했다. 경력도 있거니와 면접을 보면 단번에 합격되는 모양이었다.

워낙 미인이니까 심사위원들이 한눈에 뽕 간다는 것이었다. 그녀는 그 이야기를 하면서 깔깔대고 웃었다. 그런데 막상 결혼이 결정되자 직장을 퇴사하고 말았다. 명수도 굳이 맞벌이를 원한 건 아니어서 탓하고 싶은 생각은 없었다.

그러나 단 한마디의 상의도 없이 결정한 사실은 그를 내내 서운하게 했다. 언젠가 그녀와 만날 때 우연히 통화 소리를 엿들은 적이 있었다.

"얼마나 사랑하기에 몸 주고 마음 주고 자식까지 낳아주고 키워줘 가며 살아? 게다가 요즘은 돈까지 벌어주잖아. 난 아무래도 사랑할 자신이 없어. 내 마음도 못 믿는데 어떻게 상대의 마음을 믿고 내 미래를 맡겨?"

그녀가 친구와 대화하는 내용이었다. 그야말로 이기심으로 똘똘 뭉친 어찌 보면 너무 기막힌 이야기였다. 그때 알아 봤어야 했다. 그녀는 아내 역할 엄마 역할을 하고 살 여자가 아니었다. 그래서 수많은 남자가 단지 그녀의 외모에 끌려 결혼을 결심했다가 철회하고 돌아선 것이다.

남자도 상처 받았겠지만 그녀 역시 상처 받지 않았을 리 없다. 그녀는 결혼식을 앞두고도 그에게 얼마든지 기회를 줄 테니까 자기를 떠나가도 좋다고 했다. 명수는 누구보다 약속을 중시했고 아울러 체면을 위한 자존심도 강했다.

결혼이 파토난다는 건 상상도 하기 싫었다. 누구나 부러워할 결혼이라고 믿었다. 사람들은 깜짝 놀랄 것이다. 명수 재가 도대체 어디서 저런 미인을 구했단 말인가. 사실 명수는 그다지 잘 생긴 인물은 아니었다.

평범하다 못해 약간 주눅 든 어딘지 모르게 비굴한 인상이었다. 그래서 그는 더 아내를 원했고 사람들로부터 인정받고 싶은 마음도 강했다. 그런데 결혼식이 가까울수록 불안이 커져갔다. 그녀의 마음은 미풍만 불어도 곧 꺼져버릴 것처럼 위태로웠다.

살얼음판 위에서 당장이라도 침몰할 것 같았다. 곁에서 지켜보는 친구들도 말리기 시작했다. 화무십일홍이란다. 이제라도 늦지 않았으니 결혼식 취소해라. 그는 그럴 수 없다고 말했다. 그러기에 그는 아내에게 너무 깊이 빠져 있었다.

신혼여행을 다녀온 후 아내는 시댁에 신행도 가지 않았다. 피곤해서 꼼짝하기도 싫다 했다. 물론 집안 살림은 거들떠보지도 않았다. 아이가 들어설까봐 피임하는 눈치더니 나중에는 각방을 썼고 외박하는 숫자도 늘어갔다.

집안 살림은 그가 혼자 다 했다. 식사준비는 물론 청소와 각종 공과금 내는 문제까지 혼자서 해결했다. 아내가 그에게 원하는 것은 오로지 돈이었다. 얼마나 뻔뻔한지 몰랐다. 그 돈으로 백화점에 가 쇼핑하고 음주가무를 즐겼다.

이혼 이야기는 입 밖에도 꺼내지 않았다. 그가 먼저 꺼내 주길 바라는 눈치였다. 결혼 전에 생각하고 꿈꾸었던 결혼은 그가 꾸며낸 환상에 불과했다. 아내는 그와 외출하는 걸 극도로 꺼렸다. 시부모의 방문을 싫어해 미리 도망하고 아예 대면조차 않으려 했다. 이유는 그의 모친은 친모인데 부친이 계부라는 것이었다.

하긴 그도 계부를 싫어하긴 마찬가지였다. 계부는 그의 친부의 재산을 몽땅 말아먹고 의붓자식인 그에게 엄청난 학대를 가한 인물이었다. 그녀는 대놓고 시부모를 멸시했고 스스로 이혼에 대한 유책 사유를 마련했다.

명수는 그러함에도 가정을 깨고 싶지 않았다. 이혼남이 되고 싶지 않았다. 전적인 잘못은 아내에게 있을지라도 이혼남이 된다는 건 모욕과 같이 느껴졌다. 아내는 걸핏하면 외박을 밥먹듯 하더니 친구들과 해외여행도 다녀오고 면세점에 들러 명품 가방도 사들였다. 물론 다 명수의 주머니에서 나간 돈으로 산 것들이었다. 그녀는 어서 이혼 이야기를 꺼내주길 바라는데 명수는 꿈쩍도 안 했다. 드디어 그녀 입에서 막말이 나오기 시작했다.

너같은 것도 남자냐? 넌 자존심도 없냐? 내가 남자였으면 백번도 더 이혼 도장 찍어 주었을 거다.

그는 간절한 표정으로 말했다.

나한테 원하는 게 정말 이혼 그것밖에 없나?

그러자 아내가 말했다. 난 처음부터 이 결혼 원하지 않았다. 니가 그만두자고 할 줄 알았는데 여기까지 오게 될 줄 나 자신도 몰랐다. 이제라도 좋은 여자 만나 새 출발해라.

그래, 당신이 그렇게 원한다면 해주마.

그는 법원에 가 합의이혼에 서명했다. 아내는 법원에 함께 가는 것조차 싫어했다. 서로 멀찍이 떨어져 걷다가 도장을 찍고는 뒤도 안 돌아보고 헤어졌다.

그녀는 유책 사유가 있기 때문에 위자료 청구할 처지도 아니었지만 명수에게는 남아 있는 돈도 없었다. 그녀가 카드를 무한정 긁어댔기 때문이다. 이혼한 후 명수는 방황했다. 혼이 반쯤 빠진 상태에서 거리를 헤매고 술독에 빠져 살았다.

그러다 문득 아내의 근황에 대해 궁금해지기 시작했다. 지금쯤 어디서 무얼 하며 지내고 있을까. 외모가 뛰어나니 주변에 꼬여드는 남자도 많으리라. 그러나 패가망신을 각오하지 않는 한 재혼은 쉽지 않으리라 생각했다.

날마다 마음이 무너지고 있었다. 벼랑 끝에서 그는 날마다 사투를 벌였다. 아내에 대한 원망 보다 자신에 대한 한스러움이 더 컸다. 생각 끝에 그는 이사하기로 결심했다. 환경을 바꾸면 생각도 새롭게 정리될 것 같았다. 거처를 한강변이 바라다 보이는 빌라로 옮겼다. 사계절의 풍광을 한눈에 볼 수 있고 주변에 산책코스도 있어 심신의 안정에 도움을 줄 것 같았다.

주말에 강변 근처를 산책하다 보면 여러 사람을 만났다. 불어

오는 강바람을 맞고서 연극 대사를 외우는 배우도 있었고 건강 체조나 에어로빅 하는 여자들도 만났다. 자전거를 타는 연인들도 보였고 아이를 유모차에 태우고 나온 신혼부부도 있었다.

강변의 수풀은 마음을 순화시키는 기능이 있는지 모르는 사람들끼리도 서로 미소 짓게 했다. 멀리서 전동차가 지날 때면 그 소리조차 정겹게 다가왔다. 한강 변을 따라 달리는 국철은 용문행과 춘천행인데 주말이면 중년층으로 꽉 찬 느낌이었다.

차창 밖으로 그들의 모습이 얼핏 스칠 때 여유로운 미소가 흘렀다. 공원 강변길을 따라 걷다 보면 흰둥 오리떼도 만났다. 교각 밑 모래 톱 위에 오리 떼가 모여 있었는데 강에는 청둥오리 떼도 보였다. 아이들이 손가락으로 가리키며 잡으러 뛰어가다 멈춰 서곤 했다. 강바람이 부드러워지면서 수풀이 무성해지기 시작했다. 한쪽 테니스장에선 젊은 남녀가 공을 주고 받았고 연극배우는 강바람을 맞고서 목이 터져라 대사를 외워댔다.

명수가 지나가며 웃자 배우는 생수를 마시며 그에게 앉으라고 손짓을 했다. 명수가 바위 위에 걸터 앉자 배우가 말했다.

"요새 자주 산책 나오시네요?"

"네, 뭐 할 일도 별로 없고."

"실례지만 직업은 어떻게 되시죠? 아참 괜한 질문을 드렸나 보네요."

"아닙니다. 그저 평범한 샐러리맨입니다. 연극 무대 서시나 봐요, 매일 대사 연습하시는 거 보면."

"뭐, 아직까진."

그는 애매모호한 대답을 하면서 생수병을 끝까지 털어 마셨다.

대충 보아도 사십은 넘어 보이는 얼굴이었다. 인생에 달관한 듯한 표정이 단단함이 느껴졌다. 그러면서도 여유와 자유 평안이 동시에 느껴졌다.

"제가 초대권 드려도 될까요? 동숭동 건너편에 있는 소극장에서 공연하고 있습니다. 오셔서 연극도 감상하시고 인생의 의미도 새롭게 새겨 보심이 어떨는지."

"전에는 어떤 일을 주로 하셨는지 물어봐도 될까요?"

"다들 그런 질문 많이 합니다. 몇푼이나 번다고 연극을 하나? 차라리 막노동을 하든지 장사를 해라. 그것도 명예냐, 전에는 무슨 일을 했냐?"

"그래도 하고 싶은 일 하면서 사는 게 행복 아닐까요? 전 평생 제가 하고 싶은 게 무엇인지도 모르고 살았는 걸요."

"그래도 잘 하는 게 한 가지 쯤 있을 텐데요. 학교 다닐 때 잘하는 게 전혀 없었다면 그건 말이 안 되는데."

"아뇨, 없었던 것 같아요, 하다 못해 전 손재주마저 없답니다. 손으로 하는 건 다 못해요. 음악 미술 그런 것도 아예 문외한이고요."

"그럼 좋아하는 건 있지 않겠습니까? 취미생활 같은 거요."

"그게 재능하고 관련이 있을까요?"

"그럼요."

이야기를 하다 보니 연극배우가 상담자처럼 느껴졌다. 그는 무대 위에서 갖가지 인생 드라마를 펼치다 보니 안목이 넓어졌다고 했다. 욕심도 없어지고 그 대신 마음의 여유가 생기면서 자유를 만끽하며 산다고 했다.

공연이 없는 날은 등산이나 바다 여행을 떠난다고 했다. 무엇보다 얽매는 게 없으니 살만하다 했다. 말투로 보아 그는 독신이 틀림없었다. 비혼이거나 돌싱이 아닐까. 명수는 순간 그의 처지가 무진장 부러웠다. 돈과 상관없이 무대 위에서 펼치는 인생에 혼신의 힘을 쏟는…….

고정된 틀 안에 갇혀 사느니 그렇게 자유분방 하게 사는 것도 나쁘지 않을 거라 생각했다. 하지만 그렇게 하기에 인생은 너무나 모험이다. 우선 자신에겐 그에게 있는 재능이 없었고 소심하고 유약했다.

어느 바람 부는 날 공원에 나갔는데 그가 보이지 않았다. 공연이 있는지 며칠 동안 보이지 않다가 비오는 날 저녁 무렵이었다. 명수가 퇴근 길에 동네 슈퍼마켓에 들를 때였다. 연극배우 남자가 라면 박스를 계산대 위에 올려놓으며 웃고 있었다.

이마에 퍼런 멍자국이 보였다. 밤새 얼마나 술을 퍼마셨는지 얼굴에 부기가 있었다. 무절제한 삶의 모습이 그의 옷차림에도 나타났다. 아무렇게나 걸쳐 입은 점퍼에 추리닝 바지는 막 잠에서 깨어난 노숙자 같았다.

전에 보이던 자유분방한 모습은 다 어디로 갔는지 초췌하고 연약해 보았다. 처음 봤을 때 느껴지던 여유가 단단함이 사라지고 허물어져 가는 모습이었다. 실망감과 함께 연민이 느껴졌다. 슈퍼마켓을 나서려는데 그가 명수를 불러 세웠다.

"어이, 형씨."

그가 돌아서자 말했다.

"참, 우리 통성명도 안 한 것 같은데 난 말요, 연극배우 명길우라고 해요."

명수는 엉겁결에 말했다.

"난 최명숩니다."

"최명수? 좋은 이름입니다. 그런데 나보다 한참 연하신 것 같은데."

눈빛이 섬뜩했다. 명수는 손을 흔들며 돌아섰다. 더 이상 그와 말을 섞고 싶지 않았다. 뭔가 불길한 느낌이 들었다. 얼핏 퇴출이란 단어가 떠올랐다. 연극배우가 무대에서 퇴출당한다면 갈 곳은 어디에? 다른 무대를 찾으면 되겠지만 그 또한 쉽지 않으리라. 그도 아니면 실연? 무대 위 인생이라면 여자 팬들도 많을 테니 로맨스는 항상 있을 것이란 생각도 들었다.

그러나 그것도 어디까지나 짐작일 뿐. 명수는 더 이상 상상을 멈추었다. 골목을 들어서는데 빗방울이 우산 위로 툭툭 떨어지는 소리가 들렸다. 그가 머무는 공간은 빌라 3층에 있었다. 창문을 열면 한강이 그대로 한눈에 들어왔다.

강 건너편은 아파트 군락이 열을 지어 하늘을 떠받치고 있었다. 또 한강을 가로지른 교각은 수많은 차량들이 떼지어 몰려들고 있었다. 해가 지자 아파트마다 교각에서 쏟아내는 불빛으로 강물이 움직였다.

그는 얼마 전에 읽은 책 내용이 생각났다.

『은혜를 원수로 되갚는 패악이 난무하는 세상에서 좋은 인간관계를 맺는다는 건 결코 쉽지 않은 일이다. 청년백수가 넘쳐나는 세상에 우여곡절 끝에 취직했다가 2,3년 만에 그만두고 나오는 이유가 인간관계의 악재 때문이라니 관계만큼 힘든 일도 없으리라. 대부분의 인간관계가 혈육 빼고는 이해타산으로 맺어지는 경우가 많다. 친구나 동료 사이와 지인 관계도 마찬가지다. 인생은 b와 d사인인 c에 항상 머물러 있다.

여기에서 b란 before 이전을 뜻하며 d는 die즉 죽음을 의미한다. 또 c는 choice를 의미하는데 그것은 선택의 중요성을 강조하고 있다. 즉 삶과 죽음 사이에는 항상 선택이라는 변수가 작용한다는 뜻이다. 유난히 선택을 미루고 흐지부지 하는 성격이 있다. 이를 두고 우유부단하다 하면 주변에 이런 사람이 있을 경우 항상 사건은 발생하기 마련이다.

흔히 리더나 지도자를 뽑을 경우 대두 되는 문제가 얼마나 위기 대처 능력이 있는가이다. 위기 대처 능력을 또 다른 말로 지혜라고 표현하는데 이는 국가를 책임질만한 지도자들에게 가장 필요한 리더십을 의미하기도 한다. 리더십에는 포용력도 포함 되는데 이는 지도자로서 갖추어야 할 기본적인 덕목이다.』

인간관계의 중요성이야 두말 할 나위 없이 성공의 키워드가 된다. 성공의 조건을 꼽으라면 집안 배경과 개인의 역량, 학벌 인맥 등을 들 수 있다. 그중에서 가장 중요한 게 역량과 인맥일 것이다. 인맥 안에는 학벌 등 인간관계도 포함된다. 그러나 다른 조건이 다 좋아도 인맥이 따라주지 않는다면 성공은 요원한 것이 될 것이다.

그건 또 다른 표현으로 인덕이 있어야 한다는 말이다. 아무리 능력이 있어도 인간관계에 배신과 모략이 따른다면 실패는 불을 보듯 뻔한 것이기 때문이다. 명수는 삼십 평생 살아오면서 인간관계를 통한 수많은 악재를 겪었다. 어릴 때는 계부로부터 모진 학대를 받았고 모친의 무관심은 차라리 저주에 가까웠다.

그녀는 아들의 존재를 눈엣가시처럼 여겼는데 본 남편으로부터 물려받은 재산을 친아들이 아닌 계부의 아들에게 주어버리고 만 것이다. 그녀는 남편 사랑에 목매 친아들도 철저히 외면했다. 결국 있던 재산 의붓자식에게 몽땅 빼앗기고 빈털터리 신세가 되어 시골 촌구석에 주저앉고 말았다.

명수는 때에 따라 계부보다 친모가 더 가증스럽고 미웠다. 피 한 방울 안 섞인 계부의 아들들한테는 온갖 정성 다 하면서 정작 자기 아들한테는 냉대와 무관심으로 일관한 것이다. 계부의 아들들이 결혼할 때는 가진 재산 다 팔아 생색내더니 친아들한테는 빈손 내밀며 모른 체했다. 그러면서 돈이 필요하거나 아쉬울 때면 득달같이 전화 하며 부모 행세를 했다.

그때마다 명수는 너무 기가 막혀 쓰러질 지경이었다. 그 뻔뻔함에 토악질이 날 지경이었다. 심지어 아내의 혼수품목을 놓고 시어미 행세를 하며 눈을 부라리기도 했다. 아내가 신행을 거절한 것을 놓고도 전화에다 대고 온갖 악담을 다 했다. 참다 못한 명수가 한마디 했다.

"의붓자식들한테는 한마디도 못하면서 웬 간섭이 그리도 심한 겁니까? 아들 가진 유세라도 하겠다는 겁니까? 그럴 자격이 있다고 생각하는 모양인데 꿈 깨시죠, 나, 아들 노릇할 생각 없으니까요."

그러자 곧바로 악담이 튀어나왔다. 자식 키워봤자 다 소용없다는 거였다. 온갖 눈치 봐가며 대학 공부시켜놨더니 이제 와서 불쌍한 어미 모른 척한다는 것이었다. 꼴랑 대학 공부 하나 시킨 거 놓고 유세는. 피 한 방울 안 섞인 의붓자식한테는 있는 재산 다 바쳐놓고 누가 모를 줄 알고 쇼를 하고.

친모는 계부가 자기 자식에게 모진 매질을 할 때도 모른 척했고 둘이서만 나가 외식을 하고 들어왔다. 딱 한번 아들 편을 든 적이 있었는데 대학 갈 때였다. 계부가 그의 대학 진학을 기를 쓰고 반대했는데 웬일인지 그때는 친모가 아들의 손을 들어주었다. 계부의 음모를 알아차린 걸까.

아니면 마지막 모정이라도 남아 있었던 걸까. 명수가 고향을 떠났을 때는 그 어떤 육친의 정도 남아 있지 않았었다. 하루빨리 고향을 떠나고 싶은 게 그의 소원이었다. 어릴 때 그가 동네에 나가면 사람들은 그의 등 뒤에 대고 말했다.

"쟤, 명수는 아빠가 친아빠가 아니란다. 엄마가 두 번째 시집가서 얻은 아빠란다. 남편이 죽은 지 일 년도 안 됐는데 샛서방 얻은 아주 못된 여자란다."

사람들은 엄마의 재혼을 두고 상상력에다 온갖 거짓말을 부풀려 이야기했다. 그럴 것 같으면 일찌감치 고향을 떠났어야 하는데 본 남편이 물려준 전답과 재산 때문에 머물 수밖에 없었다. 계부는 키가 크고 인물이 좋은 편이었다. 본처와는 이혼했는데 그 이유는 재혼한 아내 때문이라고 사람들은 입을 모아 말했다.

그러니까 엄마의 재혼은 사연이 깊어 상상하기 나름이었다. 어쩌면 본 남편이 살아 있을 때부터 정분이 났다는 소문도 있었고 남편 상을 치르자마자 남의 남편을 꼬드겨 재혼했다는 말도 있었다. 어떤 사람은 남편 무덤에 흙도 마르기 전에 고무신 거꾸로 신었다고 악담하는 치도 있었다.

계부는 인물이 좋다보니 밖에 나가면 인기가 좋았다. 중년의 나이에도 길거리를 지날 때면 여자들이 힐끔거리며 쳐다봤다. 훤칠한 체격에 호남 형에다 말솜씨까지 좋았으니 여자들이 따르는 건 당연한 순서였다.

그런데 한번 외출할 때마다 돈을 뭉텅이로 쓰고 들어오는 것이었다. 술집에다 뿌리는 건지 아님 전처를 만나 용돈 주는 건지 알 수 없었다. 계부에 비해 인물이 딸리는 친모는 그 화풀이를 명수에게 했다. 마치 그 원인이 친아들한테 있기라도 한 것처럼.

그러다 어느 날인가부터 계부의 외출이 빈번해지더니 동네에 소문이 돌기 시작했다. 읍내에 있는 다방 마담과 바람이 났는데 둘은 이미 서울 근처에 살림집까지 마련했다는 것이다. 친모와 계부와의 전쟁이 시작됐다.

친모가 계부에게 요구하는 게 있다면 오직 사랑 하나뿐인데 계부가 아내에게 요구하는 건 오로지 돈이었다. 부부는 싸움을 할 때마다 명수를 개 패듯 했다. 철천지 원수가 따로 없었다. 계부가 매를 들면 친모는 흉기를 들고 나타나 당장 죽일 것처럼 패악을 떨었다.

대학에 들어가면서 서울로 거처를 옮겼다. 등록금과 하숙비가 오는 것 말고는 일체의 지원이 없었다. 용돈은 스스로 알바를 해 해결해야 했다. 나중에야 알았다. 등록금과 하숙비를 보내올 때마다 계부와 친모가 치열한 싸움을 했다는 것을.

자식들이 모두 출가해 등을 지고 나자 부부 사이는 원상복귀됐다. 계부의 친자식들도 더 이상 뜯을 재산이 없다는 걸 알고 나자 발길을 뚝 끊었다. 한번은 계부가 전화해 돈을 요구한 적이 있었다고 한다. 그러자 아들과 며느리가 말했다.

아이들 학자금 대기도 벅차 조금치의 여윳돈이 없다 스스로 해결하라. 계부는 평생 해보지 않은 농사일을 시작했다. 동네 사람들의 도움을 받아 비닐하우스에서 방울토마토 농사를 지었는데 첫 수확치곤 작황이 좋았다고 한다.

차츰 재미를 붙이더니 부부가 함께 농사일에 전력한다고 했다. 이상은 고향에서 농사짓고 있는 친구가 전해준 말이었다.

명수는 이혼한 다음부터 직장 일에 더한층 매진했다. 요즘은 워낙 돌싱이 흔한 세상인지라 가십거리도 안 될 줄 알았다. 그가 근무하는 직장에만 벌써 돌싱이 여럿이었다. 여자 돌싱이 두 명 남자 돌싱이 네 명이었다. 그들은 딸린 자녀가 있어 모두 숙려기간을 거쳤는데 이혼 후 아이들은 모두 조부모가 맡았다.

생활비조로 월급의 일부를 보내는데 그들은 하나같이 재혼을 꿈꾸고 있었다. 한 번의 실패를 거울 삼아 더 이상적인 배우자를 꿈꾸고 있었는데 황당하기 그지 없었다. 초혼도 아닌 재혼이면서 남자들은 처녀 결혼을 원했고 그것도 빼어난 절세미인이어야 했다. 게다가 성격 좋고 헌신적인 맞벌이를 원했다.

여자도 마찬가지였다. 경제적인 능력을 첫 번째로 꼽으면서 이왕이면 잘 생기고 친절한 이상적인 남자를 원했다. 한 번의 실패가 더 성공적인 재혼을 꿈꾸게 한 것이다. 그들은 명수가 돌싱이 되었다는 소식을 접했을 때 그럴 줄 알았다며 당연하다는 반응을 보였다. 차라리 자식 없을 때 헤어진 게 백번 다행이라고도 했다. 자식이 있으면 문제가 여간 복잡한 게 아니라며 이왕 돌아설 바에야 빨리 정리하는 게 낫다 했다. 남의 속도 모르고 긁어대는 축도 있었다.

전처가 바람을 피웠느냐? 인물 값 하게 생겼던데 정말 그런 거냐? 부부관계에 무슨 문제가 있었나? 여자가 혹시 정신적으로 문제가 있었나.

차라리 귀라도 막고 싶은 심정이었다. 그들이 하는 말은 동정도 위로도 아닌 불난 집에 기름 끼얹는 격이었다. 아직 호적에 잉크도 마르지 않았는데 상처 난 마음에 불을 지피는 것 같았다. 울컥 하는 마음에 직원과 대판 싸움을 한 뒤로는 퇴사 결심마저 한 적도 있었다. 그러다 중국지사 모집광고에 지원했다가 보기 좋게 낙방했다. 자격 미달이었다.

우선 그는 중국어를 한마디로 할 줄 몰랐고 현지 사정에 어두울 뿐 아니라 영업 개척 분야는 경험이 전혀 없는 터였다. 당연한 결과를 두고도 그는 한참을 방황했다. 그렇지 않아도 소심한 성격이 더한층 소심해졌다.

명수는 퇴근하면 집 근처 편의점에서 간단하게 저녁 식사를 해결한 뒤 강변로를 산책했다.

봄이면 강변에 핀 꽃들을 감상하며 산책했다. 봄은 죽었던 겨울의 무채색을 몰아내고 화려한 유채색으로 강변을 물들였다. 샛노란 개나리가 철로 주변에 무더기로 피었는가 하면 벚꽃과 진달래는 공원 산책로를 화려하게 장식하면서 산책객들의 시선을 즐겁게 했다.

바람이 불 때마다 벚나무에서 떨어진 꽃잎들이 눈처럼 휘날렸다. 그런가 하면 용문으로 향하는 국철이 여흥심리를 불러일으켰다. 언젠가 저 국철을 타고 여행을 떠나 주리라. 전철 패스 한번 사용하면 되는 것을 두고 결심만 되풀이되던 어느 날, 그는 집에서 두 정거장 쯤 걸어가 드디어 국철에 몸을 실었다.

주말이라 전동차 안은 승객들로 꽉 차 있었다. 젊은이들도 많았지만 중년 노년층들도 꽤 많았다. 중년들은 삶의 여유를 찾아 모처럼 길 떠나는 중이었고 노년층은 무임승차권으로 남아도는 시간을 여행으로 메우는 중이었다.

그들은 모두 삼삼오오 동년배들과 동행하고 있었는데 분위기가 여간 화기애애한 게 아니었다. 어린 시절 이야기하며 추억에 젖는가 하면 자식 걱정에 눈물을 글썽이는 사람도 있었다. 그런가 하면 맛집 이야기를 하면서 다음번에 꼭 가자며 약속하는 사람도 있었다.

그러다 전동차가 양평에 닿자 삼일장이 섰다며 우르르 내렸다. 그들이 내리고 나자 전동차는 종점인 용문을 향해 기치를 올렸다. 차창 밖을 바라보고 있는데 옆에서 도란거리는 이야기 소리가 들려왔다. 좀처럼 들어볼 수 없는 심도 깊은 이야기였다.

"어릴 때 철 모르던 시절 친구에게 심한 말로 상처 준 적이 있었어요, 당시 친구가 대학에 떨어져 몹시 방황하고 있을 때였는데 어려운 집안사정 생각해 취직이나 하라고……. 사실 친구는 성적도 별로 좋지 않았어요, 부모님은 연로하신 데다 집안형편도 좋지 않아 그 친구라도 나서서 돈을 벌지 않으면 안 되는 처지였어요, 그런데도 친구는 꼭 대학을 가서 자기 꿈을 이루겠다고 입만 열면 말했거든요. 성적은 지방 대학도 가기 힘들 정도인데 우습게도 스카이 대학만 원하는 거예요, 시험 볼 때마다 당연히 낙방했죠. 그런데도 자기가 무슨 특별한 존재라도 되는 양 말하는데 듣기 싫더라고요. 처음에는 그런대로 이야기를 들어주었는데 갈수록 화가 나는 거예요, 자기 처지는 생각하지 않고 입만 열면 일류대학을 외치니까."

"세상에는 그런 현실과 맞지 않는 생각을 하는 사람들이 의외로 많아요."

"나중에야 알았어요, 그애가 왜 그렇게 대학에 매달리는지."

"왜요?"

"좋아하는 남자친구가 있었는데 명문대 법대에 다니고 있었어요. 친구 말로는 집안도 좋고 인격적이고 좋은 사람 같았어요, 옆에서 봐도 친구는 그 남자 아니면 안 될 것처럼 좋아하더라고요. 자기는 그 사람과 모든 면에서 떨어지는데 학교라도 좋은 데 가서 밸런스를 맞추고 싶다고요, 사실 친구는 키도 작고 얼굴도 못생긴 편이었어요. 제가 보기엔 그 친구는 남자 하나 잘 만나 신분상승을 꿈꾸는 된장녀 같았어요."

"그래서 그 친구는 꿈을 이루었나요?"

"아뇨, 대학을 여러번 떨어지자 집안에서 취직이나 하라고 하자 미칠 듯이 괴로워했어요, 그 쯤 남자친구는 군대 가버리고. 그래서 제가 말했죠. 현실 파악 좀 하라고."

"어떻게요?"

"내가 보기에 넌 그냥 그 사람을 혼자 좋아하는 것 같다. 이제라도 취직해서 부모님 잘 모시고 효도하는 게 낫다."

"그랬더니요?"

"불같이 화를 내더라고요. 자긴 전혀 그럴 생각이 없다면서."

"그 남자 친구 때문에요?"

"말은 아니라고 해도 제 생각에는 그런 것 같이 느껴졌어요."

"그후 그들은 어떻게 되었나요?"

"제 짐작이 맞더라고요. 남자는 제대한 후 복학했고 제 친구를 더 이상 만나주지 않았어요. 자기를 남자로 좋아한다는 걸 눈치채기 시작한 거죠."

"그럼 그 이전에 몰랐다는 건가요?"

"어쩌다 만나주는 걸 가지고 제 친구는 자기를 좋아해서 만나는 걸로 착각한 거죠."

"그럴 수 있겠죠, 워낙 좋아하다 보면."

"제 친구는 어려운 환경 속에서 오직 그 남자만 향해 마음이 열려 있었고 꿈과 희망을 걸었던 것 같아요, 헛꿈 꾼 거죠."

"그러게 착각은 자유라는 말이 유행 했었잖아요, 착각에는 커트라인도 없다는 등 착각은 망상 망상은 해수욕장, 심지어 착각은 북한에서도 자유라고 했잖아요."

"그래서인지 몰라도 제 마음 속에 그 친구를 얕잡아 보는 생각이 들더라고요, 올라가지도 못할 나무 뭐하러 쳐다보냐? 고개만 아프지. 그 남자가 뭐가 아쉬워 너 같은 여자를 좋아하겠냐. 제발 니 처지 좀 생각하고 살아라. 등등."

"그 말을 다 했단 말이에요?"

"그 친구가 자기를 대단한 존재처럼 계속 말하니까 나도 모르게 화가 나서 말해버렸어요."

"어떻게 자기 자신을 대단한 존재처럼 말하는데요?"

"한마디로 눈이 다락같이 높았어요, 성적은 지방대학 가기도 힘든데 일류대학만 가겠다고 하고 인물도 배경도 좋지 않은데 대단한 남자 아니면 상대도 안 하려 드니까."

"그런 사람이 있죠. 제 처지는 생각지 않고."

"그런데 세월이 지나고 나서 생각해 보니까 제가 너무 큰 상처를 친구에게 주었구나 싶은 거예요, 꿈은 자유이고 이상과 기대치도 자유인데 제삼자가 함부로 판단하는 말을 하다니 내가 너무 경솔했구나."

"그 일을 두고 두 분이 다투고 헤어지신 건가요?"

"네."

잠시 두 사람 사이에 침묵이 흘렀다.

"세상 살면서 인간관계만큼 힘든 것도 없는 것 같아요, 서로 친한 사이일수록 상처를 더 많이 주고받아요. 내면을 잘 알고 있으니까."

"저는 사실 남편과 사별하고 너무 힘들게 살았어요, 과부라고 하니까 더 사람을 무시하고 함부로 대하는 거예요, 얼마 전에도 직장에 들어갔는데 사장이 다른 직원 월급은 제 날짜에 꼬박 꼬박 주면서 제 것만 자꾸 미루는 거예요."

"왜요?"

"마음 놓고 무시해도 되겠다 싶었나 봐요. 일도 다른 사람보다 더 세게 시키면서 알고 보니까 제 급여가 다른 직원들에 비해 약한 편이더라고요. 따질까 싶었지만 혹시라도 잘릴까봐 참았더니."

"그래서요?"

"친구에게 말했더니 빨리 그만두래요. 참다 참다 그만 두었어요, 그런데 사장이 밀린 급여를 주지도 않고 그냥 나가라는 거예요."

"저런! 노동청에 확 고발하지 그랬어요."

"했죠, 그랬더니 사장이 분해서 팔팔 뛰면서 그럴 줄 몰랐다는 거예요, 여적 누구 덕분에 먹고살았는데 은혜도 모르고 자기를 고발했다고 펄펄 뛰면서 저를 무슨 파렴치범 취급하는 거예요. 노동청에서 몇 번 연락이 간 거 같은데 돈은 안 보내요. 아주 피를 말려 죽이려고 작정한 것 같았어요."

"저런 죽일."

"그런데 더 황당한 건 친구의 반응이었어요."

"네 친구가 왜요?"

"갑자기 저한테 그러는 거예요, 너 노후대책 해놨냐 어쩌자고 직장은 그만두었냐? 제 처지를 깔보고 한참 비아냥거리더니 저도 놀랐는지 입을 막더라고요."

"참내. 기가 막히네요, 사람의 처지가 어려워지면 주변사람들이 모두 악마로 변하는 것 같아요."

"전에는 안 그랬는데 과부라고 대놓고 무시하는 사람도 있어요, 제 앞에서 일부러 남편 자랑 자식 자랑 해가며."

"사업 하다 부도 맞으면 친구들이 전화번호 삭제하고 수신거절 처리한다잖아요,"

"그래서 밀린 급여랑 퇴직금은 다 받았나요?"

"노동청에서 자꾸 재촉하고 차압 들어간다 하니까 할 수 없이 보내주더라고요."

"그런 작자들은 돈이 없어서가 아니라 일부러 사람 무시해서 그러는 거예요."

"세상에 가장 큰 복은 인덕이라잖아요. 좋은 사람 만나는 게 제일 큰 복이에요. 하지만 그게 쉬운 일은 아니죠."

"세상에 복은 다 받고 싶어죠, 하지만 복 주시는 분 마음 아닐까요? 성경에도 나와 있잖아요, 작은 복은 노력해서 받고 큰복은 하늘에서 내려오는 거라고."

"그것이야 말로 절대 주관자 하나님 몫이죠. 우린 그저 주어진 복에 감사하면 돼요. 사실 북한이 아닌 남한에 태어난 것만 해도 얼마나 큰 복인가요? 북한에 태어났더라면 탈북자가 되었거나 벌써 저 세상에 가 있을지도 몰라요. 인도 여성들은 참 불쌍해요, 그 나라는 여자들을 짐승처럼 취급한대요. 남편이 먼저 죽으면 수치라고 생각해 남편의 시신을 화장할 때 아내로 산 채로 뛰어 들어 죽게 하는 풍습이 아직도 있대요. 무려 11시간 동안 울부짖으며 죽어가는데 너무 끔찍해서 차마 눈뜨고 볼 수가 없대요. 그렇게 죽고 나면 기관에서 보상금이 나오는데 그 가문은 명문 가문으로 소문난다고 하네요, 어린 청소년 여자 아이들에게 행하는 할례는 너무 끔찍해 법으로 금지하고 있는데 부모가 앞장 서 하는데 마취도 않고 하는 바람에 출혈이 너무 심해 죽는 경우도 많대요, 여자는 글을 배워도 안 되고 쾌락을 알아서도 안 되기 때문에 더 인권의 사각지대에 놓여 방치된 채 살아가는 거예요."

"요는 시대도 잘 만나야 하지만 국가도 잘 만나야 해요, 동남아인가 어디서는 해마다 2,000여 명의 어린 소녀들이 인신제사로 바쳐진다 해요. 아프리카 어느 나라에서는 부모에게 버림받은 어린아이들의 인신매매가 이루어지는데 만 명이 넘는다고 해요, 너무나 끔찍한 이야기예요."

"우리나라도 요즘 친부모로부터 학대받는 아이들이 만 명이 넘는다는 보고가 있잖아요, 부모와 자식 간의 천륜도 무너지는 세상이에요, 인간관계의 첫 걸음이 부모와 자식 관계인데 그 관계 설정이 첫 단추부터 잘못 끼워지다 보니 세상살이의 모든 인간관계가 어그러지고 마는 거죠."

"사랑의 인과관계가 아닌 이해(利害) 관계로 이어지다 보니 더 살벌한 세상이 되어가는 거예요. 세상에서 사람만큼 무서운 존재는 없는 것 같아요."

"그러나 반드시 그런 것만은 아니에요, 성경에도 나오잖아요, 다윗과 요나단의 숭고한 우정이요, 그들의 우정은 남녀 간의 사랑보다 더 진했다고요. 요나단은 왕위 계승자로서 다윗이 상당히 위협적인 존재였음에도 목숨 걸고 다윗의 안위를 도와주었고 장차 왕으로 등극할 거라며 위로해 주었어요, 그런 헌신적인 우정 때문이었을까, 다윗은 사울에게 쫓기면서도 그를 해칠 여러 번의 기회가 있었지만 죽이지 않고 살려 주었어요."

"물론 관점 차이겠지만 다윗과 요나단의 관계는 가족보다 남녀 간의 사랑보다 더 아름다운 관계라고 할 수 있어요, 성경에도 나와 있잖아요, 친구를 위해 자기 목숨을 버리면 이보다 더 아름다운 일이 없다고."

"친구 사이든 지인 동료 사이든 서로를 경쟁 상대나 이해관계 아닌 순수한 정(精)으로 이어지는 게 중요해요."

"요는 서로 손해 보려 하지 않기 때문에 발생하는 상처가 많아서 혼족이 늘어나는 거예요, 절친이란 말도 사라져가고 최소한의 인간관계마저 포기하고 마는 그래서 유행하는 말이 3포 5포잖아요."

"취업 포기 결혼 포기 출산 포기 대인관계 포기."

"인간관계만 잘 해도 성공은 따 놓은 당상이라잖아요, 요즘 대통령 탄핵 사건만 해도 그래요. 온통 배신자들뿐이에요, 힘 있을 때는 벌떼처럼 모여 들었다가 막상 궁지에 몰리니까 최측근부터 배신 때리고 말잖아요, 정치는 반전의 연속인 법인데 요즘 벌어지는 사태 보면 그렇지도 않아요. 한번 추락하기 시작하면 모두가 배신자로 변하고 이해타산 따지기만 바빠요."

"그러게 일찌감치 소통을 잘 했어야죠. 어디 믿을 사람이 없어서 그런……. 아예 고양이한테 생선을 맡기는 격이지."

"그러게 말예요, 이용당한 대통령만 불쌍하죠."

"어쨌든 책임은 못 비켜가는 거예요, 대통령과의 지인관계를 이용해 엄청난 사익을 추구한 건 사실이니까요."

이제는 대화가 대통령 탄핵국면으로 접어들고 있었다. 전동차가 용문으로 들어서고 있었다. 방송에서 멘트가 나왔다. 잊으신 물건 없는지 잘 살펴보고 내리라는 멘트였다. 전동차가 정차하자 객실에서 많은 발걸음이 빠져나왔다. 살랑거리는 바람이 얼굴을 간질였다. 계단을 오르는데 스마트폰에서 진동이 느껴졌다.

놀랍게도 친모였다. 명수는 전화를 받을까 말까 수없이 망설이다 폰을 터치했다. 친모의 다급한 목소리가 흘러나왔다.

"명수야 엄마다."

그는 대답 대신 침묵으로 대변했다.

친모는 다급한 목소리로 또다시 말했다.

"명수야, 듣고 있니 엄만데 지금 와 줄 수 있을까?"

뭔가 급박한 일이 터진 게 틀림없었다. 돈 필요할 때 말고는 생전 연락도 않더니 또 돈이 필요한 건가? 하긴 그럴지도 모른다고 생각했다. 계부의 자식들은 돈 이야기만 나오면 미리 전화를 끊어버리니까.

“그러니까 집에 한번 왔다 가, 엄마가 꼭 할 말이 있어서 그래.”

“전 들을 이야기도 없고 듣고 싶지도 않아요, 바빠요.”

“명수야 엄마 소원이다. 엄마가 꼭 할 말이 있어서 그래.”

“무슨 이야긴데 그러세요?”

그는 소리를 버럭 질렀다. 갑자기 속에서 울컥 하고 짜증이 솟았다. 이제 와서 부모 행세라도 하겠다는 건가?

“니 안사람하고도 같이 와 줬으면 좋겠는데.”

그는 기가 탁 막혔다. 생각해 보니 친모는 이혼 사실도 모를 터였다. 그는 이혼 했다고 말하려다가 그만 두었다.

“필요 없어요.”

“필요 없다니 그게 무슨 소리야? 엄마가 너희 부부에게 할 말이 있다니까.”

“도대체 무슨 이야긴데요? 지금 하시면 안 되는 이야긴가요?”

“응, 그러니까 엄마가, 엄마가.”

목소리가 점점 힘을 잃는 것 같았다.

“엄마가 몸이 많이 안 좋아, 그래서 아들한테 할 말이 있어서.”

순간 심장 속에서 쿵 소리가 나는 것 같았다. 마음속에서 끈 하나가 떨어져 나가는 느낌이었다. 갑자기 죽을병이라도 걸렸단 말인가. 그래서 아들한테 유언이라도 하겠다는 건가?

“저 이혼했어요.”

그는 순간 자기 입밖으로 튀어나온 말에 스스로 놀라 기함할 지경이었다.

“뭐라구?”

친모는 상당히 충격을 받은 모양이었다. 수화기 너머로 탁! 소리가 났다. 아마도 친모가 전화기를 바닥에 떨어뜨린 모양이었다. 정신이 회로를 잃고 멍 때리고 있었다. 핸드폰을 쥔 손이 덜덜 떨리고 있었다.

알 수 없는 두려움이 가슴 밑바닥에서 소용돌이치며 일어났다. 엄청난 후회감이 들면서 명수는 무엇엔가 이끌린 듯 맞은편 계단을 향해 뛰어가 달려오는 전동차에 올라탔다. 전동차는 봄 풍경을 색상으로 보여주며 전진했다.

새싹이 나기 시작한 들판은 희망이란 단어를 생각나게 했고 봄의 서정을 일깨웠다. 산야의 초록과 새하양 샛노랑 진분홍 색깔이 교대로 지나갔다. 교각 밑으로 물결이 풀숲을 헤치며 지나는 모습도 보였다. 들판 위를 떠도는 새떼 모습도 보였다.

가족과 함께 물가를 헤엄치며 물고기를 사냥하는 물오리 떼도 보였다. 엄마 오리가 새끼 오리들을 데리고 유영하는 모습에 눈물이 났다. 친모가 생각났다. 어릴 때 친모는 그에게 살가운 모습을 보인 적이 한 번도 없었다. 귀찮은 짐 덩어리 대하듯 했고 막말을 예사로 했다. 계부의 자식들한테는 있는 재산 다 빼앗기면서 찍소리 한마디 못했다.

자식 가슴에 원한을 심어놓고도 전혀 모른 체했다. 그 생각을 할 때마다 가슴 속에서 모닥불이 타는 것 같았다. 전동차가 드디어 청량리역에 닿았다. 승객들 속에 떠밀려 계단을 오르다 말고 그는 뒤를 돌아다보았다.

출발을 기다리는 열차가 좌우로 배열해 있었다. 손에 가방에 든 승객들이 열차에 탑승하기 위해 아이와 함께 뛰는 모습도 보였다. 수많은 발걸음들 속에는 만남을 위한 벅찬 환희도 보였다.

그리움과 만나기 위한 기대 섞인 소망도 보였다. 도약을 위한 희망참도 보였다. 명수는 순간 계단을 뛰어 내려갔다.

그리고 막 떠나려는 열차에 뛰어 올라 탑승했다. 숨이 턱까지 차올랐다. 열차는 도시의 익숙한 풍경을 뒤로 한 채 서서히 터널을 빠져 나갔다. 그는 핸드폰을 만지작거리며 계속 망설였다. 핸드폰을 터치하는 순간 전화가 왔다. 친모였다.

"지금 가고 있어요, 두 시간 후면 도착할 거예요."

"그래 고맙구나."

전화를 끊는 순간 눈물방울이 핸드폰 위로 툭 떨어졌다. 열차가 전 속력으로 달리기 시작했다. 한참 후 보니까 열차는 KTX 고속열차였다. 차창 밖 풍경은 빠른 속도에 가려 회색빛으로 지나갔다. 피곤해 눈을 감았다 떴는데 어느새 목적지에 와 있었다. 역사(驛舍) 밖을 나오자 어색함과 모멸감 같은 감정이 순식간에 그의 몸을 휘감았다.

친모를 대하는 것이 그는 늘 어색했다. 온정 어린 말보다는 막말을 더 많이 듣고 자란 터였다. 계부는 아예 얼굴도 마주 대하기 싫었다. 마지막 방문이려니 생각하고 온 길이었다. 친모가 무슨 말을 할지 빨리 듣고 나올 요량이었다. 어색한 분위기가 싫어 결혼을 하고서도 단 한 번도 찾지 않은 고향이었다.

집이라도 제대로 찾을 수 있을지도 의문이었다. 생각해 보니 집을 떠난 지도 십오 년이 훨씬 넘었다. 역에서 택시를 탔다. 집으로 가는 차편을 찾느니 차라리 택시를 타는 게 나을 것 같았다. 택시는 시내를 벗어나 한참을 달리더니 전혀 낯선 동리에 멈춰섰다. 비닐하우스 너머로 아파트 단지가 들어서 전혀 다른 동네 같았다.

그는 운전사에게 몇 번이나 확인하고는 택시에서 내렸다. 이제부터는 친모에게 전화를 걸어 집의 위치를 확인해야 했다. 놀랍게도 친모는 아파트에 살고 있었다. 그것도 바로 눈앞에 있는 아파트였다. 그렇다면 마지막 남은 전답을 처분해 아파트로 입주한 게 틀림없었다. 전혀 의외의 사실 앞에 그는 잠시 발걸음이 멈칫했다. 친모가 사는 아파트는 5층에 있었다. 그는 벨을 누르다 말고 속에서 치받치는 울음소리를 들었다. 억눌린 분노가 원한과 함께 치밀어 올랐다. 친모와 계부를 대하는 게 얼마나 어색한지 되도록 빨리 빠져 나와야겠다는 생각만 들었다. 그가 문을 열고 들어서자 친모는 눈물을 글썽인 채 울고 있었다.

그동안 많이 늙었다. 몸피도 줄어들어 바싹 여위었다. 이사하면서 세간도 줄었는지 집안이 썰렁했다. 명수가 턱짓으로 물었다.

"안 계세요?"

계부의 소재를 묻자 친모는 현관문을 가리키며 말했다.

"서울에 있는 큰 아들 집에 가셨다."

그는 엉거주춤 소파에 앉았다. 친모와 단 둘이서 마주 앉다니 너무 어색했다. 친모가 과일 주스를 내오며 먹으라고 손짓했다. 그는 주스잔은 쳐다보지 않은 채 말했다.

"무슨 일인데 바쁜 사람 오라는 거예요?"

퉁명스럽게 말하며 친모의 낯빛을 살폈다. 얼굴에 검버섯이 보였다. 저승꽃? 명수는 애써 친모의 표정을 외면했다.

친모는 안방으로 들어가더니 봉투 한장을 가져왔다. 명수에게 내밀며 힘없이 말했다.

"이게 내가 너한테 해줄 수 있는 마지막이구나, 불쌍한 내 새 끼……"

친모는 말하다 말고 울음을 터뜨렸다. 순간 명수의 속에서 울컥 분노가 치솟았다.

"이러려고 오라고 했어요. 그만 가 볼게요."

"명수야 그게 아니고, 엄마가, 엄마가."

그 뒷말은 안 들어도 알 것 같다. 죽을병에 걸렸다든가 부모 행세하려는 게 틀림없었다. 명수는 봉투는 거들떠보지도 않은 채 자리에서 일어났다. 친모가 놀란 눈빛으로 일어나며 그의 손에 봉투를 쥐어주었다.

"이건 니 아버지가 너한테 남겨준 거였어."

아버지? 계부? 친부?

헷갈렸다. 더러운 이물질 떼 내듯 그는 친모의 손길을 뿌리쳤다.

"그 잘난 의붓자식들한테 주지 않고서 왜 나한테요?"

"니가 내 친아들이니까."

순간 뒤통수를 맞는 것 같았다. 다시 한 번 봉투를 건네주는 친모의 손에 그의 손에 눈물방울이 툭툭 떨어졌다. 신발을 신고 돌아서는데 친모가 허리를 구부리며 그에게 어서 가라고 손짓을 했다. 그는 쫓기듯 아파트를 빠져나왔다.

신작로를 지나 버스정류장을 향할 때였다. 누군가 옆을 지나는데 인상이 어쩐지 눈에 익었다. 흰머리에 잘 차려입은 노인은 중후한 배우 같았다. 노인임에도 형형한 눈빛과 체격이 여느 시골 노인네와 달랐다.

명수가 막 도착한 버스를 타고 동네를 벗어날 때였다. 그때야 머릿속에 한 단어가 떠올랐다. 계부였다. 서울 큰아들한테 갔다는 계부가 친모가 사는 아파트로 가고 있는 중이었다. 명수는 봉투를 쥔 손에 힘을 주며 부르르 떨었다.

뭔가 불길한 예감이 들었다. 가슴이 떨리기 시작했다. 두려움으로 가슴이 바작바작 타들어가는 것 같았다. 일주일이 지났다. 명수는 계부로부터 친모가 운명했다는 소식을 들었다. 그가 고향에 도착했을 때 장례식은 이미 끝난 뒤였고 운구는 화장터로 향하고 있었다.

조문객도 별로 없었다. 그는 계부에게 간단한 눈인사만 하고 돌아섰다. 두 번 다시 볼일은 없을 터이니 어색한 만남도 오늘로 끝이리라. 이로써 계부와의 모든 관계도 끝이리라. 어릴 적 맺었던 그 끔찍했던 기억도 서류상의 모든 관계도 끝이리라. 시외버스에 올라 밖을 내다보는데 가슴 속에서 울컥하는 소리가 들렸다.

'이젠 난 어디로 가서 누구와 관계를 맺고 살지? 오늘로서 친모와 계부와의 모든 관계도 끝났으니 어디 가서 누구랑 어떤 인연을 맺고 살아갈까?'

언젠가 서초역 부근을 지날 때 읽었던 책자가 생각났다. 폐병을 잃는 어머니와 알코올 중독자 아버지 사이에서 자라다 무작정 상경하여 살아가는 형제 이야기였다. 좋은 주인 부부를 만나 돌봄과 사랑을 받았다는, 아내와 이혼한 기억도 떠올랐다.

아내와는 악연이었을까? 인연도 아닌데 억지 부려서 발생한 자업자득이었을까?

회사 동료들의 면면도 떠올랐다. 급작스레 외로움이 몰려왔다.

마음속에서 그리움이란 단어가 떠올랐다 사라졌다. 성공과 대인관계의 중요성에 대해 역설하던 책자 내용도 생각났다. 두 눈이 저절로 감기고 있었다. 긴장감이 풀리면서 졸음이 몰려왔다.

눈을 떴을 때는 어느새 목적지에 도착해 있었다. 버스터미널을 빠져나와 전철 역사로 걸어가고 있을 때였다. 누군가 뒤에서 그의 어깨를 가만히 잡는 손이 있었다.

누구?

돌아보는데 연극배우가 서 있었다.

"어디 멀리 다녀오시는 길인가 봅니다."

"네, 본가에 일이 있어서요."

그때서야 연극배우 옆에 서 있는 여자가 눈에 들어왔다. 중간 키에 상당히 세련된 외모를 지닌 여자였다. 30대 중반 쯤으로 보이는 여자는 연극배우 어깨에 살짝 기대어 호기심 어린 눈으로 명수를 바라봤다. 연극배우가 그런 그녀를 바라보며 명수에게 말했다.

"우리 헤어진 지 오년 만에 다시 만났죠. 아마도 옛정이 그리웠는지 서로 보자마자 눈에 불꽃이 튀었지요. 관계란 그렇게 이어지는가 봅니다."

끊어졌다 이어지는 관계? 정(情)이란 매개체를 두고서 끊고 이어지기를 반복하는 관계? 헤어진 아내가 생각났다. 그는 아직도 아내를 못 잊고 있었다. 가끔씩 꿈에서라도 만나고 싶은 아내였다. 아내는 지금쯤 어디서 누구와 관계를 맺고 살아가고 있을까. 그리움에 눈물이 났다.

그리고 언젠가 전동차 안에서 들었던 다윗과 요나단의 이야기도 생각났다. 탄핵사건을 일으켰던 대통령과 최순실과의 관계도 생각났다. 친모와 계부와의 관계도 생각났다. 인연이라는 관계는 아름다운 끝맺음을 위해 공을 들여야 한다는 생각도 났다.

연극배우와 그의 여자는 전동차 안에까지 따라 들어와 명수 옆에 자리 잡고 앉았다. 그 둘은 매우 다정해 보였다. 어느 날 명수는 출근 길 버스정류장에서 밑동이 잘려져 나간 은행나무를 보았다. 나무는 뿌리부분만 남겨 놓은 채 톱으로 잘려져 나가 평평한 원모양을 하고 있었다. 거의 죽은 생명체나 다름없었다.

그런데 그 잘려진 밑둥치에서 가느다랗게 가지가 뻗어 나오고 있었다. 그것도 여러 가닥이 삐져나와 위로 가지가 치솟고 있었다. 누군가 가는 줄을 가져다가 줄기를 묶어 놓았다.

밑동이 달아나버린 나무도 생명체라고 가지가 뻗는 모습을 보니 왠지 눈물이 나려고 했다. 나무는 주차장 바로 옆에 자리하고 있어 보기에도 위태위태했다. 언젠가 시멘트 틈새에서 자라는 포도나무를 본 적이 있다. 야채 가게 옆 시멘트 바닥에 뿌리를 내린 포도나무는 키가 제법 자랐다.

여름이 되자 콩알 만한 포도송이가 열렸다. 제대로 된 비료나 물도 공급 받지 못할 텐데 어떻게 생명을 이어갈 수 있었는지 신기했다. 생명에 대한 경외감이 일면서 아픔이 느껴질 정도였다. 운명이란 단어가 생각났다.

예전에 고가도로 밑을 지날 때였다. 고가도로 난간 밑 시멘트 틈바구니에서 버드나무가 자라고 있었다. 버드나무는 어떻게 뿌리를 내렸는지 줄기가 튼튼하고 가지가 바람에 휘날릴 정도로 자랐다.

어른 키만큼 자랐는데 나중에 보니 잘려져 나가고 없었다. 척박한 시멘트에 뿌리를 내린 그 강한 생명력에 탄성이 났었는데.

갑자기 친모가 생각났다. 아들의 투정에 눈물 글썽이며 하던 말이 생각났다.

"니가 내 친아들이니까."

어쩌면 그 말은 친모가 가장 하고 싶은 말이었는지 모른다. 시멘트 틈새에서 힘겹게 생명줄을 이어가던 버드나무처럼 친모는 삶이 버거웠는지 모른다. 그리고 그 나무에서 가는 줄기처럼 살아가는 아들에게 하고 싶은 마지막 말 한마디.

친모는 그 말 한마디 하기 위해 오랜 세월을 견디며 살았는지도 모른다. 명수는 속에서 치받는 울음소리를 들었다. 그건 처음으로 느껴보는 육친의 살가운 정이었다.

출근하기 위해 광장을 향해 걸어가는데 핸드폰에서 진동이 느껴졌다. 부재 중 전화가 와 있었다. 이상한 기대감으로 갑자기 발걸음이 빨라졌다. 그는 뒤에서 부르는 연극배우의 소리도 외면한 채 정신없이 달려갔다. 강변의 수풀이 빗방울을 머금은 채 햇빛에 반사되고 있었다. 마음속에서 미래에 대한 비전이 소리없이 살아나고 있었다. (2017년 조선문학)

어떤 이별

어느 날인가부터 나는 열심히 살기가 싫어졌다.

그냥 되는 대로 살다가 어느 날 갑자기 이 지구를 떠나고 싶었다. 아무리 노력해도 되는 게 없었고 모든 게 힘들고 귀찮았다. 너무 지쳐서 그로기 상태에까지 떨어졌다. 사람이 애쓰고 힘쓴다 해서 모든 게 다 잘 되는 건 아니었다. 능력에도 한계가 있듯이 일에도 운이라는 놈이 따라주어야 한다는 걸 모르는 바는 아니었다.

성경에도 나와 있지 않은가.

"여호와께서 복을 주시기 때문에 사람이 부하게 되는 것이지 노력만 한다고 해서 부하게 되는 것은 아니다"

삶의 전의(戰意)를 상실한 나는 지금까지 하던 모든 일을 중단하고 여행길에 올랐다. 여행은 내가 삶속에서 추구해온 모든 일의 마침표였다. 쉴 새 없이 일할 때 어느 정도 목표치에 도달했을 때도 나는 무한정 일탈을 꿈꾸었다. 먹기 위해 사는가. 살기 위해 먹는가. 이 두 가지 질문은 항상 내 삶의 화두(話頭)였다. IT 혁명 시대, 문화향락주의 시대에 나는 배울만큼 배웠고 돈도 벌만큼 벌었기에 더 이상 그 질문에 매달리고 싶지 않았다.

그러함에도 현실은 미래라는 두려움을 끊임없이 내 의식 속에 주입시켰다. 두려움은 항상 대안과 보장을 의미하고 있다. 그것을 노린 것이 바로 보험이다. 물론 그것은 돈을 담보로 하고 있다. 노후를 위한 보장성 보험이 끝나던 날 우연찮게 내 일자리는 거덜 나고 말았다.

내 나이 이제 겨우 사십을 넘었을 뿐인데. 그러나 다시 직장을 구할 용기는 나지 않았다. 대신 휴식을 택했다. 결혼도 경제적 안정을 이룬 다음에 하겠다고 차일피일 미루다 결국은 혼기를 놓쳐버리고만 상태였다.

이젠 내 나이 뒤에 총각이라는 단어는 더 이상 어울리지 않는다. 차라리 싱글이라는 표현이 더 어울린다. 그러면 사람들은 또 말한다. 돌싱 아냐? 천만에 나는 돌싱이 아닌 엄연한 미혼이다. 그것도 동정을 지닌 순수한 총각이다.

남들 같으면 학부형이 되었을 나이지만 나는 독신을 그다지 후회하지 않는다. 못 믿을 여자 마음을 의지했다간 콘 코 다치기 때문이다. 요즘이야 맞벌이가 대세라지만 그렇다고 그것 믿고 결혼했다간 여간 낭패가 아니다.

능력 많은 여자일수록 남편 알기를 우습게 안다. 자기와 맞지 않는다고 쉽사리 이혼 카드를 꺼내들기 때문이다. 자식 낳고 살다가도 남편의 사업이 실패했다 해서 이혼한 케이스는 얼마나 많은가.

언뜻 보면 여자는 남자에게 사랑을 원하는 것 같지만 실상은 남자의 뒷 배경에 더 관심이 많다. 즉 주머니 능력을 우선시 하는 것이다. 자신의 몸과 마음을 의탁할 만큼 경제적 능력은 있는가? 그래서 이리저리 재보다가 결혼날짜까지 받았는데 막상 직장에서 떨려나자 그만 파혼선고를 해오는 것이다.

20대 청년 백수에다 사오정 오륙도마저 판치는 세상이다. 평생 직장이라는 말이 사라지고 캥거루족이 늘어가는 추세에 결혼은 모험 같은 단어가 되어 버렸다. 나도 한때는 부모님의 성화로 맞선행렬에 나선 적이 있었다.

그런데 여자들이란 게 남자들보다 더 속물이더라. 화장발 속에 교활한 눈빛을 숨기고 계산기를 막 두들겨 대면서 정작 자신의 수입은 속이는 것이다.

그러면서 한다는 말이 아이는 몇이나 둘 계획이세요? 노후대책은 해놓으셨나요? 노후대책이라니? 그게 첫 만남에서 할 소리인가. 봉사나 희생정신 가진 여자는 눈을 씻고 찾을래야 찾을 수 없더란 게 내 주장이었다.

하긴 나 역시 한 여자만을 위해 죽어라 희생할 생각은 없었다. 도통 여자 속을 알 수가 있어야 말이지. 여자가 내 앞에서 자신의 희망사항을 말하면 난 속으로 생각했다. 이 여자가 명문여대 나왔다고 하는데 정말 사실인가.

인터넷으로 졸업증명서라도 떼어 볼까. 저 여자가 나 말고 만난 남자는 몇이나 될까? 몸 간수는 제대로 하고 살았나? 혹시 다른 남자랑 살다 실패해서 맞선현장을 누비고 다니는 그런 여자는 아닐까?

별별 생각을 하다 드디어 내 속내를 비추고 말았다.

"도대체 남자는 몇 명이나 사귄 겁니까?"

"네?"

여자는 놀랐는지 잠시 당황하는 표정이었다. 능구렁이 같은 여자일수록 자기 잇속에는 빨라 말솜씨도 좋았다. 순진한 나는 그녀들의 말솜씨에 놀라 모두 내 속내를 내보인 적도 있었다. 그녀들은 데이트가 진행될 때쯤이면 명품 옷을 입고 나와 내 능력을 테스트하거나 내 현재와 미래를 가늠해 보기도 했다.

진실성이라곤 먼지만큼도 찾아볼 수 없는 여자도 많았다. 착한 여자? 그런 건 아예 기대도 않았다. 그저 최소한의 양심과 예의범절만 갖추어도 봐주려고 했다. 그러나 그런 여자들은 인물이 형편없었고 똑똑하고 예의바른 여자는 내 집안을 걸고넘어지면서 마지막 순간 퇴짜를 놓았다.

어쨌거나 그런 계산놀음 속에 내 청춘은 사십 고개를 넘고 말았다. 사람 일은 일분일초 이후를 장담 못한다고 명퇴 황퇴 바람도 나를 결코 비껴가지 않았다. 아니 좀 더 정확하게 표현하자면 회사가 최종 부도 처리되는 바람에 저절로 황퇴가 된 것이다.

밀린 월급에다 퇴직금은 법적 소송을 통해 체당금으로 해결됐다. 천만 원 가까운 돈을 받느라 애가 탄 생각을 하면 지금도 자리에서 벌떡 일어날 지경이다. 중소기업의 도산은 실로 눈물겨운 악순환의 연속이었다.

대기업의 횡포를 도무지 막아낼 방법이 없었다. 인터넷에 도배되듯 나타나는 중소기업의 줄 이은 도산이 결코 남의 이야기가 아니었다. 종소기업 명단에 올랐다가 사라지는 전화번호가 수없이 많은 이유를 알 듯했다.

앞날이야 어쨌든 그래도 나에겐 아직까지 여유 자금이 있었다.

일자리를 알아보기 위해 고용노동청을 향하던 나는 발걸음을 돌려 청량리 역사(驛舍)로 향하고 말았다. 대학 때 성당에서 여름 수련회 가던 기억이 떠올랐다. 이제 막 물오른 청춘남녀끼리 청량리 역사에 모여 환호성을 질러대던, 그때의 풋풋하고 순진무구했던 감성이 얼마나 마음을 설레게 했는지 모른다.

그때는 롯데백화점 앞에 넓은 아스팔트 광장뿐이었는데 지금은 역사(驛舍) 자체가 하나의 빌딩처럼 변해버렸다. 곳곳에 설치된 에스컬레이터 하며 대합실도 광장처럼 넓어 격세지감을 실감케 했다.

또 역사와 맞붙은 대형마트에서는 쉬임없이 사람들의 발길을 빨아들이고 있었다. 또한 역사 앞 광장은 대형 조형물과 함께 의류세일 행사가 진행되고 있었다. 칙칙하기만 했던 청량리는 하늘은 어느 샌가 변신을 거듭해 도심을 내려다보며 사람들의 일거수일투족을 감시하는 듯했다.

죽었던 감성이 새록새록 살아나는 순간이었다. 나는 소년 같은 마음으로 에스컬레이터를 타고 대합실로 올라갔다. 매표구에서 표를 끊은 다음 개찰구로 갔다. 곳곳에 전광판이 알림판 역할을 하고 있었다.

출발시간과 종착지를 알리는 전자 글씨가 수시로 사람들의 발걸음을 유도했다. 나도 그들의 발걸음에 휘묻혀 어느새 열차에 오르고 있었다. 가슴 벅찬 환희가 객실 안에 들어서자 내 온몸을 휘감았다.

그건 내가 미처 생각하지 못한 그리움이었다. 그동안 잊고 살았던 지난날의 감동이 낭만심리로 가슴에서 되살아났다. 사실 여행만큼 감정을 들뜨게 하는 것도 없다. 미지의 그리움을 향해 달려가는 여행은 마음이 누릴 수 있는 최대의 호사이다. 눈과 마음을 즐겁게 해주는 것에는 여행만한 것이 없다.

창가에 앉은 나는 맨 앞에 보이는 영상에 눈길이 갔다. 영상에는 다음 종착역과 근처 관광지를 소개하는 자막이 보였다. 아울러 KTX 코레일 열차 자체 광고문구도 계속 떠올랐다. 유명 개그우먼을 앞세운 광고는 보기만 해도 신이 났다.

「여행, 세상에서 가장 행복한 곳으로 당신을 보내세요.」

철도 레일을 달려가는 애니메이션 광고도 이어졌다. 세월 참 좋다. 세상 참 많이 달라졌다. 소리가 절로 나왔다. 열차는 레일 위를 달리며 차창 밖의 세상을 전해 주었다. 들판과 아파트 군락과 상가를 차례로 비추며 세월과 낭만을 골고루 비춰 주었다.

홍익 매점 판매원도 지나가며 여흥심리를 돋워 주었다. 열차 중간에 카페도 있었다. 게임기와 인터넷과 간단한 음료를 파는데 그곳에서는 바깥 풍경을 직선으로 볼 수 있었다. 중간 중간 열차 승무원이 방송 멘트로 전해주며 열차는 점차 경기도에서 강원도로 진입하기 시작했다.

누군가 말했던가. 여행하면 강원도 동해안으로 가라고. 그것도 꼭 열차여행으로. 생각해 보니 혼자 열차 여행 떠나는 게 십 년도 훨씬 넘은 것 같았다. 그동안 여행이라고 해봐야 여름휴가 때 동료들과 함께 떠나는 지방 여행이 고작이었다.

사실 여행이 아닌 근무의 연장선상이었다. 지방 지사를 방문해 업무를 보고 돌아오는 중간에 휴식시간이 있어 잠시 쇼핑이나 하는 정도였다. 남들은 여름만 되면 일주일씩 휴가를 떠나지만 그렇지 못했다.

여러 가지 사정으로 2-3일 쉬는 데 그쳤다. 그건 그냥 집에서 뒹굴면서 쉬는 거지 여행을 갈만큼 여유 있는 것은 아니었다. 또 어떻게 알았는지 휴가가 있을 때마다 여동생이 나타나 주머니를 몽땅 털어갔다.

나이 삼십에 대기업에서 밀려난 나는 중소기업에 취업하며 몸을 낮추고 또 낮췄다. 그때 난 여행을 떠나며 앞으로의 내 인생에 대해 구상했다. 종착역을 정해 놓지 않은 채 떠나는 여행이었다. 중간에 마음에 드는 곳이 나타나면 내릴 생각이었다.

서울역에서 부산까지 가는 표를 끊고서 마음을 끄는 곳이 있으면 내려서 낯선 고장 한번 둘러보고 장터가 보이면 들어가 국밥 사먹으면서 심신을 쉬고 싶었다. 그랬는데 열차가 천안에 도착했을 때였다.

키가 작고 약간 까칠해 보이는 여자가 걸어오더니 내 옆자리에 앉았다. 그녀는 자리에 앉자마자 '반갑습니다' 하고 인사말을 건네더니 통성명과 함께 주절주절 이야기를 시작했다. 자신의 이름은 화경이며 원래는 부산 태생인데 서울에 있는 신학대학에 다니며 목회자 수업을 쌓고 있다고 했다.

부산에서는 꽤 알아주는 명문가 출신인 그녀는 집안의 반대를 무릅쓰고 자신의 길을 가고 있었다. 집안에서는 유학을 가거나 차라리 결혼을 하라고 했다. 물론 정략결혼이었다. 집안끼리 사업상 필요로 엮어지는 결혼이었다.

그녀는 자신과 결혼은 애초부터 거리가 멀다 했다. 세상에서 말하는 명예나 출세도 관심 없었고 신앙이라는 무오의 진리에만 초점이 맞춰져 있었다. 그런데 우습게도 그녀의 집안은 사찰을 여러 개 세운 타종교의 골수였다.

그녀가 신앙의 길로 접어든 건 미션스쿨을 다닌 영향이 컸다. 화경은 키가 작고 못생긴 편이었다. 대학은 나왔다지만 그리 명문대도 아니었다. 신학대도 재수해서 들어갈 만큼 머리가 썩 좋은 편도 아니었다.

그런데 어떻게 그런 잘사는 명문가 집안에서 목회자의 길로 들어설 생각을 했을까. 거기에는 어떤 신적(神的) 능력이 작용했으리라. 그녀는 처음 보는 내게 별로 경계심도 갖지 않는 채 계속 신앙 이야기만 했다.

"이 세상의 최고 가치는 무엇이라 생각하세요?"

"먹고살기도 힘든 판에 그런 것 생각할 겨를이 어디 있겠소."

나는 귀찮다는 듯 말을 얼버무렸다.

"혹시 종교는 갖고 계세요?"

"성당에 나가요."

"혹시 천주교와 개신교의 차이에 대해 알고 계세요."

"그거야 큰집 작은집 차이 아닐까."

"아니에요, 파워, 능력 차이에요."

계속 말을 받아 주었다간 어디까지 갈지 몰라 나는 외면하고 눈을 감아버렸다. 그녀는 잠시 기도하는 눈치더니 성경을 꺼내 읽기 시작했다. 내가 눈을 떴을 때 그녀는 작은 책자 하나를 놓고는 사라져 버린 후였다.

나는 책자를 꺼내 읽기 시작했다. 책 뒤에 그녀의 전화번호와 함께 문구가 적혀 있었다.

'제 이야기를 들어주셔서 감사합니다.'

착한 여자 같았다. 여행을 다녀온 나는 그녀가 다닌다는 신학대학을 찾아갔다. 한강이 보이는 근처에 대학이 있었다. 역사와 전통을 유난히 강조하는 문구가 여기저기 띄었다. 신학교다운 분위기도 감지됐다. 캠퍼스를 구경하다 구내식당에 들어갔는데 누군가 내 뒤로 와 팔을 만졌다.

"어머! 경민씨 아니세요?"

그녀는 몹시 반가워하는 눈빛이었다. 작은 키에 검은 뿔테 안경이 결코 미모라고 할 수 없는, 그러나 어딘지 모르게 진지해 보이는 눈빛이었다. 진리를 향한 결단 같은 것이 그녀의 얼굴 표정에서 흐르고 있었다.

"식사는 하셨어요?"

"네에, 그냥 한번 와 봤어요."

혹시라도 그녀가 착각할까 봐 서둘러 변명했다. 그녀 안에 있는 어떤 종교적 끈기가 내게로 향할까 봐 지레 겁이 났다.

"네, 잘 오셨어요, 학교도 한번 둘러보시고 조금 있으면 채플시간인데 한번 참석해 보시겠어요."

그거야 무엇이 그리 어렵겠는가. 나는 그날 그녀와 캠퍼스 한번 둘러보고 구내식당 밥은 싫다하여 외부로 나가 회덮밥을 먹었다. 중간에 소주 한잔 곁들이며 화경에게도 잔을 돌렸다. 물론, 그녀는 거부했다.

채플이 시작되자마자 나는 졸기 시작했다. 끝나고 찬송가 몇 소절 따라 부른 것 같은데 그 다음은 잘 기억이 나지 않는다. 어쨌든 그날 이후로 나는 그녀와 교제라는 것에 들어갔다. 회사가 끝나면 그녀가 다니는 대학 근처로 가 데이트 겸 설교를 들었다. 그녀는 장래 계획을 묻는 내 질문에 미국에 있는 풀러신학교로 유학 갈까 고민 중이라 했다. 자기는 아무리 생각해도 학자 스타일이지 목회자는 아닌 것 같다고 했다.

말하는 걸로 보아 공부는 꽤 하는 눈치였다. 그녀는 모든 사고방식과 고정관념이 신의 뜻에 맞춰져 있었다. 무엇을 하던 자신의 의지보다 신의 뜻을 앞세웠고 신의 뜻이라 여겨지면 그대로 순종했다. 한마디로 생각과 관점이 오직 복음증거에 있었다.

어쩌면 그녀가 나를 만나는 목적 자체가 길 잃은 어린양을 신께 인도하기 위함인지도 몰랐다. 그녀가 말하는 성경지식은 나도 웬만큼 알고 있었다. 우리 집안은 대원군 시절부터 골수 천주교 집안이었으니까.

기본적인 신앙교리와 성경지식쯤은 나도 꿰고 있었다. 다만 신앙심과 생활이 별개로 작용하고 있을 뿐이었다. 그녀와 만나 이야기하다 보면 마치 목회자와 신도처럼 여겨질 때도 있었고 마치 강의를 듣는 것처럼 생각될 때도 많았다.

옷도 항상 정장차림이었고 일상적으로 하는 말도 너무 신중하게 해 애정을 느낄 겨를도 없었다. 그러나 어느 한 순간 보면 그녀의 눈빛은 진지하고 애정으로 출렁였다. 그럼에도 그녀는 어떤 암시나 제스처도 전혀 취하지 않았다.

흔한 말로 보고 싶었다거나 안 보는 동안 궁금했었다는 표현 한마디 없었다. 내성적인 성격 탓인지 말을 아끼는 것인지 그건 잘 모르겠다. 어떻게 보면 나를 경계하는 것인가 생각될 정도였다. 물론 나도 그녀와 교제하는 내내 손끝 한번 대지 않았다.

그렇게 일 년을 만나다 결국 내가 먼저 이별 통고를 하고 말았다. 그녀를 향한 감정이 애정이라고 느껴본 적은 별로 없었기에 후유증은 남지 않았다. 그녀 말고도 내 주변엔 여자들이 꽤 진을 치고 있었고 집안에도 복잡한 일이 많았다.

주변에 잡다한 일이 많아 그녀에게 신경 쓸 겨를이 없었다. 새 직장에 적응하느라 바빴고 대학원 입시 준비도 해야 했다. 그렇게 삼 년 세월이 흐른 어느 봄날이었다. 핸드폰을 열었는데 그녀에게서 부재 중 전화가 와 있었다.

웬만큼 다급한 일이 아니면 전화를 않는 그녀였다. 더구나 연락이 끊긴 지 삼 년이나 지나 있었다. 무슨 일인가 싶어 전화하려다 포기하고 말았다. 뜨겁게 사랑한 사이도 아니고 연락 끊긴 지 삼 년이나 지났는데 무슨 특별한 일이 있겠는가.

기껏해야 미국으로 유학을 가게 되었다거나 목회를 시작했거나 하는 정도일 것이다. 예감이 맞았는지 그녀에게서 더 이상 연락이 오지 않았다. 하지만 시간이 갈수록 내 마음이 점점 모호해지는 것이었다.

또 집안에서 주선하는 맞선행렬에 나설 때마다 그녀 말고 믿을 만한 여자는 도통 찾을 수 없었다. 도대체가 무슨 여자들이 닳고 닳아 순수성은 약에 쓰려고 해도 없었다. 신뢰가 꼭 사랑이라고 말할 순 없다.

하지만 신뢰가 가지 않는 데 사랑이라는 감정이 생겨날 리도 없지 않은가. 더구나 결혼이라는 장래를 의논할 수는 더더욱 없는 것이다. 나는 그녀에 대한 생각이 떠오를 때마다 회사 일과 대학원 과정에 충실함으로 넘겨버렸다.

그런데 그 십년 전의 기억이 왜 하필이면 이때 떠오르는가. 모처럼 마음 편히 여행 떠나는 마당에.

코레일 열차는 그동안 삶이라는 무게에 치여 심신이 지친 나를 천천히 외곽지대로 옮겨가고 있었다. 이제 열차에서 내리면 낯선 풍경이 나에게 호기심과 함께 새로운 긴장감을 선사할 것이다. 죽었던 감성을 일깨우며 영화의 한 장면처럼 흥분된 분위기로 날 이끌지도 모른다.

대부분의 소설이나 영화가 여행을 단골메뉴처럼 끼어 넣고서 사건을 만들어내는 것처럼. 국내 굴지의 대기업에 근무할 때의 일이다. 대학을 졸업하고 막 입사한 신입사원이 있었다. 체격이 왜소하고 소심하여 긴장을 잘하는 진태남이라는 28세된 남자였다.

그는 생김새나 성격과 달리 아내와의 아름다운 추억을 가지고 있었다. 고등학교 일학년 때부터 연애했다는 그들 커플은 열차 안에서 만나 이루어졌다고 했다. 그때 그들이 탄 열차 객실에는 단 두 사람뿐이었다.

그것도 이제 막 고등학교 교복을 입은 여학생과 남학생이었다. 물론 교복 자율화 시대였지만 그들은 시골학교에 다니고 있었기 때문에 교복 착용이 가능했다. 넓은 객차 안에 아내는 문쪽에 진태남은 중간에 있는 창가에 앉아 있었다.

아내는 진태남이 어찌나 신경이 쓰였는지 화장실도 못 갈 정도였다. 하지만 워낙 진태남이 순진하고 부끄러워하는 바람에 마음이 놓였다. 넓은 객차 안에 앳된 두 고등학생들이 눈길이 오가다 한 자리에 앉았다.

고향과 통성명이 오가고 집안 이야기까지 오갔다. 그리고 열차를 내릴 즈음 다음 만날 약속을 정했다. 그렇게 고등학교 시절을 보내고 대학에 들어갔다.

대학 2학년을 마치고 진태남은 군 입대를 서둘렀다. 집안 경제가 곤두바질 쳐 군 입대 외엔 달리 방법이 없었다. 입대를 앞두고 그는 아내에게 이별 통고를 했다. 나는 집안의 장남으로 가족을 부양할 의무가 있다.

앞으로의 네 인생까지 책임질지는 장담 못한다. 군대를 다녀와서도 너를 계속 사랑할지도 장담 못하겠다.

"너도 이제 네 갈길 가는 게 좋겠다."

말은 그렇게 했지만 그는 아내가 자기를 잡아주기를 간절히 바랐다. 울며불며 매달릴 줄 알았는데 이상하게 반응이 싸늘했다.

"그래 좋아, 나도 니가 군을 제대해 봐야 널 진짜로 사랑했는지 알 것 같아, 그러니 잠시 떨어져 지내는 것도 좋을 거야. 그런데 너 나중에 진짜 후회 안 할 자신 있어?"

"후회? 그게 뭔데?"

"나 고무신 거꾸로 신어도 괜찮냐, 그 말이야?"

그제야 눈치 챈 진태남은 입대 후 아내에게 면회와 달라고 통사정을 했다.

"봐서, 내가 시간 나면 면회 가 줄게."

그들은 군대 3년 내내 면회의 기쁨을 누렸고 제대 후 진태남은 복학을 했고 아내는 직장에 다녔다. 그리고 진태남도 졸업하고 나서 직장을 잡자마자 결혼식부터 올렸다. 아내는 시부모님을 모시고 살면서도 효성이 극진했다.

맞벌이를 하면서도 한번도 불평하지 않았고 둘은 항상 고교시절을 떠올리며 알콩달콩 산다는 것이었다.

짜식, 못난 주제에 추억 하나는 거창하구먼.

그는 속으로 야유를 보냈다. 그러면서도 그들 부부의 추억담이 몹시 부럽다는 생각을 했다. 늦었지만 나에게도 그런 만남이 이루어졌으면. 그러다 그는 문득 화경이를 떠올렸다. 그때 그녀는 무슨 마음으로 전화를 했을까.

미국으로 영영 떠나버린 건 아닐까. 아님 목회자와 결혼하여 가정을 꾸린 건 아닐까. 뭘 하던 믿음이 진실하고 끈기 있는 성격이니 잘 해내리라. 나는 잠깐의 상념을 접고 의자 뒤에 몸을 기댄 채 깊숙이 잠에 빠져 들었다.

인기척에 놀라 눈을 뜨니 내 옆에 웬 초로의 노파가 앉아 있었다. 시골서 농사짓느라 얼굴이 검게 그을고 손이 거칠고 부어 있었다. 고생한 흔적이 역력한 노파는 나를 보더니 깊은 한숨을 내쉬었다.

"총각 어디까지 가슈?"

"네, 강릉이요."

"거기가 고향이슈?"

"아뇨, 그저 볼 일이 있어서요."

"그래요, 나는 시골서 농사짓는데 딸이 원주에 살고 있어 가는 중이유, 딸이 내달에 해산을 한다우."

노파는 묻지도 않은 말을 주섬주섬 하더니 바닥에 놓인 보따리를 풀었다.

"이거 내가 농사지은 건데 한번 맛 보슈, 맛이 좋아요, 달기가 꼭 설탕 맛이라오."

분홍빛이 감도는 보기에도 먹음직스러운 복숭아였다. 노파는 그것을 치마에 쓱쓱 문지르더니 내게 내밀었다. 손을 내밀어 받긴 했지만 먹고 싶진 않았다.

"왜? 농약이 묻었을까봐 그러슈? 걱정 마슈. 농약 한 번도 안친 청정 무공해 웰빙이라우."

노파는 자기도 한입 베물어 먹더니 내게 어서 먹으라고 시늉을 했다. 한입 베물어 입에 넣는데 정말 맛이 꿀맛이었다. 물이 많고 단맛이 도는 더구나 막 딴 것이라 그런지 싱싱하고 맛이 기가 막혔다.

노파는 이런 저런 이야기를 하더니 내게 결혼했느냐고 물었다. 방금 전에는 총각이냐고 하더니.

"아직 미혼이에요."

"저런 어쩌다, 잘생긴 총각이 눈이 높았던 모양이구랴, 집안에 부모님은 살아 계시고."

"네."

"가족은 어떻게 되시우."

"부모님과 여동생 하나가 있습니다."

"아주 단출하니 좋구먼."

"그런데 직장은 튼튼한가? 공무원이면 딱 좋은데."

그제야 노파의 진심을 알아차린 나는 입을 굳게 닫아버렸다. 나도 모르게 화가 머리끝까지 치밀었다. 백수가 되고 난 이후부터 나타난 증상은 누군가 직장을 물으면 나도 모르게 피해의식과 함께 부아가 치미는 것이었다.

내 잘못도 아닌 회사가 부도나는 바람에 어쩔 수 없이 황퇴가 된 경우인데도 사람들이 바라보는 시선은 똑같았다.

쯧쯧 어쩌다 나이 사십에 장가도 못 가고 백수가 되었을까. 한심하긴…….

앞으로 이 힘든 인생 여정을 어떻게 살아갈지 훤하다 훤해. 그 비웃음 담긴 눈길을 경험해 보지 않은 사람은 모른다. 백수가 지천으로 흔한 세상이라지만 모든 게 능력 위주로 통하는 세상이기에 그 차가운 시선은 흡사 인생 패배자라는 오명까지 생각나게 하는 것이다.

노파는 눈치 챘는지 더 이상 말을 꺼내지 않았다. 공연히 말을 꺼냈나 후회하는 눈치였다. 하긴 백수가 아닌 다음에야 지금 이 시간 홀가분하게 여행이나 즐길 수 없지 않겠나. 노파는 열차가 원주역에 닿자 잘 가란 말도 없이 그냥 내려버렸다.

원주역은 커다란 굴뚝이 낮은 건물들과 함께 한가로운 분위기를 연출하는 극중의 한 장면 같았다. 노파가 내리고 아나운서의 멘트가 끝나자 열차가 천천히 움직이기 시작했다. 승객들은 신문을 보거나 창밖을 내다보며 한가롭게 망중한을 즐기고 있었다. 그러는 동안 영상에서는 계속 주변의 관광명소를 자막으로 내보냈다. 열차는 들판과 산야, 도심과 시골 풍경을 골고루 비춰 주면서 끝없이 달려갔다.

굽이굽이 협곡도 지났고 급한 물살이 흐르는 강물과 높은 산의 허리도 수시로 넘었다. 아찔한 산 중간을 초록풍경과 함께 지날 때면 드라마의 한 장면을 보는 것 같았다. 열차 여행의 진수가 바로 이런 것이구나 싶었다.

열차는 한참 동안 풍경화를 보여주더니 드디어 빌딩과 아파트 군단이 보이는 도심으로 진입했다.

말로만 듣던 강릉이 바로 눈앞에 펼쳐지고 있었다. 강릉역 전광판과 함께 지역 활성화를 위한 강릉역 운영센터 개시라는 현수막이 보였다. 단체로 소풍을 떠나는지 주황색 티셔츠를 입은 어린아이들이 역 앞 광장에 잔뜩 모여 있었다.

그러나 막상 개찰구를 나서면서 보니까 강릉역사는 단층짜리로 생각보다 규모가 작았다. 오목한 느낌으로 시골 같은 정취가 느껴졌다. 역사 밖으로 나오자 강릉관광 안내소가 보였다. 유명하다는 오죽헌과 중앙시장과 커피거리로 안목해변이라는 곳이 눈에 띄었다.

역에서 출발하여 천천히 시내 쪽으로 걸어가니 요양병원이 보였고 대형할인마트가 세일행사를 알리는 기다란 현수막이 건물 전체를 뒤덮고 있는 모습이 보였다. 이제 대형마트는 얼마 안 가 시골 상권까지 덮어버릴 모양이었다.

한참을 걸어가자 솔향 강릉이라는 커다란 간판과 함께 중앙 성남시장이라는 현수막이 보였다. 입구에서부터 사람들의 발걸음으로 북적였다. 원색 계통의 먹음직스런 과일 상으로부터 야채전, 생선전, 먹거리로 가득 찬 먹자골목까지 사람들의 발걸음은 빈틈없이 채워져 있었다.

리어카에 커다란 철판을 얹어놓고 각종 음식을 만들어 내는 상인들도 많았다. 녹두부침과 떡갈비를 파는 곳에는 노인들이 많았고 메밀전병과 수수부꾸미를 파는 곳에는 중년층이 많았다.

그들은 향수를 마시듯 추억을 되새기듯 오글오글 모여 손에 들고 열심히 먹었다. 전을 뒤집는 손놀림이 빠른 걸로 보아 장사는 잘 되는 것 같았다.

세상은 온통 불황이라고 아우성이고 백수가 넘쳐 자살이 속출해도 이곳만은 예외인 것 같았다. 기름을 붓고 반죽을 펴서 팥과 속을 넣는데 채 20초도 걸리지 않았다. 그것을 재빠르게 뒤집개로 뒤집어 가면서 익히자마자 돈과 함께 사람들의 입속으로 들어갔다. 정말 이 장사는 불황이 없겠구나. 잘만 하면 떼돈 벌겠네.

나는 사람들 사이를 비집고 들어가 섰다.

"아줌마 이 부꾸미 얼마죠?"

"하나에 천원이에요."

"네에?"

생각보다 비쌌다. 그래도 기분이었다. 서울서 여기까지 달려왔는데 그깟 부꾸미 한 장 못 먹어서야 되겠는가. 나는 천 원짜리 한 장을 꺼내 건네고는 부꾸미를 받아들었다. 뜨거운 감촉이 손에 느껴졌다. 한입 베물어 입에 넣었는데 맛이 그저 그랬다.

특별한 맛 대신 팥 앙금에서 느껴지는 달달함만 있었다. 하지만 씹는 식감은 여느 것 못지않게 좋았다. 더구나 철판 위에 놓였다 금방 먹으니 뜨거우면서도 달달한 게 여전히 뒷맛이 느껴졌다. 시장 안은 북적이면서도 활기가 느껴졌다.

생동감이란 단어의 의미를 알 것 같았다. 반찬가게 뒤에 있는 국밥집에서 늦은 점심을 마친 나는 오죽헌으로 가기 위해 버스정류장으로 갔다. 여행은 상상만으로도 즐거웠다. 청록색의 바다를 끼고 달리는 열차에서 누리는 낭만심리는 돈을 주고도 못 살 귀중한 추억이 될 것이다.

더구나 낯선 거리 낯선 고장에서 즐기는 낯선 감정은 아무 때나 얻어지는 게 아니다. 가슴이 설레기 시작했다. 버스정류장에 서서 주변을 살피는데 갑자기 핸드폰이 울렸다.

여동생이었다. 용돈이 부족하니 빨리 들어와 해결해달라고 했다. 나이가 몇 살인데 아직까지 오빠에게 용돈타령이냐고 하니까 "너 잔소리하면 죽어 아빠한테 이른다" 하더니 곧바로 전화를 끊었다.

모처럼 맛보는 귀한 여행 기분을 동생으로 인해 망칠 수는 없는 노릇이었다. 무시하고 버스에 오르려고 하는데 또 전화가 왔다.

"너 빨랑, 안 들어와, 죽는다."

여동생은 오빠를 마치 자기 하인 다루듯 한다. 어릴 때부터 안하무인으로 자라 모든 게 제 위주다. 그러니 여적 시집을 못 가지. 누가 데려갈지 모르지만 골치깨나 아플 거다. 나이는 삼십이 넘었는데 하는 수준은 꼭 10대 같다.

취직을 시켜놓아도 한 달이 못 되어 뛰쳐나온다. 나는 도로 버스를 내려 역사로 뛰어갔다. 빨리 안 들어오면 여동생이 죽인다고 했기 때문이다. 서울까지 가려면 다섯 시간쯤 걸릴 것이다. 가서 여동생 비위를 맞춰 주어야 한다.

그게 내 임무이다. 정말 오랜만에 하는 여행인데 여동생 때문에 다 망쳐버렸다. 하지만 열차를 타고 가는 내내 활기가 잃어버렸던 삶의 의지가 살아나는 듯했다.

하행길은 순조롭지 않았다. 열차가 가다가 쉬고 정차를 반복했기 때문이다. 무슨 이유 때문인지 모르지만 자꾸 연착이 되는 게

30분도 넘게 지체됐다. 원주역에 이르러서는 10분도 넘게 정차하는 바람에 승객들의 항의가 이어지기도 했다. 여행 기분은 싹 달아나고 불안한 생각만 들었다.

도중에 여동생에게 전화했는데 받지 않았다. 집 전화로 했는데 역시 불통이었다. 혹시 집에 무슨 일이 생긴 건 아닐까. 의식(意識)속에 빨간 불이 켜지려는 순간 핸드폰이 울렸다. 여동생이었다.

"왜 전화를 안 받는 거야? 집에 무슨 일 생긴 거야?"

"왜 나한테 신경질이니? 빨랑 오기나 해."

여동생은 전화를 툭 끊어버렸다. 항상 제 감정만 챙기는 동생은 남에 대한 배려가 전혀 없었다. 그러나 어쨌든 안심이었다. 차창 밖은 칠흑 같은 어둠이 계속 이어졌다. 들판을 지날 때 어쩌다 불빛이 보이는 곳은 인가(人家) 아니면 자동차 전조등이었다.

그것을 바라보자면 적막강산 같은 외로움에 진저리가 쳐졌다. 그리고 소리 없이 무기력이 가슴을 채우며 또다시 삶의 전의(戰意)를 상실케 했다.

이제 좀 편안해지고 싶다.

잘 모르지만 나는 엄청나게 지쳐 있었던 것 같다. 타이트한 긴장과 경쟁구도 속에서 삶과 무한대의 전쟁을 치르느라 완전 그로기 상태였다. 상대를 무너뜨리지 않으면 내가 죽는 적자생존이 곧 삶의 무대였다.

대기업에서 중소기업으로 말을 바꿔 탔을 때도 그런 긴장은 잠시도 나를 떠나지 않고 긴장을 촉발시켰다. 긴장과 두려움은 아드레날린을 촉발시켜 각종 질병을 야기한다. 면역체계를 약화시켜 류마티즈 암 순환기 질환을 일으키는 촉매제가 되기도 한다. 언젠가 TV 프로그램에서 들었던 기억이 난다. 그것뿐만이 아니다. 감성(感性)을 죽이고 고통을 상쇄시키기 위해 중독현상까지 일으킬 수도 있다.

이건 어디까지나 내 주장이다. 나는 고통에 대해서 매우 민감하고 그것과 맞서 싸우기보다 일단 회피하고 보는 스타일이다. 한마디로 의지가 약한 것이다. 그럼에도 나는 대학 졸업하고 10년도 넘는 세월을 직장생활을 해왔다.

끈기가 있어서라기보다 보다 내 의지를 테스트해 보고 싶은 생각과 오기가 많았기 때문이다..나는 내 의지를 단련하고 또 단련함으로써 강해지고 싶었다. 무언가 도전정신을 갖고 승부욕에 내 인생을 걸고 싶었는데 역시 그건 내 체질이 아니었던 것 같다.

아니 그러면 그럴수록 내 안에 극심한 허무감이 몰아쳤다. 도대체 내가 왜 이러고 사는 걸까. 내 인생의 향방은 어디로 흘러가고 있는 걸까. 인생은 태어나는 순간부터 죽음을 향해 끊임없이 질주하는 것이라는 어느 철학자의 말이 떠올랐다.

인생은 고난을 위하여 났나니 불티가 날아감 같다는 성경말씀도 생각났다. 또 인생이란 절망이라는 열차를 타고 고난의 터널을 지나 죽음의 종착역에 이른다는 유명한 말도 있다. 인생과 고난은 그만큼 불가분의 관계이다.

그런데 의지가 약한 사람은 더더욱 고난을 두려워한다. 그것을 헤쳐 나갈 힘과 의지를 미리 상실해 버리기 때문이다. 나도 그런 사람들 중의 하나였는지 모른다. 어쩌다 좋은 대학 나와 어렵지 않게 취직하여 사회생활 하고 그럭저럭 살다가 마지막 순간 모든 기력을 상실한 것은 아닐까. 나는 순간순간 생각한다.

아무튼 내겐 휴식이 필요했다. 휴식의 가장 좋은 방법은 여행만큼 좋은 것이 없다. 어떤 사람은 현실도피의 일환으로 게임이나 술 중독에 빠지는데 그건 휴식이 아닌 독약과 같은 처방전이다.

그래서 잠시 여행의 포즈를 취했던 것인데 여동생의 호출이 떨어진 것이다. 여동생은 나와 열 살 차이가 난다. 독자인 줄 알고 살다가 어느 날 갑자기 짠! 하고 나타난 게 여동생이다. 외가 친가 통틀어 딸은 여동생이 처음이다.

모두 아들만 낳았는데 우리 집에 어쩌다가 딸이 태어난 것이다. 여동생의 출연은 내게는 물론 집안 전체의 경사가 되었다. 덕분에 동생은 예의도 버릇도 없이 무조건적인 사랑만 받고 자랐다. 동생한테 비위 거스르는 말을 한마디만 해도 난리가 났다.

여동생 포함 부모님까지 모두. 나는 자라면서 모든 걸 동생에게 양보해야만 했다. 그렇지 않았다간 어떤 불상사가 발생할지 모르기 때문이었다. 집에 친척이 방문하면 아버지는 제일 먼저 여동생 자랑부터 꺼냈다.

아이가 자랄수록 영특하고 모양이 나는 게 아무래도 큰 인물이 되려는 게 아닌가 싶다는 것이었다. 하지만 내 견해는 달랐다. 큰 인물? 천만에 만만에 콩떡이었다. 예쁘긴 뭐가 예쁜가. 그저 보통 수준이지. 뭐 인물이야 그렇다 치자.

여자는 인물보다 성격이 좋아야 하는데 솔직히 말해서 동생은 성격이 망나니 수준이다. 특히 내게는 더 그렇다. 그런데도 집안에서는 여동생 때문에 웃음이 그칠 새가 없다. 부모님의 사랑을 독차지하면서 내뱉는 애교 덕분이다.

"아빠, 난 아무래도 결혼 안 하고 이렇게 엄마 아빠랑 살까 봐, 괜찮지?"

"뭐 마음대로, 잘못된 놈 만나서 마음고생하며 사느니 차라리 그 편이 훨 낫지."

어머니의 생각은 달랐다.

"그래도 인물 좋고 능력 많고 우리 경아 사랑해 주는 남자 만나 결혼하면 더 좋지."

나는 죽기 살기로 노력해서 돈을 버는데 동생은 내가 벌어다 주는 돈 쓰기 바빴다. 세상에 팔자도 팔자도 저렇게 편한 팔자도 없을 것이다. 어떤 땐 집에서 키우는 고양이하고 똑같다. 먹고 잠 자고 뒹굴고 사랑받고 애교 부리고.

열차가 양평쯤에 이르자 나는 깜빡 잠이 들었다. 피곤이 온몸 을 굴레 씌우듯 몰려왔다. 한참을 자고 있는데 누군가 흔들어 깨 우는 소리가 들렸다.

"그만 일어나세요, 청량리에 다 도착했어요."

제복 입은 남자가 깨우면서 창밖을 가리켰다. 환한 불빛이 내 시야를 쏘면서 정신 차리라고 야유하는 것만 같았다. 자리에서 일어나 나가는데 뭔가 느낌이 허전했다. 핸드폰과 지갑을 점검했 는데 안전했다.

그런데도 뭔가 미진한 느낌이 자꾸 내 뒤를 따라왔다. 에스컬 레이터를 타고 역사에 이르니 허전함은 극에 달해 있었다. 여행 에서 오는 극도의 피로감과 야릇한 쾌감이 온몸을 타고 흐르면서 오싹하니 추위가 느껴졌다.

대형 TV와 전광판이 켜져 있는 대합실을 나와 기다란 에스컬 레이터를 나와 역사 밖으로 나왔다. 그런데 내 앞서 에스컬레이 터를 탄 여자의 옆모습이 어딘지 모르게 낯익었다. 적당한 키에 통통한 몸매에 치켜뜬 눈썹과 도도한 표정이 예전에 많이 본 듯 한 인상이었다.

누구였더라. 직장에서 만났던 여자인가. 아님 맞선 현장에서 만났던 여자인가. 아님 대학 동창? 생각이 날 듯 말 듯하다가 역 광장에 내려설 때였다. 갑자기 기억 속에서 환한 불이 켜졌다. 30대 초반 시내 모 호텔에서 맞선본 여자였다.

유난히 자기 집안 자랑을 하며 내 스펙에 관심을 보이던……. 그때 그녀가 말했었다.

"10년 후쯤 본인의 모습은 어떠할 거라 믿으세요?"

"평범한 직장인 아닐까요?"

"그런 거 말고요, 자신의 스펙에 어떤 변화가 있을 거라 생각하 시냐고요?"

아! 이 여자는 내게 관심이 있는 게 아니라 내 배경과 능력에 더 마음이 있구나. 그녀는 자신만만하다 못해 인간성이 메마르고 교만이 하늘 끝까지 솟아 있었다. 그러나 그런 게 보통 여자들의 마음이란 것도 얼마 지나지 않아 알았다.

그런데 저 여자가 이 시간에 여기에 웬일일까. 나는 여자의 뒷 모습을 주시하면서 상상의 머리를 굴렸다. 혹시 저 여자도 나처 럼 백수? 그런데 그녀도 느낌이 이상했는지 몸을 뒤로 확 제치는 데 나와 눈이 딱 마주치는 순간이었다.

그녀가 들고 있던 쇼핑백을 놓치더니 급한 목소리로 말했다.

"어머! 서경민씨."

"?"

놀라운 일이었다. 세월이 꽤 많이 흐른 것 같은데 내 이름을 아직도 기억하고 있다니. 난 저 여자의 이름이 무엇이었는지 전혀 기억나지 않는다.

"오랜만입니다. 이게 얼마만입니까, 어디 출장이라도?"

"그러는 서경민씨는요?"

둘은 오랫동안 사귄 사람들처럼 당연하게 말했다.

"나야 회사 다니다 부도나는 바람에……."

"어머! 저도 그래요."

그녀는 반갑다는 듯 악수까지 청했다. 세상에 악수 청할 일이 따로 있지 하필이면 이때…….

"그쪽도 여행 갔다 오는 길인가요?"

"네에 저는 3박 4일 동안 동해안 한 바퀴 돌다 왔어요, 너무 멋진 여행이었어요, 사람들이 왜 여행을 하는지 알 것 같아요. 복잡한 직장생활 이젠 너무 지긋지긋하고 신물 나요."

"그래요. 재충전할 겸 잠시 쉬었다가 직장에 복귀하는 것도 나쁘진 않겠죠."

"그러는 경민씨는요."

"당분간 쉬려고요, 그동안 세월 가는 줄 모르고 강행군했던 것 같아요. 직장은 천천히 알아보려고요."

"그럼 안녕히, 좋은 소식 있으시길 바라겠습니다."

그녀와 나는 밤 12시가 가까운 시각, 청량리 역 광장에서 의미도 알 수 없는 말을 주고받다 헤어졌다. 돌아서는데 저 여자가 나를 진짜 좋아했던 건 아닐까 의문이 들었다. 문득 화경이가 생각났다. 세파에 찌든 타락한 감정으로 상대를 이용가치로만 여기는 보통 여자들과 달리 그녀는 삶의 의미가 독특했다.

모든 걸 영적 의미로 해석했고 사고방식과 고정관념이 신앙과 접목돼 있었다. 그녀는 어떻게 평탄했던 삶의 과정 속에서 그런 생각을 할 수 있었을까. 생각해 보니 화경이만큼 순수하고 예의가 바랐던 여자도 없었던 것 같다.

십 년도 넘는 세월 끝에 그녀에 대한 그리움이 생기다니. 느닷없이 백수가 되다보니 내 감정에도 이상이 발생한 걸까. 인생은 자신의 노력과 운명이라는 절대적인 힘에 의해 결정된다고 해도 과언이 아니다.

누가 뭐라 해도 인생의 생사화복의 절대주권자가 신(神)이라는 것을 부정할 사람은 없을 것이다. 인간의 자유의지도 결코 영적인 힘을 벗어날 수 없다. 그렇다고 인간의 노력을 무시하자는 것은 아니다.

왜냐하면 뿌리고 거두는 법칙에 의해 즉 행동의 결과에 따라 복이 결정되는 경우도 많으니까. 그거야 말로 만고불변의 법칙이 아니던가.

집에 도착했을 때는 새벽 1시가 넘어 있었다. 가족들은 모두 잠든 상태였고 여동생은 기다리다 지쳐 성질이 잔뜩 나 있었다. 독이 오른 그녀가 말했다.

"왜 이렇게 늦게 들어온 거야? 내가 빨리 들어오라고 했지?"

"강릉서 오느라 오래 걸려서 그래, 기차가 연착되는 바람에."

"강릉? 강릉엔 왜 간 건데?"

"잠시 바람 쐬러 여행 갔다 왜? 그런데 또 나는 왜 찾은 건데? 또 돈이 떨어지셨다 그거지, 이젠 너도 니 앞가림 좀 하고 살면 안 되냐?"

당장 난리가 날 줄 알았는데 의외로 조용했다.

"그래서 대학원이나 갈까 하고."

"대학원이나? 갈 실력이나 되냐?"

"거야 해 봐야 알지."

"그런데 왜 갑자기 대학원 가실 생각은 했을까. 안 그래도 노느라 바쁘실 텐데."

"넌 여동생이 대학원 가겠다는데 그렇게 아니꼽냐?"

"또 대학원 등록금 대라고 할 테지, 넌 하나밖에 없는 오빠가 회사 부도나서 놀고 있는 것도 안 보이냐? 오죽했으면 바람 쐬러 강릉까지 갔을까 생각도 안 돼?"

"그래도 난 너한테 하나밖에 여동생 친동생이잖아."

그 말에 나는 입을 닫고 말았다. 더 이상 할 말이 없었다. 동생은 말하다 불리해지면 꼭 친동생을 꺼내 물고 늘어졌다.

"차라리 결혼이나 해서 효도 좀 하면 안 되냐?"

"직장도 안 다니는데 누가 데려 가냐? 그러는 너나 결혼해라."

"어휴 저게 그냥 꼭 오빠한테."

여동생과 티격태격하다 나는 깊은 잠에 빠졌다. 꿈속에서 나는 힘든 오르막길을 오르고 있었다. 내 어깨에는 무거운 짐이 잔뜩 실려져 있었다. 무거운 쇳덩어리 같은 것이 어깨뼈를 짓누르며 몸에서 진액이 빠져나가고 있었다.

오르막길을 간신히 오르는데 아무데도 정상이 보이지 않았다.

흡사 시지프스 산처럼 오르고 또 오를 뿐이었다. 두려움 속에서 기진맥진하는데 누군가 나타나 내 손을 잡아주었다. 휴! 안심이었다. 그런데 눈을 들어 바라보는 순간 나는 경악했다. 그는 흰옷 속에 감춰진 그리스도였다. 그가 광채 나는 흰옷을 입고서 나를 품에 안고 있었다.

꿈을 깨고 나니 온몸이 땀으로 축축했다. 그러나 기분은 이상하리만치 상쾌했다. 그로부터 정확하게 한 달 뒤 나는 취직이라는 재입성에 성공했다. 꽤 알려진 대기업이었는데 경력자 모집에 합격한 것이다. 그날 면접보기 전에 나는 또다시 꿈을 꾸었다.

누군가가 내 머리 위해 금빛 찬란한 면류관을 씌워주고 있었다. 꿈에서 나는 생각했다. 합격이구나. 내가 새 직장에 첫 출근하는 날 여동생은 대학원생으로 첫 등교했고 가족은 모처럼 신파람 난 하루를 즐기고 있었다.

직장에 출근하면서 나는 매일 미진한 그리움에 시달렸다. 모호하면서도 후회가 곁들인, 그러면서도 뭔가 아픔이 느껴지는 그리움은 얼마 안 가 정체가 확인되었다. 그건 바로 화경이었다. 그렇게 생각해서 그런지 어느 날인가는 화경이 꿈에서 나타나 내 손에 십자가를 쥐어주며 뭔가 애타게 호소하기도 했다.

그런 다음날이면 길거리를 걷다가 화경과 비슷한 여자를 만나기도 해 궁금증이 더해져 공연히 핸드폰을 들었다 놓기도 했다. 어느 날, 나는 직장에서 첫 해외출장에 오르고 있었다. 인천공항을 막 빠져나가는데 누군가 저쪽에서 내게 손을 흔드는 모습이 보였다.

처음에는 다른 사람에게 손짓하는 것이려니 하고 외면했다. 그런데 다음 순간 누군가 내 앞으로 여행용 트렁크를 끌고 오는 모습이 보였다. 얼굴은 많이 본 듯한 인상인데 의상으로 보아 먼 외국여자 같았다.

머리에 두건 같은 것을 뒤집어쓰고 인도나 중동여자들처럼 기다란 천으로 몸을 휘감고 있었다. 그 여자가 웃음 띤 얼굴로 내게 다가오더니 말했다.

"샬롬."

그녀는 내 앞을 빠르게 지나더니 국외선 출구 쪽으로 사라졌다. 나는 한동안 멍하니 서서 그녀의 뒷모습을 바라보았다. 미진한 그리움이 가슴속으로 달라붙으면서 나도 모르게 한숨이 나왔다. 그녀는 일행들과 함께 즐거운 대화를 나누며 자신의 이상을 향해 달려가고 있었다. 그녀가 사라지자 누군가 내 곁을 지나며 말했다.

"겁도 없지, 거기가 어디라고 선교를 떠나? 자기가 무슨 데레사 수녀라고."

그제야 나는 알 수 있었다. 그녀의 진짜 꿈의 정체에 대해서. 인천공항은 떠나는 사람과 도착하는 사람들로 여전히 붐비고 있었다. 나는 조금 전에 그녀가 나갔던 출구를 향해 천천히 발걸음을 옮겼다.

순간, 내 가슴속에서 잊고 있던 삶에 대한 전의가 엄청난 속도로 되살아났다.

공항 청사 천장에서 빛이 내 마음속으로 함몰되고 있었다.

(2015년 순수문학)

물망초

비오는 현충원 길을 걸었다.

구정(舊正)이 바로 이틀 전이었음에도 묘역은 한적하고 쓸쓸했다. 신축된 휴게실은 예전의 삼각형 집을 몰아내고 청기와 형태를 하고 있었다. 일층은 흰 국화를 파는 화원이고 이층은 간단한 음식을 파는 식당이었다. 깨끗한 신축건물에 편의시설도 들어 있어 쾌적한 분위기였다.

창밖으로 현충원 묘역과 한강이 그대로 보였다. 성죽교 건너 묘역을 바라보는데 내 소설 속 장면이 떠올랐다. 남편을 잃은 미망인의 애끓는 울음소리가 들리던 묘역. 국가를 위해 순직한 군인을 향한 마지막 의식과 앞으로 펼쳐질 남은 자들의 운명.

그때 조문 행렬에 참가했던 지인들은 모두 어떻게 되었을까. 비는 망자들의 슬픔을 대변하듯 처연히 현충원 내부를 적시고 있었다. 현충원은 눈길을 어느 곳으로 돌려도 경관이 아름답다. 천혜의 자연 조건을 갖추어서인지 별천지 같다는 느낌이 든다.

자연의 숨소리가 가슴 속에 전해 오면서 숙명과 죽음이라는 단어가 떠오른다. 창밖을 내다보는데 30년이란 세월이 머릿속을 수도 없이 지나가고 있다. 살아온 날보다 살아갈 날이 더 적을 것이

니 인생의 후반부를 값지게 장식해야 하지 않느냐고 말한 동료작
가의 말이 생각난다.

요즘 가수들의 노래는 곡조가 너무 빨라 도저히 따라 할 수가
없어 아예 귀 닫고 산다는 노작가의 말도 떠오른다. 처연히 내리
는 비를 바라보니 마음속에 적요가 흐른다.

"뭘 그렇게 열심히 보세요?"

언제 도착했는지 지인(知人)이 내 등 뒤에 서서 묻고 있다. 그
녀는 훤칠한 키에 S라인을 연상시키는 몸매를 하고 있다. 비오는
날씨에 어울리지 않게 선글라스까지 끼고서 묘한 미소까지 지으
며. 뭔가 야릇한 거부감이 속에서 울컥 솟는다.

"또 무슨 소설을 쓸까 구상 중이신가요? 아님 옛 애인 생각이
라도 하신 건가요?"

"그럴지도 모르죠. 커피 마실래요?"

"커피는 오면서 마셨어요. 우선 경내 구경부터 한 다음 식사는
명동에 나가서 하실래요?"

"뭐 좋을 대로 합시다."

밖으로 나오니 비바람이 세차게 불어 왔다. 생각보다 추운 날
씨였다. 우산을 받쳐 들고 두 여자는 아스팔트 포장도로를 걸었
다. 지인은 발걸음을 자꾸만 민원실로 향하고 있다.

"잠깐만요, 그쪽 말고 내가 가는 곳이 있는데 그곳으로 갑시
다."

그녀는 생각났다는 듯이 빙긋이 웃더니 제가 먼저 앞장섰다.

"아! 선생님 소설 속에 나오는 그분 말씀이시죠?"

성죽교를 건너자 곧바로 묘역이 보였다. 왼쪽으로 한강이 영상

처럼 새파란 색조로 흐르고 있었다. 자세히 보니 묘역도 세월 따라 많이 변한 것 같다. 전에 보이던 시구(詩句)가 있던 비문은 사라지고 배위라는 명칭과 함께 부부 합장묘가 많이 보였다. 30년 세월과 함께 죽은 뒤 남편 곁에 묻히는 커플이 늘어난 것인가.

장교 묘역 중간쯤에 보이던 죽은 남편을 그리워하던 미망인의 애절한 호소가 담긴 비문이 생각났다. 작은 유리케이스 안에는 추억의 사진이 담겨 있었고 그 옆에는 화사한 꽃묶음이 보였었다. 오른쪽 가장자리에 미망인의 간절한 기도제목이 적힌 비문이 보였다.

'사랑하는 대한민국의 아빠. 고이 잠드소서. 주님 안에서 살다가 주님 품에 안기는 날 주님과 함께 천성에서 우리를 맞으소서'

미망인의 애끓는 연모의 정이 절절히 흐르는 시구(詩句)였다. 비석 앞에는 장미 넝쿨이 ∩모양으로 치장되어 있었다. 아마도 죽은 남편이 장미를 몹시도 좋아한 모양이었다. 그런데 아무리 둘러봐도 그 비문이 보이지 않았다.

다만 묘역 입구에 아버지와 아들이 함께 묻혔다는 안내판이 새롭게 보일 뿐이었다.

"신기하기도 하지, 이 많은 묘역을 누가 손질하고 관리한담."

"근처에 있는 중고생들이나 자원봉사자들이 와서 하나 봐요."

나는 그의 묘소 앞에 잠시 머물렀다. 묘비 뒤에 그의 출생일과 순직한 날짜와 장소가 적혀 있었다. 작은 유리 케이스 안에 보이던 사진은 인조 꽃에 가려 더 이상 보이지 않았다. 몇 년 전까지만 해도 그의 묘소엔 사람이 다녀간 흔적이 보였었는데 이젠 찾는 발걸음이 없는 듯했다.

그와 함께 순직한 후배 동료도 마찬가지였다. 30년 전, 그와 함께 순직한 그의 후배는 20대 중반의 동안(童顔)을 사진 속에 간직한 채 세월의 비바람을 견디고 있었다.

죽음과 세월이란 단어가 동시에 떠올랐다. 어쩌면 두 단어는 가장 밀접한 상관관계를 가지고 사람들의 뇌를 조장하는지 모른다. 사람들은 죽음과 세월 앞에 초인적인 인내심과 결단을 내세우며 살아간다.

죽음과 세월은 잊혀진다는 공동의 의미를 갖고 있다. 또 상반된 의미로 쓰일 때도 많다. 죽음과 동시에 세월은 멈춰질 테니까. 현충원은 항상 이 두 가지 단어를 일깨우고 있다. 납골당과 다른 의미가 있다면 이곳에선 국가에 대한 충성심과 최고의 명예라는 자긍심을 선물처럼 안겨주고 있는 것이다.

그의 죽음을 처음 알았을 때 절대로 안 잊힐 줄 알았다. 어린 날 잠재의식처럼 뿌리내린 기억 때문에 그로 인한 거대한 환상이 내 의식 한 부분을 차지하고 있어서였다.

죽음 이후에도 그의 묘소에는 한동안 사람들의 발길이 느껴지곤 했었다. 생전에 그의 모습이 담긴 사진과 생화가 꽃병에 꽂혀 있었다. 하지만 30년 세월에 그런 흔적마저 가려지고 말았다. 남은 자에게 고인은 천국의 의미로만 다가올 뿐, 허무한 그리움도 바람에 씻겨 날아가 버린 것만 같다.

사람들은 모두 바쁘다는 핑계로 죽음이라는 공통분모를 잊고 산다. 죽음 이후를 생각한다지만 기껏해야 재산 정리 같은 정도다. 죽음으로 모든 게 끝이라고 생각하지만 죽음의 예식을 보면 꼭 그런 것만은 아닌 것을 모두 알지 않는가.

사후의 세계를 가보지 않았다 해서 함부로 말할 것은 못된다. 선인이나 악인이나 죽음을 피할 수 없는 문제라면 심판 또한 운명이리라. 이 세상 삶이 전부라면 선과 정의의 의미는 어떻게 해석해야 할까.

난 그의 죽음과 내 어머니의 죽음에서 천국의 의미를 찾고 싶었다. 그래서 이 세상의 만남을 천국으로까지 연장시키고 싶다. 그의 묘비엔 사망일자가 1985년도로 되어 있다. 꼭 30년이 된 셈이다. 빗속을 30년 세월과 함께 걸었다.

세월은 확실히 마력이 있다. 부끄러움도 수치도 잠재우고 용서라는 힘까지 발휘하게 하니까. 그런가 하면 모든 걸 세월 탓으로 밀어 놓고는 자기 합리화를 정당화시키고 실수였다고 착각이었다고 변명을 늘어놓고 만다.

그렇지만 생각해 보면 세월만큼 고마운 존재도 없다. 어린 날 철없던 시절. 착각과 오버센스가 빚어낸 소설 같은 이야기. 거기에다 수많은 허구와 에피소드 내 희망사항까지 덧붙여 소설로 시나리오로 각색하면서 나는 수없이 나 자신을 속이고 속였다.

험난했던 과거를 말도 안 되는 사건으로 각색해 한풀이 했다. 살아 있었다면 장성급이나 참모총장이 됐을지도 모르는데. 나는 또다시 소설을 쓰고 또 쓰면서 세월의 강물을 바라보고 있다.

버스를 타고 대방동을 지날 때면 저절로 고개가 왼쪽으로 돌아간다. 공군 본부가 있던 자리에 공군회관이 자리하면서 새롭게 눈길을 끈다.

전투기와 함께 힘차게 고공하는 조종사의 위엄. 그 위를 장식하는 대미의 글자.

대한민국을 지키는 가장 높은 힘.

"그분은 몇 살 때 만난 거예요?"

"여고 2학년 때였나?"

"그럼 첫사랑?"

"뭐 그렇다고 할 것까지야, 워낙 어린 날이었으니까 순전히 내 착각과 오버센스 그런 것이겠죠?"

"그래도 추억은 추억 아닌가요?"

"대학 들어갔을 때 그 사람 학교 생도들과 미팅도 하고 그랬었어요. 그 당시 나는 너무 힘든 상황이었는데 그 사람을 좋아하면서 의지하고 싶었나 봐요, 어리석게도 나는 그에게 내 속마음을 보이고 말았어요, 그 사람이 이야기 끝에 그러더라고요. 이다음에 꼭 소설가가 되라고. 자기도 한때 소설을 썼었다며 포기하지 말고 꼭 소설가가 되라고."

"그 어린 나이에 그분도 사람 보는 눈이 있었나 봐요, 선생님이 이렇게 소설가가 될 줄 미리 알아보았으니까요."

"자기가 자료 구해다 줄 테니 꼭 소설가가 되라고 하는데 난 그 말조차 믿지 않았어요."

"왜요?"

"처음부터 인연이 아니라는 사실을 알았으니까. 마음이 엄청 불편하더라고요, 그런데 참 소설 같은 이야기가 있어요, 내 소설에도 나오는데 그가 죽기 전에 내 꿈속에 찾아온 거예요, 너무나 생생한 꿈 이야기예요."

"찾아오다니요? 어떻게요?"

나는 그때의 기억을 소설 속 대사로 설명했다.

"언젠가 TV에 보도된 적이 있었을 거예요. 전투기 고공낙하 시험 중에, 낙하산으로 탈출할 수도 있었는데 민가를 덮치지 않기 위해 끝까지 조종석에 남아 전투기와 함께 논으로 추락한 사건 말이에요. 난 그때 지방에서 근무하고 있었는데 그 사건이 있고 나서 6년이 지난 다음에 그 사람인 줄 알았어요. 그 사람이 죽은 줄도 모르고 얼마나 그리워하면서 살았는지. 인생은 아이러니에요. 사랑하는 이의 죽음도 모르면서 계속 그리움이나 퍼 마시면서 자신을 위로하려 드는. 그런데 그가 죽기 전에 내 꿈에 나타난 거예요. 그 사람을 만나기 위해 부대로 면회를 갔는데 아무리 기다려도 나타나지를 않는 거예요. 어떻게 된 거냐고 물었더니 대답 대신 흰 국화 꽃다발을 내 앞에 탁 갖다 놓더니 모두들 묵묵부답이에요. 이상한 예감이 들었어요. 꿈에서 깨어나 얼마나 울었는지, 그 꿈을 꾸고 난 지 얼마 되지 않아 그 사람의 죽음을 알았어요."

"엄청 충격이었겠네요."

"당시로선 그랬었죠, 하지만 그 사람의 죽음과 나와 무슨 상관이 있는 것도 아니고 나중에야 알았는데 그는 이미 사관생도 시절부터 사랑했던 여자와 결혼해 잘 살다 갔으니……."

나는 갑자기 목이 메어 말이 나오지 않았다. 슬픔이 꾸역꾸역 목울대를 채웠다.

"지금쯤 그녀는 재혼한 남편과 함께 손자를 두었을지도 모르죠."

"그럼 그 부인은 재혼했나요?"

"그걸 누가 알겠어요, 그럴 거라는 이야기죠."

오른쪽 일반 병사 묘역에 비둘기가 맴돌며 날고 있었다. 빗방울이 경내를 적시며 애잔한 마음이 흘렀다.

"한동안 난 마음이 외롭거나 슬플 때마다 그 사람을 생각했었어요, 삶이 너무 힘들어서 극심한 공황상태였던 것 같아요, 하지만 꿈에도 그리던 작가의 인생을 살면서 생각이 확 바뀌었어요."

"어떻게요"

"한번뿐인 인생 길. 지난 일에 연연하지 말고 즐겁고 행복하게 살다 가자, 그런데 아무리 마음을 낮추고 낮추어도 좋은 인연은 나타나지 않았어요, 참 신기하죠. 내 앞에 나타나는 남자는 다 그보다 낮거나 옹졸하고 편협한 사람들이 대부분이었어요. 현실은 언제나 그렇게 불가능과 한치 앞도 내다볼 수 없는 암담함 그 자체였어요."

"인생은 고난의 수레바퀴라고 하잖아요."

"경정씨는 왜 잘 나가던 디자이너를 버리고 시인을 택한 건데요?"

"전 고등학교 때까지는 화가가 꿈이었어요, 그래서 미술공부를 했던 거고 디자인 쪽으로 나갔었는데 자꾸만 제 적성에서 빗나가는 거예요. 자리에 앉으면 자꾸만 시구가 떠오르고, 마침 하던 일도 잘 안 되고 해서 진로를 확 바꾸었죠."

"후회 안 해요?"

나는 당연히 후회한다는 말이 나올 줄 알았다.

"후회할 일을 왜 하겠어요, 내가 선택한 일 누가 알아주든 안 알아주든 하는 거죠?"

나는 그 순간 갑자기 그녀가 위대하게 보였다. 이 문학사망 시대에 읽지도 팔리지도 않는 시에 목숨을 걸다니.

"그래도 저는 남편이 도와주고 아이들도 이런 엄마를 자랑스러워 해 힘이 나요."

그녀의 말 속에 비아냥거림이 묻어 있었다. 마치 내 처지를 꾸짖듯 자랑하면서 부아를 돋우는 것 같았다. 속에서 분노가 울컥 솟았다.

"그럼 그분 때문에 결혼을 안 하신 건가요?"

"꼭 그렇다고만은 할 수가 없어요. 그 사람 이외에는 모든 것이 의미 있게 받아들여지지가 않았어요. 다른 사람을 만나 이야기하다 보면 어느 사이엔가 그 사람과 비교하게 되고……. 그러다 보면 상대가 혐오스럽게 느껴질 때가 많았어요. 결국 그 사람이 판단 기준이 되어 다른 사람에게는 배타적인 감정으로 일관하게 되는 거예요. 처음에는 그 사람 흉내만 내도 결혼하려고 했어요. 그렇지만 그런 사람이 어디에 있겠어요. 결국 난 어린 날의 기억을 껴안으며 이제껏 살아온 거예요."

"정말 소설 같은 이야기네요, 제 친구중의 하나는 지금도 저를 만나면 아이들을 키우는 주부답지 않게 아직도 첫사랑 남자 이야기를 하면서 눈물을 줄줄 흘려요. 무덤에 들어가는 날까지 생각날 거라면서……."

"그 사람의 이중적인 생활 태도가 놀랍네요. 각자 개성의 차이겠지만……. 난 지금이 훨씬 더 자유롭고 편해요"

"그래도 잊지 못할 추억 한 가지쯤 가지고 있는 건 좋은 것 같아요."

"예전엔 생각이 미래지향적이었는데 어느덧 나이 들어 중년이 되다 보니 자꾸 과거지향적이 되는 것 같아요, 제 독자가 그러더라고요, 제 소설이 과거 길어 올리기라고."

"그래도 선생님 소설은 끝까지 읽게 하는 힘이 있어요, 문장도 힘차고 묘사력도 뛰어나고."

"그렇게 긍정적으로 이야기 해주니 고마워요, 이곳에 올 때마다 느끼는 건데 일평생 무얼 하고 살았나 참 허무할 때가 많아요, 기껏 소설에 매달리느라 세월 다 보내고, 변변한 히트작 하나 못 내고. 내 인생이 소설 같고 소설이 내 인생 같고. 세월 헛 산 것 같기도 하고."

"그래도 꿈은 이루었잖아요, 그분과의 약속도 지켰고요."

"그 사람을 생각하면 차암……. 잠깐 꾼 꿈 치고는 세월이 너무 길어요, 하긴 현수영이란 수필가 생각나요?"

"현수영? 잘 모르겠는데요."

"있어요, 지금 몹시 위독한 상태라고 하던데, 그분은 스무 살 때 여행길에서 만나 잠시 사랑한 남자를 평생 잊지 못하고 그리워하며 살더라고요. 자기는 그것을 무슨 순애보인 것처럼 말하지만 남편과 자식까지 있는 여자가 그건 아니라고 생각해요."

"아! 이제 생각났어요. 스무 살 때 만나 사랑한 그 남자와 첫날밤을 보내고 헤어졌는데 집안에서 주선한 남자와 결혼한 뒤에도 늘 그리움에 시달린다는, 그 남편이란 사람 참 불쌍해요. 아내의 과거 때문에 사랑도 받지 못하고 밀려난, 자긴 거의 노숙자처럼 지내면서 힘들여 번 돈을 아내에게 생활비로 보내고 나서는 여전히 가장의 의무를 다한대요, 참 여러 가지로 아이러니한 부부네요."

세상에 살아가는 모습도 가지각색이고 사랑하는 방법도 천차만 별이다. 그래도 그 부부 모습은 참 아이러니다. 남편이 너무 불쌍하다는 생각밖에는 안 든다. 그는 무슨 죄가 많아서 그런 아내를 만나 일평생 헛수고를 해야 하는가.

"오래 걸었더니 발이 너무 피곤해요, 저기 민원실에서 잠깐 쉬었다 가요."

우리는 발걸음을 왼쪽으로 돌려 민원실로 들어갔다. 강화도어를 열고 들어서니 왼편으로 현충원 경내를 알리는 화면이 영상으로 펼쳐지고 있었다. 오른쪽에는 이 달의 독립운동가와 6.25 전쟁 영웅이라는 제하 아래 업적을 쓴 글귀가 보였다.

1926년 5월 만주 참의부 특무 정사로 조선 총독을 처단하기 위해 국내로 들어온 독립투사는 서울과 경기 지역의 일제기관을 공격하였다. 일제 경찰은 5척 단신인 투사를 체포하기 위해 혈안이 되었다.

3천 명이 동원된 삼엄한 경계를 뚫고 투쟁을 이어가던 투사는 반역자의 밀고로 체포되어 1929년 교수형으로 순국하였다.

그 옆에 있는 6.25 전쟁 영웅은 놀랍게도 여성이었다. 육군참모총장 표창을 받은 영웅은 여성 유격대원 함흥 출신으로 부모와 남편이 반동분자로 옥사하자 탈출을 감행한다. 그녀는 1950년 10월 경 황해도 안약군에서 서하무장 유격대를 조직한다.

그녀는 무장대원 70명과 농민군을 진두지휘 하여 연풍유격대 부대와 함께 전투에 참가한다. 그녀는 1951년 1월 18일 고립된 유격부대를 구출하기 위해 촌부로 가장해 밤새 100리를 걸어 89명을 구해 내는 등 구월산의 여장군으로 불리며 혁혁한 공로를 세운다. 이후에도 그녀는 대북 유격작전에 참가해 혁혁한 공로를 세운다. 그녀의 이야기는 교과서와 만화 등으로 제작돼 국민들에게 널리 알려졌다.

사람들은 모두 현세에 집착하는 것 같지만 명예를 그리워하며 산다. 명예는 누군가에게 기억되길 바라는 마음에서 출발한다. 거기에는 인정받고 높임 받고자 하는 마음도 있지만 오랜 세월에 걸쳐 이름이 오래도록 기억되기 바라는 마음이 더 크다.

그런 면에서 볼 때 전철역이나 버스 정류장에 있는 벽보에서 애국자들의 공로를 칭송하는 글귀는 더할 나위 없는 영광인 것이다. 글을 읽는 독자의 마음에 그들은 애국심과 더불어 자신의 영예(榮譽)를 후세에 길이 전하고 있다.

자신의 목숨을 초개처럼 버리면서 이루었던 정의와 애국심을 후세에 교훈으로 남기면서. 비가 와서 그런지 민원실은 너무도 한산했다. 우리는 잠시 영상을 시청하다 밖으로 나왔다.

비는 간간히 흩뿌리고 있었다. 행사 내용을 알리는 전광판에는 노란색 불빛이 점등하면서 시선을 당기고 있었다. 현충원 밖으로 나온 우리는 흑석동 쪽으로 걸어갔다. 담장 밑으로 작은 화단이 형성돼 있었다. 잿빛으로 변한 화단은 처연히 비를 맞으며 봄을 기다리는 중이었다.

"이제 겨울도 끝자락이에요, 곧 봄이 오겠죠."

"네, 남쪽엔 벌써 매화꽃이 한창이래요."

"전 겨울 끝자락이 가장 싫어요, 쌓였던 눈도 다 녹아 없어지고 봄꽃이 피기엔 너무 이르고 빈 벌판엔 비닐봉지만 날아다니는 황량한 날씨는 외로움 그 자체에요. 더구나 봄 날씨는 나른하고 마음을 나태하게 만들어요."

"난 봄이 가장 좋은데."

그녀는 소녀처럼 배시시 웃었다. 시인다운 감성을 지닌 그녀는 겉치장에도 신경 쓰지만 속마음은 전혀 내색하지 않을 때가 더 많다. 그녀의 주요 관점은 다른 사람에게 어떻게 보이는가이다. 이성보다는 감정에 현실적이기보다는 환상적으로 말하고 행동한다. 그것이야 말로 소설가와 시인의 차이가 아닐까.

감정은 순수한데 비해 도무지 속을 알 수 없다. 자신의 치부에 대해서는 단 한마디도 입에 올리지 않고 자랑거리만 늘어놓는다. 가령 남편이 자기에게 지극정성이라며 갑자기 자식들 자랑에 열 올리는데 자세히 듣다 보면 꼭 내 처지를 비웃는 것만 같다.

만날 때마다 타이트한 옷차림에다 꼭 선글라스에다 챙이 긴 모자를 쓴다. 어떨 땐 자신이 연예인이라도 되는 줄 알고 주변의 시선을 끌지 못해 안달을 한다.

돈은 꼭 제가 먼저 내면서 생색내는 것도 잊지 않는다. 시집이 출간 될 때마다 회원들에게 모두 발송하는데 기고만장하여 난리도 아닌 것이다. 그러다 못된 브로커에 걸려 거금을 날린 적도 있었다.

누군가 조금만 칭찬해 주면 그만 넋이 나가 간이고 쓸개도 다 빼 주는 통에 루저라는 소문이 돌아 입방아를 찧기도 했다. 그런데 어느 날인가 얼굴에 시퍼런 멍 자국이 보이는 것이었다. 아무리 화장을 덕지덕지 쳐발라도 소용없었다. 눈가에 난 멍 자국은 내게 또 하나의 소설거리를 제공했다.

소문에 의하면 누군가와 술을 마시다가 실수를 했고 그 소문이

남편 귀에 들어가 흠씬 두들겨 맞았다는 것이다. 자기 말 한마디
면 껌벅 죽는다는 평소의 자랑은 다 어디로 사라졌는지 그녀는
꿀 먹은 벙어리마냥 눈만 껌뻑거리고 있었다. 그때 이후로 그녀
는 상처를 많이 받은 모양이었다.

발이 닳도록 다니던 모임에도 발길을 끊었고 대신 내게만 수시
로 전화를 넣었다. 그리고 만나서는 주로 상처 받은 이야기만 하
면서 울먹거렸다.

"돈 필요할 때는 불러내서 바가지 씌우고 난리더니 사람의 처
지가 나빠지니까 막무가내로 무시하고 그러네요."

"처지가 나빠지다니요? 누가요?"

나는 알면서도 확인하려고 물었다.

"애들 아빠가 명퇴 당해 새로운 사업 구상 중이에요."

차라리 백수가 됐다고 할 것이지 사업 구상은 무슨. 나는 공연
히 심통이 나 속으로 투덜거렸다.

"지난번에는 급한 일이 있다고 빨리 나오라고 해 나갔더니 글
쎄 나보고 술값 지불하라는 거 있죠. 술은 지들이 처먹어 놓고 술
값은 나보고 내라니 너무 기막혀 쓰러질 뻔했다니까요."

"그래서 냈나요?"

"미쳤어요, 내가 왜 내요. 그냥 나와 버렸죠."

"잘 했어요, 다음부턴 그런 인간들 상종도 하지 마세요, 이제부
턴 경정씨도 약게 사세요."

"네, 고마워요, 그래도 제 생각해 주는 사람은 선생님밖에 없네
요. 이번 명절에 시댁에 갔는데 모두 바쁘다는 평계로 안 오고 저
희 가족만 온 거예요, 음식이며 집안일이며 모두 나 혼자만 하는

데 시부모님이 어찌나 짜증을 내시던지, 다른 자식들 안 온 서운함까지 모두 나한테 퍼붓는 거 있죠. 그 사람들 앞에서는 정작 말 한마디 못하면서. 그런데 더 기가 막힌 건 남편까지 시부모님 편 들면서 나한테 성질을 부리는 거예요."

그 대목에 나는 깜짝 놀랐다. 입만 열면 남편 자랑이더니 이게 무슨 소리? 그런데 더 기막힌 건 그 다음에 있었다.

"명절 끝에 이혼하는 커플이 많다더니 실감이 나더라고요. 이건 뭐 내가 무슨 호구라도 되는지 돈 필요할 때마다 송금하라는 거 있죠. 다른 자식들한테는 입도 벙긋 못하면서."

"그게 다 경정씨가 편하고 또 평소에 너무 잘해주다 보니까 그런 거 아닐까요?"

"내가 그동안 너무 착한 척하면서 살았나 봐요. 내 실속도 차리고 그래야 했는데."

그녀는 이야기가 계속될수록 자화자찬이 늘어난다. 주로 남에게 베풀어준 이야기를 하면서 마치 자신을 피해자인 양 말한다. 그러다 내 눈을 바라보며 위로를 간청하고 있다. 전에 없던 일이라 나는 갑자기 긴장되었다.

등성이를 넘어서자 전철역이 보였다. 왼쪽으로 빠지면 중앙대학교고 오른쪽은 한강이다. 그녀가 전철 역사를 가리키며 말했다.

"선생님, 제가 명동에 가서 저녁 식사 대접해 드릴게요, 한번 기분내 보자고요."

"됐어요, 식사는 다음에 하기로 해요, 난 빨리 집에 들어가서 원고 쓰던 것 마저 끝내야 하니까. 경정씨, 오늘 고마웠어요, 원고료 나오면 제가 멋지게 한턱 쏠게요."

"선생님, 잠시만요."

그녀는 잠시 망설이더니 내 손에다 뭔가를 쥐어 주었다. 금빛 나는 동그란 동전이었다. 어느 나라 화폐인지 몰라도 금화 같았다.

"이걸 왜 나를?"

나는 동전을 그녀에게 도로 내밀었다.

"동생이 외국 여행 갔다 오면서 준 거예요. 진짜 금이 확실해요, 그냥 선생님 가지세요."

"그래도 이건."

그녀는 손을 흔들더니 전철 역사를 향해 있는 힘을 다해 뛰어갔다. 뒷모습에서 아픔과 외로움이 느껴졌다. 명절 뒤끝의 허무함이 통증이 되어 가슴에 달라붙는 것 같았다. 나는 마침 달려오는 버스를 향해 급히 몸을 실었다.

버스는 출발하자마자 좌회전 하더니 곧바로 한강다리를 건너 용산으로 진입했다. 이어 서빙고를 지나 이태원으로 접어들었고 언젠가 내가 썼던 소설의 한 대목인 외국인 거리를 지나 한남동에 이르렀다.

버스가 지날 때마다 빗속에 흐르는 불빛과 사람들의 발걸음이 내게 조급증을 일으켰다. 후회와 연민, 집착과 포기라는 단어가 내 소설 문장으로 떠올랐다 사라졌다.

이윽고 버스가 남산이 보이는 곳에 멈춰 섰다. 나는 용수철 튀듯 자리에서 일어나 하차했다. 빗방울이 얼굴 위로 사정없이 달라붙었다. 30년 동안 이어진 내 집착만큼이나 거세게. 익숙한 골목길을 지나 계단을 오르고 방문을 열었다.

　방에 들어서자마자 TV를 켰는데 공교롭게도 공군 전투 조종사들의 이야기였다. 화면을 보는 순간 마음이 20대로 돌아가면서 설레기 시작했다. 긴 활주로에서 전투기가 굉음과 함께 불을 뿜으며 상공으로 치솟고 있었다.

　엄청난 스피드로 날아오르며 기체는 위용을 화면 가득 담아내고 있었다. 그에 걸맞게 빠른 템포의 음악이 절제된 내레이션과 함께 한껏 긴장도를 높였다.

　지금 전투기는 편대를 이루어 국내 최초로 태평양을 건너 알래스카를 종단할 예정이었다. 공군기지를 떠난 전투기는 알래스카로 가는 동안 총 11번의 공중급유를 받아야 한다. 공중급유를 받을 때는 또 다른 고난도의 기술이 요구된다.

　급격한 기류에 떠밀려 기체끼리 부딪치거나 급유하는 봉이 부러질 수도 있다. 물론 급유할 때 정확한 자세를 유지하는 건 더욱 중요하다. 조종사는 만일의 사태에 대비한 고난도 훈련을 거쳤음에도 잔뜩 긴장된 표정이었다.

　군용기는 드디어 태평양을 날고 있다. 그때였다. 편대 중 하나의 군용기에 이상이 발생했다. 날개쪽 연료계통에 유류 공급이 차단된 것이다. 조종사는 상황을 편대원들에게 알리고 저공비행을 시도했다.

　곧이어 공중급유가 재개됐다. 조종사의 정확한 판단과 순발력은 생명과 같다. 영공 수호를 위해 고난도의 훈련과 기지를 발휘하는 그들은 최첨단 정예요원으로 국민의 마음을 안심시키기에 충분했다.

　논스톱으로 알래스카로 가는 동안 조종사는 한순간도 긴장을 늦출 수 없다. 실전대비를 위한 고강도의 훈련을 위해 그들은 반 년 가까이 준비해 왔다. 조종사는 대위와 소령급이다.

그들의 훈련에는 공군참모총장도 동참하여 격려하고 있다. 미군과의 합동 훈련이기 때문이다. 역시 베테랑 조종사 출신인 참모총장은 실시간별로 조종사들을 격려하며 모든 상황을 점검하고 있다.

조종사들은 방수복과 생수조끼 등 20킬로가 넘는 옷을 장착한 쥐 전투기에 오른다.

사랑하는 가족이 모두 잠든 새벽 2시, 집을 빠져나온 그들은 국내 첫 태평양을 종단하여 알래스카에서 미군과의 합동훈련에 실전을 방불케 하는 첫 시험대에 오르는 것이다.

공군기지를 떠나 8,100킬로미터를 날아 논스톱 비행에 목숨 건 정예조종사들의 표정은 영화에 나오는 바로 그것이었다. 전투기의 굉음과 끊임없는 조종사들의 교신 소리, 내레이터의 절제된 멘트는 숨 막히는 긴장감을 일으켰다.

대학 졸업 후, 시골 중학교에 잠시 근무한 적이 있었다. 30년 전이라 꿈속 같고 소설 같은 이야기지만 기억은 바로 어제처럼 또렷하다. 졸업하고 꼬박 일 년을 놀고 나서 선택한 게 하필이면 최전방 동부전선이었다.

지금이야 산에 굴을 뚫어 시간이 2시간 내외로 단축되었지만 그때는 4시간 가량 걸렸다. 서울에서 출발한 버스가 양평을 지나 홍천에 이르면 그때부터 비포장도로가 시작된다. 구불구불 사행길을 지나면 인가가 보이기 시작하고 평지가 나타난다.

중간에 12개가 넘는 검문초소도 지나야 한다. 사방이 산으로 둘러싸여 있고 온통 푸른색 일색이었다. 주민은 농민과 군인 가족이 반반이었다. 우습게 표현하자면 그곳은 거주민들조차 군을 위한 들러리에 불과할 정도로 온통 군 일색이었다.

그곳을 선택했던 건 여러 가지 이유가 있었지만 소설을 쓰기 위한 구실도 섞여 있었다. 당시로선 멀리 떠나 보는 게 소원이기도 했다. 어린 마음에 일상을 벗어나 낯선 타지에 머물면 소설이 저절로 써질 거라 믿었다. 아직 칼바람이 이는 2월 말이었다. 빈 들판에 황량한 객지 바람이 불고 있었다.

황토 먼지와 함께 검은 비닐봉지가 들판에 회오리바람처럼 떠다니고 있었다. 사방이 온통 잿빛이었다. 밤이 되면 바람 소리로 문풍지가 떨리고 단절감과 외로움으로 미치기 일보직전이었다. 읍내로 가기 위해 버스정류장에 서면 추위로 온몸이 오그라드는 것 같았다. 깡촌도 그런 깡촌이 없었다.

거리에만 나서면 온통 푸른색 군복이 눈앞에 왔다 갔다 했다. 글을 쓰려고 하면 온갖 잡념이 다 달라붙어 잠시도 집중할 수가 없었다. 가장 참기 힘든 건 그에 대한 망상이었다. 생각은 항상 그에게 초점이 맞춰져 있는데 입에서는 전혀 엉뚱한 말이 튀어나왔다. 아이들을 가르친다는 게 보통 일이 아니었다.

준비 없이 수업에 들어갔다가 쏟아지는 질문 앞에 당황했던 일이 한두 번이 아니었다. 동료 교사 간의 묘한 경쟁의식과 질투심은 상상 그 이상이었다. 남녀공학이었던 그곳은 각종 소문의 근원지이기도 했다.

좁아터진 시골구석에 웬 소문은 그리도 날아다니는지 하루도 조용할 날이 없었다.

그들은 하루라도 남에 대한 호기심을 끄고서는 살 수가 없는 모양이었다. 어떤 모양으로든 소문을 만들어냈고 당사자야 피해를 보든 말든 사람들은 소문을 퍼뜨리고 즐겼다. 소문은 악의에 찬 입을 통해 날아다녔는데 당사자는 미혼 교사들이었다.

모두 본가를 떠나 객지에 머물기 때문에 발생하는 일이었다. 어느 날 내게도 그 소문이 발생했는데 너무도 얼토당토 않았다. 내가 한밤중에 연대본부에 있는 장교와 함께 읍내에서 술을 마셨다는 것이다.

그 장교는 부대에서도 소문난 악바리라는 별명을 가진 사람이었다. 한 번도 면회 오는 여자가 없을만큼 인물도 못나고 형편없었다. 그런데 어찌된 영문인지 그와 내가 읍내 술집에서 껴안고 술을 마시다 뒷골목으로 사라졌다는 것이었다.

술집 뒷골목은 대부분 여관이나 군인들을 상대로 한 유곽이었다. 그 소문을 누가 만들어냈는지 모르지만 그럴듯한 근거를 가지고 발을 타고 날아다녔다. 마침 부대 안에까지 전해졌는데 어느 날 그 장본인이 나를 찾아왔다.

나 때문에 너무도 창피해 전출신고를 했다는 것이었다. 말인즉슨 그는 마치 내가 그 소문을 만들어내기라도 한 듯 단정 짓고 있었다. 너무도 수치스러워 견딜 수가 없었다. 별명 그대로 꼭 악마의 형상을 한 그는 처음 본 내게 거침없이 반말까지 해대며 흥분하고 있었다.

나중에 들은 소문의 진상은 이러했다. 그가 다니는 단골 술집이 있었는데 밤중에 작부와 함께 뒷골목으로 사라진 걸 누군가 본 모양이었다.

그런데 하필이면 그 여자 뒷모습이 나와 흡사했다는 것이다. 뒤태 같고도 소문을 만들어내는 세상이었다. 그때 나를 향해 쏟아지던 그 멸시어린 시선을 다신 못 잊을 것 같았다. 마음에 심대한 부상을 입은 나는 다른 곳으로 전출 신고를 내고 그곳을 떠나왔다.

그런데 새로 부임한 곳에서도 똑같은 소문에 휘말리는 수모를 겪었다. 이번에는 동료교사와의 스캔들이었다. 이번에는 소문이 너무 디테일했다. 당사자가 나서 시인하고 만 것이다. 그는 내 의견과 전혀 상관없이 마치 소문의 정당성을 인정하고 나섰다.

미혼끼리 그런 소문나는 것 그럴 수도 있다는 식이었다. 어찌나 뻔뻔스러운지 가슴속에서 타는 듯한 분노의 불길을 느꼈다. 온몸으로 달라붙는 치욕스런 느낌으로 사표를 내던지고 그곳을 떠나왔다.

나이는 삼십이 넘었고 집안에서는 끝도 없이 결혼하라는 요구에 시달리고 있었다. 백수가 된 어느 날, 2호선 전철을 타고 한강을 건널 때였다. 눈앞에 대학생으로 보이는 커플이 다정하게 속삭이고 있었다.

순간 가슴 속으로 잊었던 그리움이 뭉게구름처럼 피어올랐다. 그였다. 사관생도 제복을 입은 그가 망토 자락을 휘날리며 내 앞에 보이는 거 같았다. 그를 면회 갔던 겨울날 아침처럼.

눈이 잔뜩 쌓인 사관학교 교정을 걸으며 미래에 대해 이야기했던 기억이 바로 어제 일처럼 떠올랐다. 그런데 아픔과 부끄러움이 눈물이 되어 가슴 한복판을 적시고 있었다. 왠지 버림받은 느낌이었다.

세상 한복판에 나 혼자 버림받아 내팽개쳐진 느낌이었다. 그를 생각할 때면 항상 그런 비감함이 슬픔이 먼저 덮쳐 왔다. 삶의 질곡을 헤맬 때면 슬픔은 배가됐고 그 끝에는 항상 그에 대한 그리움이 숨어 있었다. 꿈에라도 한번만 만나보았으면.

간절함은 또 부끄러움이 되었다. 그에 대한 어떤 연락도 취할 방법이 없었다. 따로 연락처를 가지고 있는 것도 아니고 그는 이미 장교로 근무하고 있을 때였다. 간절히 원하고 원하던 바람대로 어느 날, 그가 꿈에 나타났다.

죽음이라는 형태를 가지고서. 그가 근무하는 공군기지로 찾아갔는데 흰 국화송이를 내 앞에 갖다 놓으며 모두 묵묵부답이었다. 꿈에 깨어난 나는 직감했다. 그의 죽음을.

그리고 6년이 지난 뒤 그 죽음의 실체를 확인했다. 주변 사람들 중에도 하나둘 천국행 열차를 타는 사람들이 늘어갔다. 제일 먼저 엄마가 올라탔고 다음에는 친구들이 하나둘 올라탔다. 나도 그 열차에 합류하고 싶은 충동을 여러 번 느끼고 났을 때 내 소설은 완성을 거듭하고 있었다.

삶의 질곡 속에서 겪었던 아픔과 상처가 공감대를 일으키며 책도 잘 팔려 나갔다. 책 판매부수가 높아지면서 세월도 휙휙 지나갔다. 아름다운 추억 하나 간직하지 못한 채. 눈 한번 감고 났더니 30년이란 세월이 지나 있었다.

소설을 쓰면서 늘 미래에 대한 두려움에 시달렸다. 건강도 급속하게 나빠졌고 무엇보다 돈 걱정이 앞서 아무 것도 할 수 없었다. 세상은 30년 세월 동안 인터넷이 보급되더니 스마트폰까지 등장해 순수예술의 기능마저 약화시키는 듯했다.

그 걱정에 밀려 도전의식마저 사라지고 포기라는 단어만 자꾸 생각났다. 이어 미래대책이란 단어와 함께 사후의 세계에 대한 막연한 동경이 떠올랐다. 죽으면 그를 만날 수 있을까. 엉뚱하고도 헛된 망상도 떠올랐다.

소설로 써먹고도 모자라 죽음 뒤에까지 연장시키려 들다니 부끄러움은 시도 때도 없이 생각을 타고 떠올랐다.

벚꽃과 개나리가 길거리 화단을 덮고 목련이 동네 골목길을 하얗게 장식하던 봄날이었다. 황사바람도 지나고 야외로 봄나물이나 뜯으러 갈까 생각하고 있는데 핸드폰이 요란하게 울려대고 있었다. 경정씨였다.

"선생님, 저예요."

"네, 잘 지내시나요? 날도 따듯해지고 했으니 우리."

봄나물이나 뜯으러 갑시다 하려는데 느낌이 이상했다. 수화기 저편으로 희미하게 울음소리가 들리는 것 같았다. 나도 모르게 목소리 톤이 높아졌다.

"여보세요? 경정씨? 경정씨?"

나는 당황하면 목소리가 더 커졌다. 큰소리로 말하는데 지나가는 사람들이 모두 발걸음을 멈추고 쳐다봤다.

"경정씨, 무슨 일 있어요? 당장 만나 이야기 할까요?"

"미안해요."

"미안하다니, 그게 무슨?"

나도 모르게 가슴이 와르르 무너지는 느낌이었다.

"저도 모르게 선생님 이야기를 수필로 써버렸어요."

"뭐예요?"

순간 분노가 처참한 분노가 속에서 불길같이 치솟았다.

"그래, 실명은 밝혔나요?"

"아니에요, 그냥 지인으로 처리했어요."

어떤 방향으로 썼냐고 묻지 않았다. 분노가 부끄러움으로 바뀌었기 때문이다. 그런데 왜 전화상으로 그녀는 울었을까?

"전 선생님이 부러웠어요."

"뭐가 그렇게 부러웠나요?"

약간 어이가 없었다. 입만 열면 남편 자랑 자식 자랑에 열올리더니.

"그 글을 읽어 보시면 아실 거예요."

나는 순간 그녀가 썼다는 글에 대해 호기심이 싹 사라지고 말았다. 이튿날 나는 버스를 타고 흑석동을 지나고 있었다. 버스가 비계를 지나 현충원 앞에 이르자 나도 모르게 하차했다. 그리고 무엇엔가 홀린 듯 그의 묘소로 달려갔다.

느낌이 이상했다. 언젠가 겪었던 부끄러움과 수치스런 느낌이 발길을 더디게 하고 있었다. 마음은 달려가는데 발길을 천근만근이었다. 뭔가 알 수 없는 결단력이 마음속에서 자꾸만 재촉하고 있었다.

이윽고 그의 묘소 앞에 섰는데 전에 못 보던 글귀가 보였다. 배위라는 단어였다. 배위라는 사전적 의미는 남편과 아내가 다 죽었을 때 그 아내를 높여 이르는 말이다.

그의 묘소 앞에 그 배위라는 단어가 새롭게 적혀 있었다. 그건 바로 얼마 전에 새겨진 듯 음각이 또렷하게 30년이라는 차이를 설명해 주고 있는 듯했다.

그의 아내는 죽어서도 그와 함께 있었다. 마치 홍살문을 보는 듯했다. 내가 그동안 소설 속에서 수없이 써먹었던 대사는 깡그리 사라지고 반전이라는 단어만 떠올랐다.

한 번도 써보지 않은 전혀 상상도 못한 반전 드라마가 눈앞에서 펼쳐지고 있었다. 그에 대한 기억 한 가지 붙잡고 썼던 소설과 시나리오가 그 한순간 작별을 고하고 있었다. 그와 더불어 30년 세월 동안 이어졌던 편집증적인 나의 사고(思考)에도 금이 그어지고 있었다.

다리가 후들후들 떨리고 있었다. 생각이 부끄러움 속에서 숨바꼭질을 하면서 소설적 상상력을 부추겼다. 그때 내 가슴 한편을 덜컥 붙잡는 게 있었다. 미래에 대한 두려움이었다. 왜 하필 이때 미래람.

묘역을 떠나 성죽교를 건넜다. 현충문을 나서 전철 역사를 향하는데 누군가 내 귓가에 대고 말했다.

너희는 내일 일은 염려하지 마라. 내일 일은 내일이 염려할 것이요 한 날의 괴로움은 그날로 족하니라.

며칠이 지났다. 밤에 자고 있는데 핸드폰이 요란하게 울리다 끊겼다. 귀찮아 모른 척 자고 있는데 핸드폰이 연거푸 울리더니 잠잠해졌다. 손을 뻗어 핸드폰을 집으려는데 짧은 신호음이 울렸다. 문자메시지가 와 있었다.

'선생님, 저 애 아빠와 이혼했어요. 저는 지금 위로가 필요해요. 저를 위해 기도해 주세요.'

청천벽력 같은 소식에 잠시 정신이 아득해졌다. 혹시 내가 지금 소설을 쓰고 있는 건 아닐까. 위급한 순간이 닥칠 때마다 소설

타령이 떠오르면서 나는 잠속으로 추락했다. 꿈속에서 수렁 속을 헤매며 자꾸만 후회를 외치고 있었다.

경정씨의 이혼소식은 충격이었다. 좀처럼 자신의 허물을 드러내지 않고 자랑을 즐겨하던 그녀가 아니었던가. 꼭 뒤통수 맞은 기분이었다.

생각하면 또다시 소설을 쓰게 될 것 같아 아예 생각을 접기로 했다. 그런데 컴퓨터 앞에 앉는 순간 생각이 상상력을 타고 또다시 나타나는 게 아닌가.

직업병인가 보다. 세상은 온통 소설 같은 이야기로 가득하다. 삶이 소설인지 소설이 삶인지 헷갈릴 정도다. 소설이 반전드라마라면 삶 또한 마찬가지 아닌가. 항상 반전을 거듭하는 정치처럼 예상을 뛰어 넘으니까. 그의 묘소에 배위라는 글자가 덮인 것처럼.

거리는 샛노랑과 새하얀 진분홍으로 봄을 채색하면서 지난겨울의 흔적을 말끔히 지워내고 있었다. 그리고 여름을 앞당기기라도 하듯 햇살을 골고루 흩뿌리고 있었다.

2016년 조선문학

갱년기

며칠 전부터 툭하면 등이 화끈거리고 열이 난다.

어떨 땐 뜨겁기까지 해 깜짝 놀라기도 한다. 그러더니 온몸에 힘이 쭉 빠지는가 하면 무릎 관절에 이상이 왔는지 삐걱거리기까지 한다. 기운이 딸린 지는 오래 되었다. 인생 후반전을 향해 가속페달이 밟혔는지 몸이 하루하루가 다르다.

마음은 여전히 어린 시절을 헤매며 순수 지향적인데…….

지금까지 살면서 중년 이후를 생각 안 해 본 건 아니다. 그러나 먼 나라 이야기인 줄로만 알고 살았다. 이렇게 빨리 다가올 줄은 몰랐다. 나이 사십을 서러워하던 때가 엊그제 같은데 나이 오십이 벌써 앞을 지나고 있다.

친구들 사이엔 벌써 손자 본 애들도 있다. 노쇠 현상에 따라 건강했던 친구들도 각종 질고(疾苦)를 나타내고 있다. 다른 건 몰라도 암기력 하나만큼은 자신 있었는데 요즘 들어 자주 건망증 증세가 나타난다.

머리칼은 반백을 뛰어 넘어 올백이 될 지경이다. 나는 남들보다 일찍 갱년기 증상이 찾아왔다. 사십 대 중반에 슬관절염, 즉 퇴행성이 일찍 찾아와 엄청난 심신의 고통을 겪었다. 무릎 관절을 이어주는 물렁뼈가 소모돼 나타나는 통증은 실로 엄청나다.

처음에는 단순하게 시작했던 통증이 나중에는 혈액순환 장애가 오면서 냉증과 함께 점점 고관절로 옮겨가기 시작했다. 허리 아래 부분이 끊어질 듯 아파오면서 의자에 앉는 것마저 힘들었다. 허리 통증은 무릎 통증에 비해 훨씬 심했다.

겨울이면 다리 전체가 마비되는 것처럼 통증이 심하고 한여름에도 뜨거운 전기 찜질팩을 해야만 잠들 수 있었다. 게다가 우울증마저 겹쳤다. 기운이 딸린 건 오래 전 이야기다. 평생, 채식만 한 탓에 골다공증도 진행돼 있었다.

그래도 혈압이나 당뇨 증상은 발견되지 않아 다행이었다. 오년 전에는 앞니 그것도 송곳니 뼈가 다 닳아 없어져 임플란트를 해 넣었다. 나이가 먹을수록 질고(疾苦)가 두렵다. 죽을 때는 고생 않고 편하게 잠자듯이 가야 하는데, 입만 열면 걱정이 쏟아져 나온다.

나는 노후대책을 해 놓았는가?

자신에게 수시로 묻는다. 노후대책은 곧 경제대책이다. 죽어도 돈이 있어야 대우 받는 세상이다. 맘몬 사상까진 아니더라도 나도 이젠 돈의 필요성에 절감하며 돈벌이에 매달리려 한다. 얼마 전까지만 해도 돈보다는 예술적 가치에 목매달고 살았는데 작년에 혹독한 돈가뭄을 겪고 나자 생각이 달라졌다.

연쇄부도로 사업장을 잃고 목숨마저 잃은 남편이 내 창작의욕마저 꺾어 놓은 것이다. 돈 때문에 겪은 스트레스는 가히 살인적인 수준이었다. 당장 먹고살기도 힘든 판에 예술이고 나발이고 다 소용없단 생각이 들었다. 예술에 대한 가치가 급락하면서 당장 생활전선에 뛰어들어야 할 형편이었다.

　허무맹랑한 소설에 마음 빼앗긴 지 벌써 20년 세월이 지나 있었다. 그동안 현실감각을 잊고 환상 속에 사느라 세월 가는 줄도 몰랐다. 남편 덕분에 안심하고 창작에 전념하느라 경제관념마저 까맣게 잊고 살았는데 어느 날 정신 차리고 보니 무능력이란 단어가 내 발 앞에 머물러 있었다.

　엎친 데 덮친 격으로 임플란트 수술로 또다시 거금을 날려 보내고 말았다. 그때 겪은 스트레스는 아무도 상상하지 못할 것이다. 올해는 어떡하든 돈벌이를 하려고 취업을 했는데 그것마저 여의치 않다. 바쁠 때만 나가는 알바라 용돈 수준에도 못 미친다.

　이제 돈 가뭄은 정말 싫다. 작년 일 년 동안 무능력한 내 자신이 너무 싫어 죽을 뻔했다. 악착같이 돈을 벌고 싶은 마음인데 중년의 나를 쉽사리 써줄 고용주가 없는 게 문제다. 그리고 아무리 가치가 하락했다고는 하지만 평생 숙원인 문학을 결코 포기할 수 없다.

　언젠가 영등포 로터리를 지나다 본 적이 있다. 영등포 역전과 마주한 건물에 7080 노래방이란 아크릴 간판이었다. 거기서 조금 더 지나면 중년나이트란 네온사인과 함께 카바레 골목이 불야성을 이루는 곳이 있다.

　부킹 100%라는 문구를 달고서. 그들이 한결같이 내거는 조건은 쾌락이다. 요즘은 문구를 바꿔 무도장으로 변신해 미친 중년바람을 일으키고 있다.

　세상은 갈수록 악이 보편화되고 쾌락 일변도로 변해 가는 것 같다. 인터넷에 악성 댓글 다는 인간들에게 표현의 자유를 외치는 세상이다. 적색분자가 활개치고 다녀도 오히려 두둔하고 악을 정의로 둔갑시키기까지 한다. 인터넷이나 신문지상을 들여다보면 나도 모르게 하는 말이 있다.

"아! 나도 어느덧 보수층이 되고 말았구나."

7080 베이비붐 세대라는 말을 흘려듣곤 했었는데 이념에 있어 확실하게 보수층이 된 것이다. 몸에서 기력이 빠져나가고 돋보기가 아니면 책도 못 읽는, 임플란트를 하다하다 지쳐 아예 틀니를 해야겠다고 결심하고 마는 어느새 갱년기에 들어서고 만 것이다. 그래도 나는 아직이라는 단어를 붙여 인정하고 싶지 않았다.

어느 날 전철을 탔을 때 앞에 앉아 있는 어린 여자애가 자리를 양보할 때도 우유를 먹던 아기가 빤히 쳐다보며 할머니라고 했을 때도 못 들은 척 넘겨버리고 말았었다. 감성이 죽어 계절의 변화를 세월 탓으로 몰아붙이고 나서도 나는 내 나이를 인정하고 싶지 않았다.

나이는 정신보다 앞서 몸을 지배하고 세월의 변화를 주름살로 나타낸다. 서글픈 일이지만 이젠 모든 걸 인정하고 받아들이기로 결정한다. 늙음을 모면해 보겠다고 보톡스를 맞는다거나 황토 찜질방을 가거나 하지 않는다.

비싼 화장품 쳐 발라가며 유행하는 옷차림을 하고서 꼴사납게 나다니고 싶지도 않다. 언젠가 모임에서 일인데 얼굴은 육십도 훨씬 넘어 보이는 여자가 화장은 낮도깨비처럼 하고는 옷은 쫙 달라붙는 레깅스를 입고서 활개 치며 다니는 모습을 본 적이 있다.

본인은 몸매 자랑을 하고 싶어 안달이 난 표정이지만 얼마나 꼴사납던지 구역질이 날 지경이었다. 그런 여자들은 모임에선 가장 먼저 술잔을 부딪치며 브라보를 외치고 남자들과 음담패설 하는 데는 항상 앞장선다. 중년을 또 다른 말로 사추기라고 하던가. 노년을 앞두고 마지막 발악을 하는 모습에는 신물이 난다.

지난여름까지 난 임플란트를 총 10개 해 넣었다. 처음 했을 때는 가격이 250만원을 호가하더니 지금은 150원 대로 가격이 낮아졌다. 그럴지라도 한꺼번에 목돈이 들어가기 때문에 부담이 여간 큰 게 아니다.

거기에다 수술에 따른 통증과 후유증은 노이로제 증상마저 일으킬 만큼 엄청나다. 잇몸의 뿌리가 썩어서 하는 수술인 만큼 난이도가 높아 성공했다 해서 꼭 안심할 수도 없다. 왜냐하면 다른 부위에 계속해서 발병하기 때문이다.

그렇게 자꾸 임플란트를 하다 보면 나중에는 차라리 몽땅 빼버리고 전체 틀니를 할 걸 그랬다고 탄식이 터져 나오는 것이다. 얼마나 화가 났으면. 임플란트와 함께 나타나는 또 다른 증상은 골다공증이다.

재작년에 해 넣은 위 어금니는 몇 번이나 째고 꿰매기를 반복할 만큼 상황이 심각했었다. 그 이유는 임플란트를 식립할 자리를 열고 보았더니 뼈가 텅 빈 채 시커멓게 구멍이 나 있었다. 의사가 인공뼈를 넣고 망치 같은 걸로 쾅쾅 박고는 실로 꿰매버렸다.

임플란트는 통증도 통증이려니와 목돈이 소요되기 때문에 여러 가지로 스트레스를 받는다. 그런데 그게 다가 아니었다. 5,6년 전에 해 넣은 임플란트가 잘못 되었는지 잇몸 이식 수술을 해야 한다고 했다. 임플란트 한 부위의 잇몸이 약해 자꾸 주저앉기 때문에 입천장에서 살을 떼어다 잇몸 부분에 이식 수술을 하는 것이다. 통증이 엄청나고 비용도 만만치가 않아 듣는 순간 너무도 화가 나 기절하는 줄 알았었다.

중년기 들어 나타나는 증상 중 하나가 짜증이다. 이러면 안 되지 하면서도 순간 치솟는 분노를 발산하고 만다. 짜증낸다고 상황이 바뀌는 것도 아닌데 차라리 포기하고 현실을 받아들이면 될 것을 뒤늦은 후회를 하면서 또다시 반복하고 만다.

언제부턴가 나 자신을 포기하고 산 것 같다. 칼주름이 진 맨얼굴에 헐렁한 바지에 굽 낮은 단화와 구제품 일색인 내 옷차림에 스스로 절어 있었다. 외모 가꾸기를 외면한 건 여자로서의 기능 상실과 최소한의 사랑 욕구마저 포기한 것과 같다.

중성화되어 버린 의식은 이성(異姓)에조차 아무런 반응을 나타내지 않는다. 가끔 밤잠을 설치고 느닷없이 우울증이 찾아오는 걸 보면 갱년기 증후군이 확실한 것 같다. 내가 자꾸만 같다라는 표현을 쓰는 데는 다 이유가 있다.

스스로 인정하기가 싫은 것이다. 내가 중년기 아니 갱년기라는 사실을. 남들은 중년기에 이르러 명예욕이 급상승하고 그에 따라 마지막 노욕이 극성을 부린다는 데 나는 정반대다. 무기력증과 자포자기가 내 전신을 휘감고 자괴감에 빠지게 하고 있다.

첫 번째 증상이 무관심이다. 가족에 대해서도 나 자신마저도 전혀 돌볼 생각을 않고 죽은 듯이 누워 잠만 자는 것이다.

어릴 때부터 나는 낮잠 자는 것을 극도로 혐오했었다. 금보다 귀하다는 시간을 잠으로 허비한다는 건 수치와 모욕과도 같다.

스스로에게 찬물을 끼얹고 도태를 자초하는 가장 어리석은 짓이다. 그렇게 아끼고 소중히 여기던 시간을 나는 중년기에 들어 아낌없이 소비하고 있는 것이다. 마치 죽음을 앞당기기라도 하듯.

날씨가 추워지자 내 의식은 더욱 나태해졌다. 아침이면 이불 속에서 꼼짝 않고 누워 TV에 시선을 꽂는다. 드라마와 휴먼 이야기, 뉴스가 차례로 끝나고 나면 배에서 꼬르륵 소리가 난다. 간신히 이불을 들추고 일어나 주방으로 간다. 가스 불을 켜고 주전자를 올려놓는다.

냉장고를 열어 보지만 먹을 만한 게 안 보인다. 달걀 몇 개를 주전자에 넣고 끓인다. 돌아서며 컴퓨터에 시선을 꽂는다. 인터넷은 마음을 우울하게 하는 촉진제와 같다. 인간 악의 각종 해악상이 실시간 별로 떠오른다.

최소한의 예의도 갖추지 않고 악에 편승한 기사가 수없이 출몰한다. 인격모독, 아니 인격살인이 가장 첨예하게 이루어지는 곳이 인터넷이 아닐까. 이제 인터넷은 정보망의 1순위라기보다 악의 온상지가 되어버린 지 오래다.

정체불명의 온갖 기삿거리가 오염되고 타락한 의식을 부추기고 급기야 이념마저 혼탁하게 변질시키고 말았다. 그 한 예로 동심이 가장 먼저 물들어버린 것이다. 폭력과 게임, 인격살인과 혼탁한 가치관으로.

이제 동영상의 해악상은 남녀노유를 막론하고 더 빠른 속도로 번져가고 있다. 스마트폰의 출현은 인간관계를 단절시키는 단골 메뉴로 떠오르고 있다. 모든 게 스마트폰으로 통한다는 말은 중독증세라는 말과도 일맥상통한다.

어린아이들도 스마트폰 중독이 되어 엄마 아빠보다 스마트폰을 먼저 찾는다.

이제 인터넷의 보급은 동영상과 함께 스마트폰의 등장으로 새로운 양상으로 나타나고 있다. 가치관의 몰락과 여러 가지 중독 증상으로 최첨단 악마 노릇하고 있는 것이다. 무제한의 정보 유출은 물론이고 양심 기능마저 망가뜨리고 악을 부추기는 결과가 되고 있다.

인터넷을 보면 순간적으로 악에 편승하는 기분이 들어 우울이 빠르게 마음을 강타한다. 인터넷에 떠오른 기사를 보면 마음속에 한 문장이 떠오른다.

'악은 빠르고 집요하다.'

악은 강하고 잔인하고 포기할 줄 모른다. 컴퓨터의 보급이 치매를 앞당겼다는 말이 어제 오늘의 일이 아니다. 간단한 수치 계산도 약속장소 날짜조차 핸드폰 기능이 알아서 척척 해주니까 외울 필요가 없는 것이다.

대중의 우상으로 떠오른 연예인에 대한 기사가 맨 머리기사를 장식하고 있다. 가수와 탤런트와의 연애기사다. 시대의 얼짱 몸짱의 대명사로 통하는 사람들이다. 섹스어필을 무기로 화면을 달구는 가수들은 감정도 기획사에 맡겨야 하나.

소속사들은 연애 기사를 놓고도 공방을 벌인다. 이상하게 그런 기사를 대할 때면 몸에서 기운이 스르르 빠져나가는 기분이 든다. 정신이 몽롱해졌다가 감각마저 흐릿해진다.

컴퓨터를 끄고 돌아서는 순간 열기가 등에서 머리 위쪽으로 치닫는다. 정수리 부근이 뜨거워지면서 정신이 혼미해진다. 근래 들어 이런 증상이 심화된 것 같다. 처음엔 화병의 일종인 줄 알았다. 울화가 치밀어 심장이 뜨거워지면서 나타나는 증상인 줄 알았는데 시간이 가도 회복될 기미가 보이지 않자 나중에야 알았다.

갱년기 증후군이라는 사실을. 열기는 여름 겨울 가리지 않고 찾아왔다. 몸속에다 난로를 들여다 놓은 것 같았다. 불덩어리를 껴안고 살다 보니 시도 때도 없이 짜증이 났다. 가장 힘든 건 정신이 혼미해지면서 분별력이 떨어지는 것이다.

생리가 끊기면서 복부비만 증상도 찾아왔다. 다른 표현으로 운동부족이 복부비만으로 나타난 것인데 옷을 입고서 거울 앞에 서면 그렇게 비참할 수가 없다. 통나무 드럼통 더 나아가 코끼리 같다. 몸이 비둔해지니까 새 옷을 자꾸 사야 하고 그것도 해가 바뀌면 또다시 새 옷을 사야 한다. 자꾸 몸집이 불기 때문이다.

이젠 어쩔 수 없어, '세월 이기는 장사 없다잖아.' 하고 스스로 위로해 봤자였다.

살찌는 거야 그렇다 쳐도 노쇠 현상은 슬픈 서곡이었다. 맨 처음 나타나는 증상이 기억력의 감퇴였다. 다른 건 몰라도 기억력 하나만큼은 자신 있었는데 근래 들어 돌아서면 깜빡 깜빡하고 자주 잊는다.

누군가 이야기를 하다가도 방금 무슨 이야기를 했는지 생각 안 날 때가 많다. 친구들도 마찬가지였다. 한번은 친구와 함께 길을 걸어갈 때였다. 친구가 주머니를 뒤적거리더니 핸드폰이 안 보인다 했다.

집으로 들어가 잠시 뒤에 나왔는데 인터넷 전화기였다. 친구는 아무래도 치매증상 같다며 한숨을 내리쉬었다. 또 다른 친구는 한동안 저혈압으로 고생했는데 갑자기 고혈압이 됐다며 의심병의 수위를 높였다.

친정어머니에게 나타났던 고혈압 증상이 자신에게 찾아온 건 아닌가 해서였다. 그녀 말고도 고혈압과 당뇨병 합병증에 시달리는 친구는 여럿 있다. 암으로 극한 고통에 헤매는 경우도 많다. 가장 끔찍한 건 노후대책이 전무한 것이다.

젊어서 자식에 올인한 결과 노후대책을 전혀 하지 않은 베이비붐 세대의 끝 간 몰락이다. 친구들은 만나기만 하면 자식 걱정 노후 걱정까지 거기에 병고까지 하나같이 죄수 같은 표정이다.

한동안은 세 집 건너 암환자라더니 요즘은 중국에서 불러오는 초미세먼지까지 환경이 가져다주는 재앙으로 폭탄을 껴안고 사는 기분이다. 의료기술의 발전보다 병은 더 먼저 알고 최첨단 장비를 가지고 찾아온다.

그중에 가장 빠른 진화는 스트레스라는 불명예다. 인간관계의 악재로 들이닥친 스트레스는 만병의 원인으로 자리 잡은 지 오래다. 스트레스가 쌓이면 사람들은 누군가를 향해 욕을 해대거나 속을 끓인다.

속을 끓인다는 건 누군가를 미워한다는 것이고 그것은 곧 마음의 파멸을 의미한다. 누군가 말했다. 남을 미워하는 건 독약은 내가 먹고 상대가 죽기를 바라는 것이라고. 미움은 반드시 저주를 동반하는데 그 저주가 바로 자기를 향해 내리꽂히는 것이다.

그래서 심리학이나 종교에서 용서를 강요하는지도 모른다. 미움은 몸속에서 아드레날린을 증가시켜 각종 폐해를 일으킨다니 그것만큼 원흉도 없으리라.

상대방을 향해 독기어린 말로 상처 주는 인간이 있다 치자, 그래서 많은 사람들이 그를 미워한다 치자. 그렇다고 그 사람이 잘못될 가능성은 거의 없다. 몇 년 전에도 그랬다. 내 가슴속에 불덩어리를 집어넣은 그 인간은 소문난 인간악마였다.

그는 자기가 가진 지위를 이용하여 수많은 사람들에게 불이익과 상처를 주었는데 그러함에도 그에겐 아무런 변화가 나타나지 않았다. 악인에게도 힘과 능력이 있었기 때문이다.

사람들은 그를 미워하면서도 그에게 다가가기를 주저하지 않았다. 속으로는 미워하면서 겉으로는 그에게 칭찬과 아부를 아끼지 않았다. 이용가치가 있기 때문이다. 사람들은 그에게 사탕발림 같은 말을 늘어놓다가도 돌아서면 끝없는 악담을 퍼부었다.

그렇게 이용해 먹다가 시효가 끝나면 언제든지 돌아설 작정이다. 그 점 또한 악마도 알고 있었기에 쉽사리 그들의 계획에 놀아나지 않았다. 악마를 이용해 지위를 얻으려는 자나 악마나 모두에게는 치밀한 계산이 있었다.

더구나 악마는 용인술에는 자타가 공인할 만큼 정평이 나 있었다. 그가 남들이 부러워하는 그런 위치에 도달한 것은 나름대로의 노하우가 있었던 것인데 그것을 쉽사리 남에게 알려줄 리가 있겠는가.

결국 사람들은 그에게 다가갔다가 실컷 이용만 당하고 쓰라린 상처만 입고 돌아섰다. 늙은 악마는 그 방면에 있어 선수였다. 상처받은 사람들은 돌아서면 악마의 뒷담화하기에 바빴다. 별별 욕을 다 끌어다 대고 저주의 함성을 밤마다 쏟아댔다.

그래도 악마는 여전히 번성했다.

교만은 패망의 선봉이며 뿌린 대로 거둔다는 만고불변의 법칙도 그에게는 통하지 않았다. 한번쯤 올 법한 불행도 비껴갔다. 매번 그랬다. 그렇다고 악마가 마냥 편안한 것도 아니었다. 그에게는 남모를 고민이 있었는데 바로 불면증이었다. 그

는, 가해자가 들었으면 회심의 미소를 지었을 그 엄청난 비밀을 어느 날 내 귓가에 말해주고는 여행을 떠나버렸다. 여행을 간다고 사라질 불면증이라면 벌써 사라졌겠다.

나는 속으로 비웃었다. 가해자들이 모이기만 하면 떠들어대는 악담에 내가 편승한 것은 7,8년 전의 일이다. 그 악마가 상처 준 사람들이 얼마나 많은지 가해자 그룹이 따로 결성될 정도였다. 그렇다고 그들이 모여서 작당을 하거나 힘을 모아 한꺼번에 덤비자는 취지는 아니었다.

그들은 다만 소심한 피해자로서 입담이나 까자는 것이었다. 하긴 한꺼번에 달려들어 봐야 악마를 이길 방법은 전혀 없었으니까. 오히려 해코지나 당하고 말지. 그러니까 그때가 여의도에 벚꽃이 지고 나서 부활절도 지났을 무렵이었다.

어느 날 악마가 내게 전화를 걸어왔다. 치밀하고도 계획적인 은밀한 유혹의 말로, 거부할 수 없을 정도로 달콤한 제의를 달고서. 왜 사람들이 그에게 그렇게 빨려 들어가는지 그 엄청난 카리스마의 마력을 떨쳐버리지 못하는지 알 것 같았다.

단언컨대 나는 그에게 어떤 부탁도 하지 않았고 털끝만한 욕심도 없었다. 그런데 그에게 제의를 받는 순간 내재돼 있던 욕심이 확 불거져 나오는 걸 느꼈다. 그런 걸 두고 이심전심이라고 하던가.

나만큼은 특별한 줄 알았는데 왜 그랬을까. 아! 그건 순전히 나의 착각이었고 교만이었다. 지나치게 자신을 과신한 결과였다. 악마가 건네주는 달콤한 술잔을 받기 전 난 왜 진즉 그에 대해 알아보려 하지 않았을까.

마음만 먹었다면 얼마든지 알 수 있었을 텐데. 어떤 단체든 그곳에는 수뇌부가 있기 마련이고 그들에겐 항상 평판이 따라다닌다. 평판은 결코 무시할 수 없는 잣대가 되며 관건이 되기도 한다.

여러 경로를 거치지 않더라도 얼마든지 알아보고 나서 결정해도 늦지 않았을 것을. 그러나 속셈은 딴 데 있었다. 두려웠던 것이다. 혹시나 내 오래된 꿈이 무너지지 않을까. 기회를 놓치는 건 아닐까.

그보다 내게도 그를 통해 얻게 될 이익이 있지 않을까 서둘러 결정했다. 순간의 결정이 얼마나 큰 파급효과를 가져오는지 누구보다 잘 아는 나였다. 좀 더 솔직히 말하자면 욕심이었던 것 같다.

한 계단 한 계단 오르는 게 지겨워 한꺼번에 뛰어 올라 보겠다는 요행 심리? 에스컬레이터를 타고 급상승 해보겠다는 무리수를 두고 싶었던 게 틀림없다. 그러게 그 모험 같은 제의를 덜컥 받아들이고 만 것이다.

그깟 명예가 뭐라고. 기득권층에 빌붙어 잠시의 안락(安樂)을 누리려 했을까. 정신을 차리고 났을 때 심한 모욕감을 뒤집어쓰고 났을 때였다. 어디에다 두고 하소연할 데도 없었다. 너무나 빤한 속임수였고 말도 안 되는 제의였기 때문이다.

그 제의를 받아들인 내게 더 큰 문제가 있었음을 자타가 공인할 지경이었다. 어쨌든 게임은 끝났고 돈은 날아가 버리고 난 뒤였다. 일단 인정하고 나니 차라리 홀가분했다.

까짓 돈 몇 푼 날린 거야 벌어서 만회하면 되고 그런데 마음의 상처는 간단한 문제가 아니었다. 분노가 시간이 갈수록 내 안에서 끓어오르는데 도무지 정신을 차릴 수가 없었다. 악마와 나 자신에 대한 분노가 밤낮없이 심장을 태우는 것이다.

사람을 미워한다는 게 얼마나 큰 고통인지 끔찍한 파멸인지 당해 보지 않은 사람은 모른다. 미움은 한마디로 거대한 집착이었다. 나와 원수의 마음을 강한 동아줄로 묶고 학대하고 고문하는 악마의 장난질이었다.

악마의 장난질에 마음을 맡겨 놓은 것도 나였다. 처음부터 안 맡겼어야 하는데 뒤늦게 후회해도 때는 이미 늦어 있었다. 나는 무엇보다도 그런 인간에게 놀아난 내 자신이 너무 한심스러워 죽을 지경이었다.

그런 인간에게 잠시 기대했던 내 얄팍한 이기심이 너무 가증스러워 정신 차릴 수가 없었다. 혼란스럽다 못해 뒤로 자빠질 지경이었다. 날이 갈수록 얼굴이 연탄재 뒤집어 쓴 것처럼 검게 변해 갔다. 누군가 내게 다가와 말했다.

그 다음 순서는 위궤양과 불면증이라고. 하긴 그 인간도 악마이긴 마찬가지였다. 그렇지 않아도 불구덩이인 내 가슴속에 불을 쏟아놓긴 매 한가지였으니까.

나는 가만히 앉아 있으면 속에서 천불이 끓어오르는 것 같아 하루도 빠짐없이 나가 돌아다녔다. 한 겨울 얼음이 꽁꽁 얼고 삭

풍이 귀를 떼는 것처럼 추워도 매일같이 나가 돌아다녔다. 다행히 위궤양이나 불면증은 찾아오지 않았다.

여행을 떠나면 원 없이 식탐을 부렸고 집에 돌아오면 너무 피곤해 금세 잠에 골아 떨어졌기 때문이다. 그러고 보면 내게 위궤양과 불면증이 찾아올 거라고 말해준 사람은 분명이 악마일 터였다. 남의 불행을 미리 간구하거나 사주한 거나 마찬가지였으니까. 세상에는 눈에 보이지 않아서 그렇지 너무도 악마가 편재해 있는 것 같다. 내가 너무도 상심해 상처받은 이야기를 하면 상대는 보일 듯 말 듯 야릇한 미소를 지으며 말했다.

"그러니까 니가 당했지."

그러면 나는 속으로 말했다.

이 악마 같은 인간아 너도 똑같이 한번 당해 보렴, 아니 죽을 때까지 당하면서 살아라.

악마는 아니 원수는 아무 때나 툭하면 나타나 내 속을 뒤집어 놓고 떠났다. 세상은 언제나 강자의 몫이었고 약자는 항상 피해자였다. 그런데 우스운 건 강자나 약자나 악은 공통으로 마음속에 숨어 있다는 사실이었다.

악은 악을 부르고 평안이라는 단어를 내게서 빼앗아 가버렸다. 내가 누군가에게 상처를 말할라 치면 어김없이 악마가 먼저 찾아와 상대의 마음을 제압해 버린다. 그러면 상대 역시 악마로 변해 상처 위에 기름을 끼얹고 가스 불을 켜대는 것이다.

나는 이 모든 일 뒤에 보이지 않는 어떤 강력한 힘이 존재한다고 믿었다. 그래서 그 존재에 대해 나름대로 최선을 다하기로 작심했다. 그러면 혹 내 환경이 달라지지 않을까 해서였다. 남들보다 조금 선하게 살면 내게도 행운이란 게 찾아오지 않을까. 하늘은 스스로 돕는 자를 돕는다고 하지 않던가. 그래서 주변에 어려움 당한 사람들이 있으면 가까이 다가가 힘껏 도와주었다.

어떤 보상이나 대가를 바란 건 아니었다. 내 마음 편해보자고 잠시나마 미움과 분노에서 벗어나는 길이 될 수도 있지 않을까 하는 계산에서였다. 사람들은 대부분 도움을 받고 나면 고맙다는 인사도 없이 사라졌다.

도움을 요청할 때는 간이라도 빼줄 것처럼 하다가 일단 도움을 받고나면 뒤도 안 돌아보고 사라졌다. 한번은 나보다 훨씬 처지가 나쁜 사람이 나타나 도움을 요청하기에 도와주었더니 나중에 내 뒤통수에 대고 욕을 해대는 것이었다.

불쌍한 사람 도와주고 나서 보기 좋게 당한 건 그뿐만이 아니었다. 위기에서 건져주고 나니까 갑자기 내게 덤터기를 뒤집어씌운 인간도 있었다. 물에 빠진 사람 건져 주었더니 보따리 내놓으라고 하더라. 꼭 그 형국이었다.

세상에 인과응보의 법칙이 존재한다고? 누가 그런 말을 했던가. 새빨간 거짓말이었다. 차라리 짐승은 은혜를 안다고 하지 않던가. 그런데 사람이야말로 은혜를 원수로 갚는 것이었다. 한 때는 선과 의로 심으면 언젠가는 좋은 열매가 있으리라 생각한 적도 있었다.

그래서 나름대로 구제헌금도 많이 했다. 그런데 어느 날 보니까 그 구제기관 직원이 기금의 일부를 빼돌렸다는 기사가 뉴스에 나오는 게 아닌가. 그 다음부터는 기부금 내는 것에 대해 일절 외면하고 살았다. 지인(知人)이 다가와 온갖 하소연을 하며 도와 달라 요청할 때도 마찬가지였다. 공연히 도와주었다가 해코지 당할까 두려워서였다.

세상은 온통 이기주의 냉소주의로 무장한 후안무치들로만 가득한 것 같다. 그리고 나도 어느덧 그런 분위기에 편승해 날로 마음속에 독기와 냉기만 쌓여갔다. 누군가 툭 건드리기만 해도 악이 내 안에서 동이로 쏟아질 것 같다.

도저히 제정신을 가지고 살아갈 수가 없어 직장마저 내팽개치고 말았다. 그리고 매일같이 돌아다니던 걸 범위를 넓혀 여행길에 올랐다. 떠남의 이유는 정신적 해방이었다. 아는 얼굴 대하는 고통에서 벗어나자 살 것 같았다.

다행히 내 예금통장은 약간의 여축분이 있었다. 한번 악마에게 당하고 나자 돈 관리를 철저히 해 손실을 미연에 방지했기 때문이다. 사람에 대해 경계수위도 높였다. 이제부턴 그 어느 누구에게도 도움 따윈 베풀지 않고 살리라.

대인기피증으로 온 몸과 마음이 꽁꽁 묶여 있는 채로 나는 고속버스에 올랐다. 배낭을 가슴에 움켜쥔 채 버스에 오르자 열기가 확 끼쳐져 왔다. 바깥 풍경을 보니 겨울이었다. 사람들이 등산복 차림으로 고속버스에 오르는 모습이 보였다.

그들 뒤로 자유 방종 이기심 냉소주의도 따라 올랐다. 소통 부재로 삶을 도적당한 것 같은 나도 그들 속에 섞여 있었다. 생각해 보면 여행만큼 큰마음의 호사도 없다. 갑자기 부자가 된 것 같았다. 마음이 여유로워지면서 한결 편안해졌다.

어디서 났는지 모르겠지만 배짱도 올라왔다. 내공이란 단어도 생각났다.

버스가 터미널을 빠져나가자 갑자기 인생이란 단어가 머릿속에 떠올랐다. 그런데 차창 밖을 보니 시야가 뿌옇게 보였다. 뿌연 초미세먼지가 건물 중앙을 구름처럼 가리고 있었다. 아참, 그렇지 오늘 미세먼지 경계주의보가 내렸지.

그것도 모르고 여행길에 오르다니, 이렇게 무계획적이고 멍청할 수가. 하긴 나는 평소에도 즉흥적이고 흥분하길 잘했다. 남편이 내게 툭하면 하던 말이 떠올랐다.

"좀 더 신중할 수는 없는 거야? 당신은 어째 매사에 즉흥적이야."

그는 생전에 남들이 부러워할 만큼 외조 잘하는 남편이었다. 내가 소설 쓰는 문제를 놓고 고민할 때면 항상 옆에서 조언을 아끼지 않았다. 힘든 나머지 내가 포기할라치면 든든한 지원군이 되어 격려해 주었다. 내게 대학원 진학을 권면한 것도 그였다.

하나밖에 없는 아들 미국 유학 보내고 나서 두문불출 하며 숨죽여 울던 사람도 그였다.

그에겐 많은 장점이 있었는데 그 중의 하나가 절망과 혼돈 속에 있는 사람에게 다가가 조언과 산 소망을 불어넣는 것이었다. 그가 해마다 빼놓지 않고 하는 것이 있었는데 그건 재난을 만난 사람들에게 다가가 봉사활동을 펼치는 것이었다.

몇 년 전에는 아이티와 아프리카에 가서 봉사활동을 했었다. 그는 갈 때마다 동역자들을 구하러 다녔는데 그때마다 생활비의 절반 이상이 뭉텅이로 들어가곤 했다. 봉사하러 갔다가 풍토병을 만나 죽을 위기를 여러 번 겪기도 했다.

아무리 뜯어 말려도 소용없었다. 그러다 작년 사업장 문을 닫은 후 마지막이라며 떠난 봉사 현장에서 영영 돌아오지 못할 길로 떠나고 말았다. 그는 선행을 하거나 봉사활동을 떠날 때면 남모르게 했기에 주변 사람들조차 모르고 있었다.

그런데도 어떻게 알았는지 그의 죽음이 신문 맨 하단에 몇 줄로 소개되기도 했다. 그럼에도 그의 죽음을 단지 사고사나 단순한 과로사로 아는 지인들도 많았다. 그것이 세상인심이었다.

요즘은 인터넷 댓글이란 게 있어서 재앙과 고난당한 사람들에게 악성 루머와 욕설을 해대는 인간들도 있다.

그런 거에 비하면 그의 죽음은 살신성인과 마찬가지로 조용한 편이었다. 남편이 떠나고 나자 난 극단의 허무와 우울증에 사로잡혔다. 삶과 죽음 사이에 갇혀 신음하는 불쌍한 어린양 같은 신세 같았다.

어느 날인가부터 나는 매일같이 여행길에 올랐는데 핑계는 소설 구상이었다. 아들은 미국에서 학위를 따자마자 그곳에 주저앉았다. 교포 2세 처녀와 눈 맞아 결혼했는데 처가가 굉장한 부자라 했다.

아빠가 없는 고국에는 죽어도 돌아오고 싶지 않다 했다.

한겨울 날 여행길에 올랐는데 차창 밖으로 미세먼지가 날리더니 눈발이 흩날리기 시작했다. 순식간에 들판과 산야가 하얗게 변해 갔다. 강물과 비닐하우스 위에도 눈이 덮이더니 어느새 내 마음도 하얗게 변해 가는 것 같았다.

잠깐 잠이 들었나 보다. 뒷자리에서 도란도란 이야기하는 소리가 들렸다. 목소리로 보아 중년부부 같았다.

"지난달 우리 동기 하나가 별로 높지도 않은 산인데 등반하다가 죽었다는 게야, 여럿이서 힘차게 정상까지 올라간 것까진 좋았는데 그만 하산 길에 심장마비로 갔다는 거야."

"저런 건강도 좋지만 무리를 한 거로군요, 3과를 피하라는 말이 있는데요, 과로 과식 과속이래요, 성령의 9가지 열매 중 절제가 왜 맨 나중에 있는 줄 아세요?"

"글쎄."

"앞의 8가지를 다 잘했더라도 절제를 하지 못하면 다 소용없기 때문이래요, 어쨌거나 그 분도 참 안 됐네요, 가족만 불쌍하게 됐네요."

"그러게, 우리 동기들이 새로운 산악회를 만들었는데 산 중턱까지만 갔다 오는 거야, 괜찮지? 욕심 부리지 않고 적당히 운동도 되고."

"그러게요, 경치 좋은 산에 가서 맑은 공기도 쏘이고 마음도 비우고 체력도 단련하고 일석삼조네요."

"이상한 게 사람이 늙을수록 욕심이 상승한다는 거야, 욕심을 부리다 보면 한도 끝도 없고 과유불급이라고 올라갈수록 내려올 일만 생긴다는 걸 모르는 모양이야."

"전 지금 이 시대 우리나라에 태어난 걸 너무 감사하게 생각해요. 제가 어렸을 때만 해도 얼마나 살기가 힘들었나요? 100년 전에만 태어났어도 남존여비 사상 때문에 학교 문턱도 못 밟아 봤을지도 모르잖아요. 그렇지만 잠시 눈을 돌려보면 지금 이 순간에도 지구상 어딘가에서는 먹을 양식이 없어 처참한 고통에 시달리는 사람들이 얼마나 많은가요. 여자라는 이유 하나만으로 온갖 악습에 시달리는 나라도 많대요."

"아시아 어느 나라에서는 아직도 사라지지 않는 악습이 있는데 남편이 죽어 화장할 때 살아 있는 부인도 함께 화장한다는 거야, 죽으면 여신이 된다는 명목 하에 환각제를 먹여 산 채로 불에 태워 죽이는데 무려 10시간 동안이나 고통을 당하며 죽는다는 거야. 더 기가 막힌 건 일 년에 2,500명이나 되는 어린 소녀를 인신제사로 드리는 거야, 그것도 산 채로. 아직도 이 지구상에서 그런 끔찍한 범죄가 벌어진다니 도저히 상식적으로 이해가 안 돼."

"북쪽에 있는 어떤 국가에서는 아이가 태어나면 3,000달러를 준대요, 우스운 건 대통령이 마피아 출신이래요. 그런데 기가 막힌 건 그 3,000달러라는 지원이 끊기면 아이를 갖다 버린다는 거예요, 그런가 하면 어떤 국가는 남편이 아내에게 너랑 이혼이야 라는 말을 세 번만 하면 자동적으로 이혼이 성립된다는군요."

"그러면 아내는 어떻게 되는 거지? 아이들은?"

"이혼과 동시에 아내는 맨몸으로 쫓겨난대요, 물론 아이들은 이혼과 함께 남편 소유가 되고요."

"세상에 아직도 그런 나라가 있다니, 그러고 보면 우리나라 참 살기 좋은 나라야, 옛날에 비하면 우리나라도 여권신장이 많이 된 셈이지, 오히려 남자들이 버림받는 세태라는 말도 있어."

"외국에 나가 보면 우리나라만큼 살기 좋은 나라가 없다잖아요, 너무 잘 살아서 다이어트니 명품이니 하는 걸 보면 참 씁쓸해요, 한쪽에선 굶어 죽는다고 난리이고 한쪽에선 살찔까 봐 일부러 굶고, 하긴 요즘 젊은이들은 취직 못해 안달이긴 하지만요."

"세상이 아무리 악해도 망하지 않는 건 보이지 않는 의의 용사들이 있기 때문이라고 생각해, 엘리야 당시 모두가 바알에게 무릎 꿇었다고 생각했지만 칠천 명이라는 숨은 의인이 남아 있었던 것처럼 지금도 소수의 강한 힘이 세상을 움직이고 있어, 악은 강해 보이지만 결코 선을 이길 수는 없어, 왜냐하면 신은 그들 편이니까."

"동유럽에 가면 집시 족들이 있는데 가슴 아픈 이야기들이 많아요, 어린 집시 아이들은 평생 양말을 한 번도 신어보지 못한 채 죽는 아이들도 많대요, 어린 집시 소녀들은 열한 살이나 열두 살이면 아이 엄마가 된대요, 대부분 근친상간으로 태어나는데 불쌍해서……. 그런데 감사한 건 그런 아이들을 위해 복음과 빵을 전하는 분들이 계신다는 사실이에요. 그분들은 이 시대 마지막 희망의 보루일 거예요."

저들은 필시 자기들을 의의 용사로 착각하는 건 아닐까?

남들은 죄악시하면서 자신들만큼은 선과 정의의 화신으로 여기는……. 그렇다면 저들이야말로 위선자일 것이다. 악마도 평상시에 저들처럼 말하는 걸 좋아했었다.

자신을 항상 정당하게 포장하면서 성공한 선인인 양 의인인 양 행세하는 걸 주저하지 않았다. 악마의 화법은 교묘했고 그에 넘어가지 않는 사람은 거의 없었다. 나는 악마에게 당한 이후부터 어떤 사람에게 무슨 말을 들어도 불신부터 앞세웠다.

말을 액면 그대로 믿었다가 낭패 본 일이 한두 번이 아니었기 때문이다. 그래 어쩌면 나도 저들과 별반 다름없는 존재인지 모른다.

지난날 잠시 선행을 흉내 냈던 것도 내 의를 쌓는 수단이었는지 모른다. 어쩌면 내세의 보장을 염두에 두었던 것도 같다. 그렇게 아성을 높이 쌓다 보니 어느새 교만이 나를 눈멀게 하고 있었다. 그런데 왜 하필이면 즐거워야 할 여행길에서 저들의 이야기를 듣게 된 걸까. 갑자기 머리가 실타래 엉킨 것처럼 복잡해지기 시작했다.

문득 창밖을 보니 주먹만 한 눈송이가 덩이로 쏟아지고 있었다. 차량이 거북이걸음을 하며 자꾸 뒤쳐지고 있었다. 그때였다. 사고가 났는지 119 구급대와 앰뷸런스가 눈을 뒤집어 쓴 채 고속도로 갓길에 정차된 모습이 보였다.

잠시 후 들것을 들고 앰뷸런스에 오르는 대원들이 보였다. 이 눈 폭탄을 맞고 사고를 만났으니 운이 없어도 엄청 없는 사람이었다.

"저 눈을 그냥 맞으면 안 되는데, 초미세먼지가 섞여 병 폭탄을 그대로 맞는 거나 마찬가진데."

나는 혼잣말로 지껄이며 여전히 그쪽을 주시했다. 자세히 보니 쏟아지는 눈발 속에 사고 승용차가 보였다. 검정색 에쿠스였다. 사람들이 자동차에서 내려 스마트폰으로 연신 사진을 찍어대고 있었다. 자기들 일 아니라고 너무들 하는구나.

속으로 탄식하며 자동차 넘버를 보는데 느낌이 이상했다. 아무래도 차량 번호가 눈에 익었다. 차량 번호는 아직도 임시 번호판을 달고 있었는데 에쿠스 자동차와 일치하면서 뭔가 떠오를 듯 떠오를 듯하다 사라졌다. 저 자동차 번호판을 어디서 봤더라.

기억이 미로를 헤매는데 뒷좌석에서 또다시 말소리가 들려왔다.

"사람이 의롭고 선하다고 해서 겸손한 건 아니야, 진짜 겸손은 자기를 낮추고 남을 인정하는 거야. 남을 판단하는 건 결코 겸손이 아니야."

"그게 어디 말처럼 쉽나요?"

그들의 대화를 듣는 순간 속에서 심한 욕지기가 났다. 방금 그들이 한 말이 화살처럼 가슴에 와 박히면서 심한 통증이 느껴졌다. 짜증이 울컥 솟았다. 당장 일어서서 폭포수같이 말 따발총을 쏘아주고 싶었다.

시끄럽다고 이젠 그만하라고. 그런데도 그들은 계속 말을 이어 갔다.

"사람을 미워하는 건 길을 잃고 어둠 속을 헤매는 것과 같다는 군요, 미움은 마음속에서 지혜를 빼앗고 아둔하게 하는 촉매제와 같대요."

점점 내 인내심이 한계를 드러내고 있었다. 나는 당장이라도 자리에서 일어나 말하고 싶었다. 그래, 나 아둔한 인간이다. 어쩔래? 그러나 말은 입안에서만 감돌뿐 이내 사라지고 말았다. 악마는 항상 심리에 정통했다.

상대를 보면 무엇이 약점인지 강점은 무엇인지 정확히 파악했다. 약점을 이용할 때도 많았지만 강점이나 장점을 이용해 자기의 유익을 취하는데 선수였다.

마음이 여리고 착한 사람에게는 동정심을 유발했고 명예나 인정욕구에 환장한 사람들에겐 교묘한 방법으로 돈을 갈취했다. 마음을 빼앗고 상처를 입히고 나서는 반드시 앙갚음을 했다. 그에겐 어떤 심령술(心靈術)이 있었던 것 같다.

어느 단체 어느 기관 어느 누구에게나 평판은 반드시 따라다닌다. 평판은 움직일 수 없는 진실이자 그 사람의 이력서이다. 그런데 그 진실을 무시하는 사람들도 많다. 명예라는 욕심에 환장한 사람들이다.

그들은 결코 자신들이 명예에 미쳤다고 말하지 않는다. 자신은 정의롭고 인정받아야 할 존재라고 말할 뿐이다. 나도 그들 중의 하나였다. 남들이 다 명예에 미쳐도 나만큼은 예외라고 생각했다. 자신만만하게 말했고 그렇게 살아왔다고 믿었다.

대쪽 같진 않더라도 적어도 불의하지는 않다고 생각했다. 내 의를 쌓기 위한 명분도 있었지만 가끔 선한 일에도 동참했고 거금을 희사하기도 했다. 그런데 악마에게 잠시 정신을 빼앗기고 낭패와 개망신을 당한 이후부터 그 아성이 완전히 무너져버렸다.

나는 전혀 선인도 의인도 아니었다. 겸손은 더더욱 아니었다. 그렇다면 그동안의 나의 모습은 전부 가짜였단 말인가. 더구나 악마를 미워하고 저주까지 한 내 모습은 어디 있다 갑자기 나타난 것일까. 생각하는데 또다시 몸에서 열기가 느껴졌다.

얼굴이 벌겋게 달아오르면서 식은땀이 나기 시작됐다. 버스 안에 히터를 너무 가열시킨 걸까. 몸에서 열기가 사라지지 않자 짜증이 울컥 솟았다. 짜증이 나면 누군가를 향해 분노와 욕설이 생각난다. 이래서 인간의 본성은 악이라고 했던가.

남편이 살아있었다면 뭐라고 했을까. 결혼하여 미국에 자리 잡은 뒤부터 엄마에게 일체 무관심으로 나오는 아들에 대한 섭섭함도 가슴을 치밀고 올라왔다.

자식 키워 봤자 다 소용없지, 생각하는데 뒤에서 또 말소리가 들려왔다.

"갱년기, 갱년기 말로만 들었는데 요즘 실감하는 것 같애. 기운도 딸리고 혈압도 예전 같지 않게 자꾸 상승하는 것 같애, 당신은 괜찮아?"

"요즘 자꾸 구역질이 나고 엄청 피곤한 게 증상이 더 심해진 것 같아요, 이젠 서서히 죽음을 준비할 시기가 왔나 봐요."

"죽음은 불청객인 것만은 틀림없지만 사실 죽음만큼 공평한 것도 없는 것 같아. 누구에게나 죽음은 찾아오잖아."

죽음. 불청객. 공평.

악마를 미워할 때 가장 많이 떠올렸던 단어였다. 그보다 더 많이 떠올렸던 단어는 용서와 사랑이었다. 악을 이기는 유일한 길은 그 길밖에 없다고 해서였다. 그러나 승리보다 패배가 더 자주 나를 찾아왔었다.

잠이 들었는지 뒤에서는 더 이상 말이 들리지 않았다. 순간 이상한 적막감이 마음속에 소용돌이 쳤다.

그때 내 마음속에 떠오르는 장면이 있었다. 조금 전 고속도로상에서 일어난 교통사고였다. 눈 폭탄을 맞고 서 있는 에쿠스 자동차와 트렁크에 박힌 차량 임시 번호판이 악마의 모습과 함께 오버랩 되면서 내 가슴을 짓누르고 있었다.

그 에쿠스는 악마가 여러 사람들에게 갈취한 대가로 산 신형 자동차였다. 여행을 떠나면서 내게 자랑하며 하던 말이 떠오른다.

"잠시 이 에쿠스와 함께 여행이나 떠날까 해, 불면증이 심해져 내 정신이 아냐, 여행하면 좀 나아지려나, 아직 임시번호판이지만 잘 기억해 둬, 이거야말로 이긴 자의 몫이 아니겠어, 패자는 항상 말이 없는 법. 승자의 말은 성공담이지만 패자의 말은 변명이 될 뿐이라는 것 항상 명심해 둬."

그런데 그가 모르는 게 있었다. 죽음이라는 공평이라는 단어. 왜 그랬을까. 나는 그가 떠나던 날 그 차량번호를 내 머릿속에 똑똑하게 암기하고 있었다. 무슨 불길한 암시를 품듯. 에쿠스 자동차와 차량번호를 암기하면서 무슨 생각을 했을까.

나는 문득 스마트폰을 열었다.

오늘의 교통사고를 터치하려다 손가락이 얼어붙고 말았다. 손가락에 경직 현상이 일고 있었다. 갑자기 손가락에 쥐가 난 걸까? 순간 정신이 몽롱해지면서 몸이 천 길 낭떠러지로 굴러 떨어지는 느낌이 들었다.

커다란 블랙홀이 나를 향해 입을 벌리고 달려들었다. 한참 어둠속을 헤매고 있는데 누군가 내 몸을 흔들면서 다급하게 외치고 있었다.

"도착지에 다 왔어요, 어서 내리세요. 그만 일어나라구요."

내 어깨를 흔들어 깨우는 사람은 조금 전까지 내 뒷좌석에서 열심히 이야기하던 그들이었다. 차창 밖은 전혀 낯선 풍경을 한 폭의 수묵화처럼 담아내고 있었다. 버스가 터미널 안으로 서서히 진입을 시도하고 있었다.

나는 자리에서 일어나다 말고 짐칸에 머리를 쿵 박고 말았다. 몸이 옆으로 갸우뚱 하더니 그대로 넘어지고 말았다.

승객들이 짐을 들고 승강장으로 내려서고 있었다. 나도 어느새 그들 뒤를 따라 나서고 있었다. 여행을 마치고 돌아왔을 때 나는 아주 기분 나쁜 소식을 들었다. 그건 내 기대와는 달리 악마가 여전히 건재하다는 사실이었다. 그렇담 그날 내가 본 건 환상이었을까. 분명 에쿠스 자동차에서 앰뷸런스에 옮겨지는 시체를 보았는데.

그렇담 그것 역시 내 착시 현상이었던 걸까. 난 또다시 헤매기 시작했다. 무작정 거리를 나섰는데 초미세먼지에 겁먹은 시민들이 마스크를 한 채 종종걸음 치는 모습이 보였다. 그들은 모두 하고 싶은 말을 마스크 안에 숨긴 채 극기 훈련 중이었다.

나는 얼른 주변을 살펴본 뒤 약국으로 들어가 마스크를 샀다. 앞으론 말조심 하며 살아야지. 하마터면 악마의 죽음을 기정사실처럼 말할 뻔하지 않았던가. 가슴속에서 잠시 회개와 자성의 음성이 들려오는 듯했다.

계단을 급히 뛰어 내려가는데 무릎이 삐걱댔다. 본격적으로 갱년기 증상이 시작될 모양이었다.

(2017년 코스모스 문학)

미아리 지점에서

20여 년 전, 미아리 고개 옆 성신여대 앞이었던가.

홍난희와 그녀의 친구인 한정윤을 만난 적이 있었다.

그 둘의 나이는 26세 내 나이는 32세였던가. 하도 오래 돼서 잘 기억나지 않는다. 버스정류장에 내려서 복잡한 의류상가 골목을 한참 지나 시멘트 돌계단을 몇 번 오르고 짙은 선팅이 된 출입문을 열고 들어갔던 것 같다.

술집 같기도 하고 음식점 같기도 한 그곳에서 우리는 얼마나 수다를 떨었던가. 우리라 함은 홍난희와 한정윤 외에 그녀들이 데리고 온 남자들이었다. 말하자면 그들은 커플인 셈이었다. 나 혼자만 싱글이었다.

평상시에 얌전한 척 천사인 척하는 홍난희가 그날만큼은 예외였다. 한참 수다를 떨다가 남자가 들어오니까 갑자기 자리를 옮겨 앉는 것이었다. 바로 자기 남자 옆으로.

말로는 사귀는 중이라 했지만 표정을 보아 하니 넘지 말아야 할 선을 넘고도 남았다. 남자는 키가 크고 생김새도 괜찮은 편이었다. 검정색 티셔츠에 검정색 양복을 입었는데 인상은 썩 좋아 보이지 않았다.

지나친 자신감이랄까 아님 허풍이랄까, 과장된 몸짓이 영 눈에 거슬렸다. 게다가 눈빛을 이리저리 굴리는데 전혀 믿음이 안 가는 인상이었다. 어쨌거나 홍난희가 스스로 선택한 연인이기에 내가 가타부타할 입장이 아니었다.

홍난희의 친구인 한정윤은 몸매가 비너스 조각상 같았다. 짧은 초미니 스커트를 강조하려는 듯 다리를 꼬고 앉아 계속 담배를 피워 물었다. 그녀의 남자 역시 몸매가 날렵해 보이는데 인상은 거의 깡패나 카사노바 수준이었다.

한정윤 옆에서 계속 농담을 날리는데 말도 안 되는 해괴한 논리를 펼치며 자화자찬 하는 것이었다. 저거 사이코 아냐? 나는 속으로 반문했지만 내놓고 말할 순 없었다. 한정윤과 남자는 서로를 향해 친구 사이라며 거듭거듭 강조하고 있었다.

역시 선수다웠다. 한정윤은 술잔을 연거푸 들이켜며 홍난희에게 말했다.

"애하고 나는 정말 친구 사이라니까, 너 절대 오해하면 안 돼 알았지."

그러면서 남자의 다리에 얼굴을 파묻고는 그대로 픽 쓰러졌다. 허벅지 위로 드러난 그녀의 살결은 눈부시도록 희고 매끄러웠다.

"야! 정신 차려 벌써부터 쓰러지면 어떡해, 난 시작도 안 했는데."

남자가 곤란한 표정을 짓더니 그녀를 들쳐 업었다. 그가 일어서면서 한심한 표정으로 내게 말했다.

"이거 누님도 한참 누님인 것 같은데 초면에 실례가 많습니다. 더구나 우리는 모두 더블인데 혼자만 싱글이시고."

도대체 무슨 말을 하고 싶은 걸까. 나는 순식간에 수치심과 모멸감을 뒤집어 쓴 기분이었다. 남자는 마치 조롱하듯 말을 던지고는 출입문 쪽으로 걸어갔다.

"언니, 신경 쓰지 마, 저 사람 원래 말투가 저래."

홍난희가 제 남자의 어깨에 얼굴을 갖다 대며 말했다. 남자가 그녀의 손길을 어루만지며 가만히 웃었다. 그 이후로 무슨 말이 한참 오갔던 것 같다. 침침한 조명발에 두 남녀의 모습은 그런대로 어울려 보였다.

홍난희는 26세는 결혼 적령기라며 꼭 해를 넘기기 전에 웨딩마치를 올릴 것이라 했다. 이유는 2세를 위해서였다. 그녀는 내가 보는 앞에서도 연인에게 애정표현을 스스럼없이 했다. 마치 부럽지 않느냐는 듯, 나의 독신을 꾸짖듯 적극적으로.

그날 그들과 헤어져 돈암동 거리를 걷는데 이상하게 마음이 참담했다. 마음이 천 갈래 만 갈래로 흩어지고 있었다. 낭떠러지 밑에서 마구 허우적거리는 내 모습이 보였기 때문이다. 좀 전에 남자가 비웃듯 묻던 질문이 생각났다.

"장래 희망이 뭐세요?"

그 말에 나는 소설가라고 대답한 것 같다.

"소설가?"

남자는 노골적으로 비웃으며 말했다.

"차암, 먹고살기 힘들겠다."

그때나 지금이나 나는 왜 그리도 눈치가 없는 걸까. 때와 장소 사람을 가려가며 말을 해야 하는데 아무 때나 불쑥불쑥 생각도 없이 말을 내뱉었다. 분별력 판단력 제로였다. 돈암동 거리를 한참 헤매던 나는 일부러 미아리 고개를 넘어 걷기 시작했다. 동족 상쟁의 피어린 한숨소리가 들렸다는 고개를 술 취한 기분으로 걸었다.

술을 한잔도 마시지 않았는데 억수로 취한 기분이었다. 지금은 사라져 버린 서라벌 고등학교 앞을 지나 길음시장 골목길로 들어서는데 내부에서 폭발하는 음성이 들렸다.

"망할 자식들, 나쁜 년들."

일부러 나를 골탕 먹이려고 그 자리로 끌어들인 건 아닐까. 그 부분에 들어서자 나는 곧바로 피해의식에 휩싸였다. 그것은 나의 고질병이자 열등감의 단초였다. 길음시장은 노천 음식점마다 취객들의 고함이 질펀하게 흘러내리고 있었다.

순댓국과 돼지껍질 볶음, 어묵과 곱창 볶는 냄새가 비닐 휘장마다 퍼져 나왔다. 셔터 내리는 집이 수두룩한데도 노천 음식점은 아마도 밤을 샐 기색이었다. 언덕 너머 천주교회는 희미한 수은등을 행인들에게 비추며 사람들의 마음을 끌기 위해 애를 쓰고 있었다.

점집으로 가득한 골목 끝에는 정릉으로 가는 마지막 버스가 대기 중이었다. 고가도로 밑을 달리는 차량 소리만 요란하게 내 귓가에 들려왔다. 나는 그곳을 향해 정신없이 달려갔다.

끼이익!

맞은편에서 달려오던 승합차가 내 앞에서 급브레이크를 밟으며 멈춰 섰다.

"야! 정신 차려 죽으려고 환장을 했냐, 재수 없게 어딜 끼어 들어!"

운전자가 윈도우를 내리더니 당장이라도 때려 죽일듯한 기세로 말했다. 거리의 네온사인이 이상한 굉음과 함께 내 머리 위에 솟구치고 있었다. 그러더니 잠시 후 고요한 적요가 내 마음속으로 득달같이 밀려왔다. 아릿한 슬픔과 함께.

방구석에서 며칠을 뒹굴고 났는데 홍난희에게서 전화가 왔다.

"언니, 우리집으로 놀러와. 내가 맛있는 거 해줄게."

언젠가 그녀가 해준 떡볶이를 먹은 기억이 난다. 매콤하면서도 달콤한 맛이 아주 환상이었다. 속없는 나는 어느새 그녀가 살고 있는 단장의 미아리 고개를 넘고 있었다.

"언니, 우리 그 사람 어때? 잘 생겼지? 키도 크고 멋있지? 대학교도 나왔어."

그녀는 거듭거듭 확인하며 물었다.

"어느 대학인데?"

"네, 부산에 대학인데 경제학과 출신이에요."

"그래?"

"응, 그런데도 그 사람은 얼마나 겸손한지 몰라. 나한테 왜 대학 안 나왔냐고 한 번도 안 물어본다."

나는 그 부분에 가 속이 뒤틀렸다. 이전에 맞선을 보았던 남자가 하던 말이 떠올랐기 때문이다.

"대학만 나오면 뭐합니까? 전공을 살려서 써 먹어야죠."

제법 인물이 반듯하고 똑똑하다 싶었더니 역시나 하는 말이 똑같았다.

"언니, 내 친구 한정윤 말야, 걔네들 벌써 잤대."

"뭐? 친구 사이라며?"

"언닌 그 말을 믿어? 걔가 얼마나 날라린데 걔는 만나는 남자
마다 잔다니까."

"집에서 가만히 놔두나 보지."

"놔두지 않으면 어떡하겠어, 걔네 여동생도 언니가 그러고 다니
는 거 알고 있는데 뭐."

"그래도 얼굴도 예쁘고 몸매가 워낙 좋으니까 남자들이 많이
따르겠다. 그치?"

"처음에는 자주 만나고 그러다가 금세 떠나, 살림하고 살 여자
가 아니라는 거지."

나는 순간 한정윤의 초미니 스커트 밑으로 드러난 그 빼어난
각선미가 생각났다. 그 다리를 쓰다듬던 남자의 손길도 따라서
생각났다.

"그런데 미스 심은?"

"나 뭐?"

내 말뜻을 못 알아들었는지 홍난희는 딴 소리를 했다. 너희 둘
은 아직까지 함께 자지 않았냐는 뜻을 그녀는 전혀 눈치 못 챈
것이다. 순진하고 후덕하고 착해 빠진 홍난희는 성품에 비해 두
뇌 수준은 그리 높지 않았다.

학교를 어디까지 나왔는지 한글도 삐뚤빼뚤이었다. 물론 영어
는 한마디도 할 줄 몰랐다.

가장 기본적인 한자(漢子)도 읽을 줄도 쓸 줄도 몰랐다. 그러
나 사고(思考)능력은 나보다 월등했다. 대화에 있어서도 막힘이
없었고 심성이 워낙 착하다 보니 웬만한 일에는 화도 내지 않고
잘 넘어 갔다. 속 좁고 고집불통인 나와는 정반대였다.

그녀와 내가 만난 곳은 동대문 근처에 있는 의류매장이었다.

신설동으로 꺽어지는 길목 중간에 자리잡은 매장은 비교적 유통 인구가 많은 곳에 위치해 있었다. 당시로선 학원가와 식당가가 밀집해 있어 오가는 사람들이 아이쇼핑 겸 들러 가는 곳이었다.

매장에는 주로 여성복이 많았는데 남성복 란제리 아동복과 제화점도 어우러져 있었다. 각 코너마다 주인과 직원 한명씩 붙어서서 오가는 손님을 한명이라도 붙잡아 보려고 애를 썼다.

그러다 하루에도 몇 차례씩 싸움판이 벌어지곤 했다. 생존경쟁의 극명한 현주소가 바로 그곳이었다. 생존경쟁, 적자생존이란 단어가 하루에도 수십 번씩 내 머릿속을 휘저어 놓는……. 한때 나는 그곳을 마귀 소굴이라 부른 적도 있었다.

순간의 이익에 사활을 거는 상인들은 대부분 갖가지 사연을 안고 있었다. 여자 상인들은 남편이 실직자이거나 대부분 첩실을 보고 살았다. 요즘 세상에 첩실이라니? 하고 반문하겠지만 그건 독자들의 상상에 맡긴다. 그녀들은 보통 아내들과는 달랐다.

남편이 딴 살림을 차린 걸 아는지 모르는지 남편 자랑이 하늘을 찌를 정도로 기세가 등등했다. 철마다 보약에다 얼마나 지극정성으로 남편을 섬기는지 어이가 없을 정도였다.

"저 정도면 거의 정신병 수준 아냐? 아무래도 매장 입구에 홍살문을 달아 주어야 할 것 같아."

홍난희와 나는 걸핏하면 말했다. 뼈 빠지게 벌어봤자 남편 첩살림에 다 들어가는데도 여자들은 그저 돈에 목숨 걸었다.

남편에게 깍듯한 공대를 하고 자식들한테는 과외비에다 용돈에

다 쏟아 부으면서 정작 자신에게는 단 한 푼도 쓸 줄 몰랐다. 춘향이가 왔다 울고 갈 지경이었다. 그 주제에 입만 열면 남편 자랑을 해대는데 꼴불견도 그런 꼴불견이 없었다.

매장 입구에서 장사하는 포천댁은 싸움꾼 아니 어떨 땐 꼭 킬러 같았다. 어찌나 사나운지 길가는 사람들을 향해 호객 행위를 하다 시비가 붙지 않는 날이 하루도 없었다. 나이 서른도 안 된 여자가 어찌나 기운이 센지 하루 종일 일하고도 피곤한 기색도 없었다. 강철 심장, 철근 뼈대가 그녀의 별명이었다.

돈 욕심에 두 눈이 새파랗게 독이 올라 또 다른 별명이 독사였다. 밤늦게까지 장사하다 집에 들어가면 온갖 집안일에다 아이들 돌보는 일도 빈틈없이 했다. 그러다 잠깐 눈 붙이고 일어나 새벽 시장 보고 매장에 나오면 목숨 걸고 장사했다.

남이야 죽든 말든 자기 혼자만 장사하느라 손님을 절대 뒤로 보내지 않았다. 그건 남편 조씨도 똑같았다. 시퍼런 작두날 같은 눈빛을 굴리며 걸핏하면 욕설부터 내뱉는 조씨는 흡사 조폭 같았다. 술, 여자, 싸움질이 그의 전공과목이었다.

그는 아내에게도 말할 수 없는 욕설을 퍼붓곤 했는데 만일 그때 아내가 말대답을 한번만 하면 당장 주먹이 날아들었다. 그런 그들에게도 유일한 사랑의 대상이 있었으니 그건 다름 아닌 두 아들이었다.

그들은 8살 6살 된 두 아들에게 물고 빨고 할 만큼 애정공세를 펼치면서도 예절교육도 철저히 시켰다. 또한 자신들이 못 배운 한풀이를 하듯 엄청난 교육적 투자를 했다. 홍난희는 출입구에서 가장 먼 남성복 코너에 근무하고 있었다.

주인은 뱁새눈에 속이라곤 먼지만큼도 안 보이는 정씨였다. 국졸이 최종학력인 그는 말만 무성하고 허장성세가 심했다.

무엇이든 아는 체하기를 좋아하는 그는 상처가 많고 옹졸했다. 그는 포천댁이 손님을 앞에서 끊고 안 보내주자 스스로 매장을 떠나갔다. 원래부터 비겁하고 소심한 그는 처음부터 그녀의 적수가 못 되었다.

돈에 관한 한 인면수심인 포천댁과 조씨를 당해낼 방법이 전혀 없었던 것이다. 정씨가 매장에서 퇴장하자 홍난희도 자연스럽게 사라졌다. 그녀가 매장을 떠나기 전까지 우리는 금슬 좋은 부부처럼 다정하게 지냈다.

나는 시골 출신답게 수더분하고 인심 좋은 그녀가 마음 편하고 좋았다. 한 번도 싫은 소리를 하는 법이 없었고 아무리 화가 나도 욕설을 입에 올리는 일이 없는 그녀였다.

"언니는 대학교까지 나온 사람이 왜 이런 곳에서 장사를 해요?"

언젠가 그녀가 물었을 때 내 대답이 걸작이었다.

"전공은 이미 버렸고 복잡하거나 힘든 일은 하기 싫고 그렇다고 앉아서 굶을 수는 없고 또 돈은 필요하잖아."

"결혼하면 되잖아요."

"그게 어디 말처럼 쉬운가, 나이도 많고."

그때 내 나이 이미 서른이 넘어 있었다. 머리는 녹이 슬대로 슬어 도무지 움직여 주지 않는 고물단지 같았다. 겨우 용돈벌이나 하자고 들어선 매장에서 나는 날로 늘어가는 적자 때문에 심장이 터질 지경이었다.

장사 집어 치우고 결혼이나 할까 싶어도 그것도 마음대로 되지 않았다.

더 기가 막힌 건 가게 보증금도 다 까먹을 위기에 나는 엉뚱하게도 몽상론자가 되어 있는 것이었다. 현실이 너무 급박하다 보니 오히려 반대적 현상이 나타난 것이다. 그 사실을 어떻게 설명해야 할까.

더구나 나는 미모도 아닌 주제에 눈은 다락같이 높고 까다롭기는 타의 추종을 불허했다. 생계인 장사보다 독서에 두 눈을 혹사시켰고 현실보다는 미래에 더 마음을 빼앗겼다. 항상 현실적이지 못한 내 사고(思考)는 곳곳에서 허점을 드러냈다.

매장을 처분하고 난 후에는 영화나 비디오에 마음을 빼앗겼고 그 다음에는 여행과 쇼핑 순으로 마음과 눈을 빼앗겼다. 그것은 내 유일한 취미생활이었다. 그렇게 몽상론자가 되지 않고는 견딜 수 없는 게 당시 내가 처한 현실이었다.

어느 날 나는 기가 막힌 강의 내용을 들었다.

think=thank

live=love

생각=감사

삶=사랑

영어 스펠링을 자세히 보았을 때 단 한자만 차이가 날 뿐이다.

think=thank에서는 think의 가운데의 i가 a로 변하면서 그 의미가 달라진다.

또 live=love도 마찬가지다. live의 i가 o로 변하면서 그 의미가 달라진다.

언젠가부터 내 인생은 실패의 연속이었다. 당시에는 성공인 줄 알았는데 세월이 지나 생각해 보면 결과는 전혀 딴판이 되어 있었다. 원래 나는 경쟁의식이 강한 반면 한편으로는 독선적이면서도 소심증 환자였다. 사람들 앞에 나서는 걸 극히 꺼려하면서도 어떨 땐 인정받는 위치에 오르고 싶어 안달을 했다.

경쟁에서 이기면 승리감에 기고만장하다가도 패하면 그대로 절망과 우울증에 사로잡혔다. 그렇다고 무작정 아무하고나 경쟁하는 것은 아니었다. 나와 비슷한 상대를 골라 사소한 시소게임을 벌이다 종내는 피 터지는 경쟁 소용돌이에 휘말리는 것이다.

그렇게 해서 이기면 다행인데 문제는 졌을 경우다. 그때는 한꺼번에 어둠이 몰려오는데 걷잡을 수가 없다.

낭패감, 무능감, 열등감, 분노, 두려움, 수치심, 우울, 끝내는 자살충동까지…….

그러나 그 모든 것의 시초는 상처와 연관돼 있었다. 상처 즉 트라우마는 대부분 가정에서 시작된다. 가족은 모두 애정결핍증 환자였다. 애니어그램 성격 테스트에서 보았을 때 2번 성격에 해당한다. 이 성격은 사랑받고자 하는 욕망이 강하다. 인생 최대 목표를 사랑받고 인정받는 데 쏟는다.

사랑받기 위해 모든 것을 동원한다. 선과 정의를 표방하고 남을 도와주는 데 적극적이다. 외모를 가꾸고 인간관계에 목숨을 건다. 그러나 바라던 만큼 애정이 충족되지 않았을 때는 상황이 180도 달라진다.

자기 합리화에 능숙하고 항상 자신을 희생양으로 생각하여 자신을 우상처럼 떠받든다.

가족 간에는 늘 다툼이 끊이지 않았다. 천애고아로 자란 내 부모는 같은 고아원 출신이었다. 어릴 때부터 배고픔과 정에 굶주린 그들은 서로를 끔찍하게 아끼고 사랑하는 걸로 부부의 연을 맺었다. 살기 위해서라면 온갖 험한 일을 가리지 않았고 그래서 어느 정도 먹고 살만해졌을 때 문제가 발생했다.

서로 자신의 공로를 내세우며 사랑과 인정을 요구하는 것이었다. 아버지는 입만 열면 고생담을 늘어놓는 게 취미였다. 그러면서 모든 돈줄을 움켜쥔 채 한 푼도 내놓지 않는 것이었다. 수전노도 그런 수전노가 없었다.

오직 돈만이 인생의 전부인 듯 보였다.

"돈이 최고여, 돈 없어봐 뭘 할 것 같어, 아무것도 못혀."

그는 열만 열면 말했다.

가족들의 기본적인 생계비 외에 한 푼도 내놓지 않았다. 용돈은 구경해 본 적도 없었다. 등록금, 그것도 고지서에 나와 있는 등록금에서 단 천 원 한 장 추가하지 않고 꼭 그 금액만 주었다. 나머지 책값, 용돈, 어쩌다 들어가는 병원비도 스스로 해결해야 했다. 그러면서 항상 큰소리쳤다.

"밥 먹여 주고 잠 재워 주고 등록금 대 주었음 되었지 뭘 더 바래는 거여, 나는 한뎃잠 자고 굶기도 밥먹듯 했구먼."

그러면 내가 말했다.

"여긴 고아원이 아냐, 집 가정 홈이란 말야."

어머니는 늘 남편의 사랑에 목말라해 했다.

"허이구 고아원 있을 땐 온갖 호강 시켜줄 것처럼 그러더니 내 꼴 좀 봐, 이거이 사람 꼴인가."

"당신 꼴이 워뗘서? 밥 먹고 살믄 되었지 뭘 더 바래? 여편네

배가 불러서.”

“아! 요즘 굶고 사는 사람 있디어?”

“이만큼 사는 것도 다 내 덕인 줄 알어.”

“흥 임자 덕이라구? 그럼 난 놀고먹었남 나만큼 고생하고 산 여자 있음 나와 보라 그려.”

“고생은 무슨 그만큼도 안하는 여자도 있남.”

부부 갈등은 끝이 없었다. 그렇다고 애정 전선에 문제가 생긴 것은 아니었다. 대부분 다툼의 원인은 자기에게 관심과 사랑이 부족하다는 것이었다. 반찬 투정 옷 투정, 말투와 표정까지도 문제 삼았다. 그 밥에 그 나물이라고 자식들도 똑같았다.

어릴 때 충분한 사랑을 받지 못하고 자란 사람은 늘 사랑이 고프다. 채워도 채워도 채워지지 않는 애정의 갈증은 서로를 피곤하게 한다. 속마음은 그렇지 않은데 걸핏하면 욕설부터 튀어 나와 마음에 생채기를 낸다.

후회의 뒷 감정이 따르지만 그때는 이미 늦다. 감정 표현에 어색한 그들은 일부러 무뚝뚝하고 거친 언사를 남발한다.

자신은 사랑받고 싶어 몸부림치면서도 정작 상대에 대해 너무 무관심하다. 내 감정에 충실한 탓이다. 세상에 무관심만큼 큰 슬픔은 없다. 나는 어릴 때부터 그 슬픔의 정체를 똑똑히 체험했다. 주변 사람들은 물론 가족에게조차 무관심의 대상이라는 걸 알았을 때 낭떠러지 끝에 혼자 서 있는 느낌이었다.

어느 날 내 마음 속에 포기와 함께 이기심이 몰려왔다.

성취감, 만족감, 쾌감, 해방감, 탐심. 교만, 아집.

사랑은 무작정 얻어지는 게 아니다. 사랑은 누군가에 의해 주어지는 것이다. 상처가 깊고 오래된 사람은 남을 온전히 사랑할 수가 없다. 타인은 물론 가족과도 사랑을 주고받는데 어색하고 서툰 것이다. 사랑도 받아 본 사람만이 할 줄 안다.

사랑을 경험해 보지 못한 사람이 어떻게 남을 이해하고 사랑할 수 있단 말인가. 관심도 마찬가지다. 내가 성인이 되어 누군가를 사랑해야 한다고 믿었을 때 그때 느낀 사실이 있다.

사랑도 힘이 있어야 한다. 또한 용서는 강자만이 할 수 있다. 약자가 하는 건 용서가 아닌 가해자에게 비굴하게 꿇어 엎드리는 것이다. 미워하고 핍박하는 건 쉽다. 가르쳐 주지 않아도 미움과 질시 악감정은 수시로 표출되고 반복된다.

사람들이 그토록 원하는 사랑을 실천하기 위해선 힘과 노력 자기희생이 뒤따라야 한다. 거기에 플러스 관심과 기술이 필요하다. 유행가 가사처럼 사랑은 아무나 하는 게 아니다. 그런 면에서 볼 때 가족들은 모두 사랑의 요인이 부족했다.

서로 관심과 사랑을 요구하다 싸우고 울고 절망하고 자포자기하고, 돌아서면 서로를 부둥켜안고 울었다.

불쌍한 것 불쌍한 것 반복하며.

수십 번 수백 번의 시행착오 끝에 나는 자연스럽게 사랑 받는 걸 포기했다. 줄 사람은 생각도 않는데 혼자 열나게 사랑을 염원해봤자 아무 소용없다는 걸 깨달은 것이다. 그런데 사람들은 가족이나 주변 사람들에게 너무나 당당하게 사랑을 요구하는 것이다. 나는 그 광경이 도저히 이해가 되지 않았다.

언젠가부터 나는 자족(自足)이란 단어에 집중하기 시작했다.

처음에는 작은 것에서부터 만족이란 단어를 배웠는데 어느사이엔가 느닷없이 경쟁심이 끼어들기 시작했다. 그것을 다른 말로 표현하자면 성취감이었다. 물론 성취감은 거저 얻어지는 게 아니다. 반드시 경쟁구도를 거쳐 얻어지는 것이기 때문이다. 그러나 인생사가 어디 내 마음대로 되는 것이던가.

또 내 능력에도 한계라는 단어가 수시로 내 목줄을 죄고 늘어졌다. 실패의 연속이었다. 실패를 거듭하자 나중에는 아예 자포자기의 그늘에 푹 절어 버렸다. 그때 내가 마지막으로 선택한 건 관심사를 다른 곳으로 돌리는 것이었다.

그건 내가 어릴 때부터 꿈 꿔온 시나리오를 쓰는 것이었다. 그것을 당장 실행으로 옮기는 데 많은 어려움이 뒤따랐다. 무엇보다 돈은 가장 시급한 현실이었다. 돈이냐 시나리오냐를 두고 고민하던 나는 드디어 꿈을 선택했다.

꿈은 시기가 중요하기 때문이다. 매일 드라마에 빠지고 대사를 떠올리고 촬영할 곳을 찾아 경광 좋은 곳도 많이 다녔다. 그래서 갖가지 영상 화면을 떠올리며 시나리오를 구상하는데 까진 성공했지만 막상 컴퓨터 앞에 앉으면 한 글자도 써지지 않는 것이다.

또 전문적인 지식도 턱없이 부족했다. 요즘은 영상학과라는 새롭게 신설된 학과에서 시나리오와 영화에 대한 전문적인 공부를 한다는 것이었다. 그러니까 나처럼 주먹구구로 혼자만의 열정으로는 힘들다는 것이다.

나는 영화관을 수없이 들락거렸고 방에서는 DVD에 심취했다. 뭐 내용은 다 거기서 거기였다. 전쟁 첩보영화이거나 폭력과 섹스를 단골소재로 담은 케케묵은 것이거나 재해나 공상과학영화였다. 아무리 애를 쓰고 노력을 해도 되지 않는 일이 있다는 걸 그때 알았어야 했다. 혼자서 낑낑대고 발버둥쳐 가며 겨우 시나리오 한편 건졌는가 했는데 한결같이 수준 미달이었다.

뭐 시대에 뒤 떨어진 구태의연한 발상이라나. 영화판에도 세대 교체의 바람이 불어 앞서가는 신세대적 감각과 발상이 필요하다는 것이었다. 한계점이란 단어의 의미를 체감하면서 나는 시나리오에 대한 환상을 포기하기에 이르렀다.

포기하고 돌아서자마자 백수라는 단어가 당장에 내 의식을 점령해 버렸다. 이제부터라도 철저하게 현실을 직시하고 살자. 그러려면 무엇보다 체면이니 자존심이니 하는 것들을 포기해야 했다. 물론 말처럼 쉬운 것은 아니었다.

그러나 돈이라는 현실은 모든 걸 감내하도록 내버려 두었다. 내 자아나 의지조차도.

매장에 포천댁이 들어오기 전까지는 그런대로 장사가 되는 편이었다. 임대료 말고도 내 인건비와 잡비는 넉넉히 쓰고도 남았으니까. 통장도 쏠쏠히 채워지고 있었다. 그러나 지하상가가 들어서고 학원가가 줄어들면서 발길이 뜸해지기 시작했다.

그것도 견딜 만했다. 적자는 아니었으니까.

문제는 포천댁이 들어오고 나서부터다. 그녀는 양심도 상식도 통하지 않는 막무가내 식이었다. 오직 돈에 환장한 돈벌레에 불과했다. 제 남편과 한 통속이 되어 매장 사람들의 생계를 마구 무너뜨리고 있었다.

한두 곳 코너가 빌 때마다 그것을 인수하기 시작하더니 종내에 가서는 다 차지할 심산이었다.

인면수심. 철면피, 인간 말종 패가망신이란 단어 뒤에 인과응

보란 단어가 무시로 그녀 뒤를 따라다녔다. 사람들이 입을 타고서. 홍난희가 장사하던 남성복 코너가 문을 닫자 포천댁이 재빠르게 그곳을 인수해 버렸다. 더 그악스럽게 악착같이 장사하면서 돈을 엄청 긁어모으는가 싶던 어느 날이었다.

점심때가 지나 초저녁이 되어 가는데도 포천댁이 나타나지 않았다. 매장에서 장사를 시작한 이래 포천댁이 자리를 비운 날은 하루도 없었다. 아니 한 시간도 없었다. 그녀는 집안의 경조사는 물론 자식들 학교일에도 돈 봉투만 보낼 뿐 전혀 참석하지 않았다. 매장에서의 장사가 항상 급선무였기 때문이다.

그런데 아직까지 나타나지 않는 걸 보면 필시 무슨 사고가 났거나 드디어 몸에 무리가 와 쓰러졌거나 둘 중의 하나일 것이다. 하긴 밤낮없이 그렇게 몸을 쪼개가며 일하니 항우장사라도 견뎌낼 재간이 없을 것이다.

그녀가 매장을 비운 사이 상인들은 오랜만에 평화를 공유했다. 포천댁이 있었다면 속만 부글부글 끓이며 눈앞에서 손님을 그냥 돌려보냈을 것이다. 한편으론 평안하면서도 다른 한편으론 불안한 분위기가 매장 안에 감돌았다.

언제 그들이 나타나 평화를 깰지 모르기 때문이다. 모두 숨죽이며 기다리는데 드디어 포천댁이 나타났다. 악녀다운 눈빛 위로 안색이 해쓱했다. 거기에다 뭔지 모를 불안과 두려움도 감지됐다. 병원에 갔다가 무슨 안 좋은 소리라도 들은 모양이군……

상인들은 나름대로 짐작하며 속으로 쾌재를 불렀다. 그리고 서로 눈짓으로 독한 년, 나쁜 년. 온갖 악담을 그녀의 뒤통수에 대고 날려 보냈다. 그렇게 돈이라면 환장을 하고 남의 눈에서 피눈물 뽑더니 드디어 올 것이 왔군. 네 년이 그러고도 잘될 줄 알았더냐. 저 얼굴 위로 나타난 병색 좀 보아라. 드디어 간이 썩어 문드러진 모양이군.

얼마나 급했으면 이제야 매장에 나타났담. 앞으로도 자주 자주 자리를 비워주며 이 평화가 지속되길……

그러나 그건 그들의 공통된 바람일 뿐 현실은 아니었다. 포천댁은 그 다음날부터 더 악착같이 남편까지 끌어들여 장사에 열을 올렸던 것이다. 어찌나 욕을 하고 포악을 떠는지 손님들이 매장에 들어왔다가도 도로 나갔다.

겁에 질린 표정으로 나가면서 자꾸만 뒤를 흘끔거리는 사람도 있었다. 상인들은 또다시 그녀의 뒤통수에 대고 말했다.

"귀신은 뭘 하나 몰라, 저런 인간 말종 안 잡아가고."

정씨가 나가고 나서 얼마 안 돼 아동복 코너의 현씨도 나갔다. 현씨가 나간 건 좀 의외였다. 포천댁이 극렬하게 훼방을 해도 아동복은 품목이 다른 관계로 그런대로 장사가 잘 되는 편이었다. 마진도 좋고 무엇보다 단독 품목이었으니까.

현씨가 나간 건 남편과의 불화 때문이었다. 아내가 장사를 시작하자 다니던 직장을 그만둔 현씨 남편은 매장 뒤에 있는 사무실에서 허구헌날 화투 패 뜯는 게 일이었다.

그러다 싫증이 나면 다방에 커피 시켜 마시든가 당구장으로 몰려가 당구를 쳤다. 그도 아니면 청량리 근처에 있는 카바레에 가 한바탕 몸을 풀었다. 중간에 사우나에 들르는 건 필수였다. 그건 현씨 남편만의 일은 아니었다.

매장에서 장사하는 여자들의 남편 대부분이 그랬다. 맨 앞자리

에서 액세서리와 가방, 구두와 가짜 명품을 파는 남씨도 마찬가
지였다.

그는 미인형에다 생활력이 억척스런 아내를 만나 평생 놀고먹
는 게 그의 직업이 되어 버렸다. 아침에 도매시장에 들러 물건을
해오면 그의 아내는 뛰어난 외모와 친절한 상술로 매상고를 톡톡
히 올렸다.

하루 종일 매연과 먼지를 마셔 가면서 벌어들이는 돈은 남편의
외도와 술값으로 다 나갔다. 아내가 말품 팔아 번 돈으로 그는 매
일 보신탕과 술추렴을 했고 화투 패 뜯기고 신물이 나면 곧바로
카바레로 진출했다.

얼굴에 짜증이 잔뜩 묻은 그는 춤바람 난 여자와 함께 한바탕
무대를 돌고 나면 더할 수 없이 평안하다 했다. 그 사실을 알 만
한 사람은 다 아는데 정작 그의 아내만 몰랐다.

그것도 모자라 입만 열면 한다는 말이 "우리 아저씨는 원래 순
진해서 여자는 나밖에 모른다니까"하고 남편 자랑을 했다.

자식들은 엄마 없는 집안에서 라면 끓여 먹다 불에 데고 친구
들에게 왕따를 당하고 학원폭력에 시달리는 데도 그녀는 태평하
게 남편 사랑을 외쳤다. 그러던 어느 날 사단이 발생했다. 카바레
에서 나오던 남씨가 꽃뱀에게 물려 경찰서로 잡혀간 것이었다.
그 소식을 들은 아내는 충격으로 넘어져 병원으로 실려 갔다.

저 인물에 뭐 하러 저런 호랑말코 같은 놈을 데리고 살아? 인
물 좋겠다 생활능력 있겠다. 갖다 버리고 새 출발하지. 사람들은
그녀의 등 뒤에 대고 수없이 말총을 쏘아댔다. 그 후 몸을 추스른
그녀는 매장에 나타나 또다시 억척스럽게 장사했다. 그런데 어찌

된 일인지 남씨는 전혀 모습이 보이지 않았다.

어쩐 일일까. 부부 사이에 무슨 일이 발생한 걸까?

사람들의 궁금증이 더해가던 어느 날. 남씨 부부가 운영하던 가게는 제3자에게 넘어갔다. 포천댁이 손쓰기 전, 평소에 그 가게에 눈독들이던 사람에게 감쪽같이 넘어간 것이다. 그 가게를 인수한 사람은 다름 아닌 주인의 남동생이었다. 드디어 포천댁에게 만만치 않은 상대가 나타난 것이다.

주인의 남동생은 가게를 인수 받자마자 개업식을 성대하게 치르고 포천댁 부부에게 협조와 으름장도 놓았다. 수틀리면 포천댁 부부를 매장에서 내쫓을 기세였다. 상인들은 앞으로 벌어질 사태에 대해 회심의 미소를 지었다.

제발 원님 덕에 나팔 좀 불자. 먹고사는 건 진실로 힘들고 중대한 과제였다. 계절이 두 번 바뀐 어느 날, 남씨 부부에 관한 소식이 들려왔다. 남씨는 교통사고로 사망했고 그의 미인 아내는 매장에서 만났던 남자와 함께 일본으로 여행 갔다는 소문이었다.

믿기지 않는 그 사실을 두고 사람들은 예감이 들어맞기라도 한 듯 웃고 낄낄댔다.

어쩐지, 그러면 그렇지.

매장 중간 지점에서 여성복 캐주얼을 팔던 고향이 경상도 안동인 손 여사가 있었다. 그녀는 40대 초반이었는데 나이치고 꽤 미모였다. 교양도 있고 처녀 때는 대기업에 근무한 경력 있는 매장에선 그나마 식자(識者)층에 속했다.

친정도 경북 안동 지방에서 유명한 유지라 했다. 그런데 어찌된 영문인지 그녀의 남편은 천하에 한량도 그런 한량이 없었다.

머리는 꽤 있어 보이는데 하는 일이 여자 후리는 게 본업이고 먹고사는 일엔 영 무관심이었다. 이유는 딱 한가지였다. 아내의 능력을 믿고 또 의지하는 것이다. 그는 집안일과 돈 버는 일을 몽땅 아내에게 맡기고 오직 주색잡기에만 전념했다.

생긴 모습도 가관이었다. 배는 튀어나와 꼭 하마 같은 데다 눈빛은 색정으로 늘 이글이글 타올랐다. 어떤 여자를 만나도 첫마디가 '예뻐졌다.'였다. 속옷은 최신형만 입었고 몸매는 늙혀놓은 항아리 같은 주제에 꼭 끼는 것만 입었다.

그래야 섹시하고 어린 여자들을 꼬실 수 있다나? 여자들은 그의 눈빛만 봐도 재수 없다고 소리 지르고 도망쳤지만 그의 아내만큼은 예외였다. 손 여사는 자기 남편 외모가 영화배우 남궁원을 닮았다며 입만 열면 자랑했다.

남궁원이 들었다면 기가 막혀 쓰러질 일이었다. 특기가 주색잡기인 손 여사의 남편은 매장에서 가장 바빴고 최고 악질에 속했다. 다른 남편들은 도매시장에 가 물건이라도 떼어다주고 가는데 그는 오로지 여자 후리는 데만 관심이 있었다.

오후 늦게 자리에서 일어나면 목욕재계(沐浴齋戒)하고 나서 양복 쫙 빼어 입고 매장으로 출근했다. 아내에게서 용돈을 받아 보신탕으로 식사를 마치고 나면 다방이나 카바레로 진출했다. 그곳에서 무슨 일을 하는지 뻔할 뻔자였다.

손 여사는 장사해서 얻은 이익을 남편에게 몽땅 빼앗기고 자신은 정작 컵라면으로 때웠다. 저건 열부도 아니고 병신 머저리, 아니 현대판 노예다. 그것도 아내 노예.

나와 홍난희는 그녀를 불쌍하게 여기다 못해 나중에는 별별 욕을 다 했다. 저 여자를 위해서라도 이 매장 앞에 반드시 홍살문을 세워줘야 한다니까. 그녀는 남편이 바람피우는 뒷돈 대주는 것도 모자라 빚도 떠안고 갚아 주었다. 벼룩이도 낯짝이 있었는지 어느 날 사업하겠다고 자금을 내라는 말에 귀가 솔깃해진 그녀가 빚을 얻어준 것이 화근이었다.

그 돈은 사업자금이 아닌 골치 아픈 여자 문제 해결하는 데 다 들어갔다. 그런데도 손 여사는 돈을 빼앗아 간 여자만 나쁘다고 욕했다. 자기 남편을 유혹한 것도 모자라 돈까지 울궈낸 나쁜 여자라며 입에 거품을 물고 발악을 했다.

자기 남편이 바람피우는 것도 다 여자들이 먼저 꼬리치고 유혹해 생긴 일이라 했다. 그럴 수밖에 없는 이유가 자기 남편 외모가 남궁원을 빼닮을 만큼 뛰어나기 때문이라는 것이다. 사람들은 코웃음 쳤지만 그녀는 진지하게 말했다.

여자가 먼저 꼬리치며 달려드는데 어떤 남자가 안 넘어가겠는가. 너희들 남편은 바람 안 피우냐? 그러던 어느 날 그녀는 매장에서 홀연히 사라졌다. 카바레에서 만난 꽃뱀에게 제비로 오인당하는 바람에 남편이 철창신세를 지게 된 것이다.

그 과정에서 일어난 복잡한 사건은 손 여사를 졸도시키고도 남았다. 충격을 받는 손 여사는 가게를 정리하고 아이들과 함께 친정으로 돌아갔다. 아무튼 그 매장만큼 우여곡절이 많은 곳도 없지 싶었다.

한번은 눈이 엄청나게 내린 겨울날이었다. 매장 안으로 떡대 서너 명이 나타났다. 얼굴에 조폭이라고 써진 그들은 나타나자마자 험악한 분위기를 연출했다. 매장 코너마다 기웃거리며 누군가를 찾는 눈치더니 드디어 일갈했다.

"여기 영태 엄마가 누구야? 어딨어?"

근육질의 남자가 우렁우렁한 목소리로 말하자 매장 안에 있던 손님들은 약속이라도 한 듯이 출입구로 몰려갔다. 뭔가 예사롭지 않은 험악한 일이 터질 분위기였다. 영태 엄마? 상인들은 서로 눈짓으로 말했다.

그러다 아! 하고 매장 앞 왼쪽에서 장사하는 김씨를 떠올렸다. 그는 폐결핵 3기 환자였다. 그보다 7살 어린 아내는 중소기업 사원으로 근무하고 있었다. 큰 왕눈에 날카로운 콧날에 꽤 미모였다. 몸매도 날씬하고 웬만한 모델 못지않았다.

그만하면 마음씨도 착한 편이었다. 친절하고 상대방 배려할 줄 알고. 그런데 그 친절이 문제였다. 직장 쉬는 날 매장에 나와 장사를 하는데 그녀의 외모에 반한 남자가 하필이면 폭력배 동생이었다.

재차 유부녀임을 밝혔지만 남자는 전혀 개의치 않았다. 문제는 그녀의 태도였다. 남자가 자주 나타나 매상을 올려주자 친절이 애교로 변한 것이다. 나중에는 남자가 노골적으로 연인 행세를 하기에 이르렀다.

그제야 낌새를 눈치 챈 김씨가 아내를 단속하기 시작했다. 매장에도 못 나오게 하고 아이 돌보는 일에만 전념하게 했다. 그러자 남자가 동료 폭력배들을 이끌고 나타나 난동을 부린 것이다. 그들은 김씨의 가판대를 발길로 차 부숴버린 것은 물론 당장 그녀를 내놓지 않으면 모두를 죽이겠다고 협박했다.

그들의 입가에서 원초적인 욕설과 살인적인 악담이 마구 튀어

나왔다. 김씨는 어디로 갔는지 아예 보이지 않았고 소식을 듣고 달려온 그의 아내는 놀란 눈빛으로 멍하니 서 있다 다음 순간 조용히 그들 뒤를 따라 나갔다.

3살 된 아들은 엄마! 엄마!를 애타게 불렀지만 그녀는 돌아보지 않았다. 집안의 5대 독자인 아이는 매장 사무실로 뛰어 가면서 이번에는 아빠를 애타게 불렀다. 일주일 뒤 그녀는 매장에서 영원히 사라졌다.

"난 언젠간 이 매장에서 일어나는 사건을 놓고 꼭 소설을 쓸 거야, 이런 소설감은 어디에도 찾아볼 수 없을 걸."

홍난희는 고개를 끄덕끄덕하며 동조해 주었다. 그녀는 유일하게 나의 동조자이자 친구 그 이상이었다. 많은 사람들이 내게 상처 주는 말을 하고 멸시할 때도 그녀만큼은 꼭 내 편을 들어 주었다.

뿐만 아니라 내 억지 주장에도 한 번도 싫은 소리를 하지 않았다. 먹을 것이 생기면 꼭 내게로 달려와 나누어 주었고 나의 이야기에 열심히 귀를 기울여 주었다. 어찌 보면 그녀는 내게 정(情)이 무엇인지 배려가 무엇인지를 최초로 가르쳐 준 장본인이었다. 어느 날 그녀가 내게 조심스럽게 물었다.

"언니, 저 사귀는 남자 말예요?"

눈빛이 초조하고 불안해 보였다.

초조하고 안타까운 뭔가 심상치 않은 기운이 감돌고 있었다.

"지난번에 만났던 그 사람?"

"네."

"그런데 왜? 결혼 전선에 이상이 생긴 거야?"

"네, 사실은 그 쪽 집안에서 저를 반대해요."

"왜?"

"키도 작고 마음에 안 든대요."

"미스 홍이 뭐가 키가 작아? 그 정도면 적당하지 인물도 좋은 편이고."

여자 키가 160이면 적당하지 무슨 농구선수 며느리를 구하나? 필시 다른 이유가 있을 것이다.

"공연히 결혼하기 싫으니까 핑계대는 것 아냐?"

"그 사람 그런 나쁜 사람 아니에요?"

"그래, 그 사람은 뭐라고 하는데?"

"부모님이 반대하시니까 일단 기다려 보자고요."

"미스홍 생각은 어떤데?"

"전, 그 사람 사랑해요."

그녀의 표정은 진지했다. 대학 나온 사람이라고 그렇게 자랑하고 좋아하더니. 그동안 내가 모르는 새로운 사건이 생겼던 모양이다. 그후 그녀는 심심하면 연락을 해오더니 어느 날인가부터 소식이 뚝 끊겼다.

계절이 몇 차례 바뀌면서 나는 또다시 현실과 몽상론을 되풀이했다. 잊을 만하면 시나리오를 썼고 그러던 어느 날 소설로 진로를 바꾸었다. 그리고 내게도 어느덧 연인이라는 로망이 나타나 마음에 변신을 거듭하고 있었다.

그는 장차 목회를 꿈꾸는 신학생 전도사였다. 가족은 처음으로 내게 관심을 나타내며 그에게 거부의사를 던졌다. 이유는 경제적 능력과 미래에 대한 비전이 불투명하다는 것이었다.

"너도 그 매장에 있던 여자들처럼 평생 남편 뒷바라지나 하고
살래?"

"그 사람하고 그 여자 남편들하고 같아? 비교할 걸 비교해야
지."

"능력 없는 건 똑 같잖아."

그러나 내 마음 속엔 어느새 희생이라는 단어가 자리 잡아가고
있었다. 그것은 사랑이 만들어낸, 전에는 꿈도 못 꿀 단어였다.
사랑은 내게 뛰어난 감성과 영감을 동시에 부여하면서 소설을 위
한 탄탄대로를 예비하고 있었다. 나는 소설과 사랑을 위해서라면
그 어떤 희생도 불사할 작정이었다.

홍난희와 소식이 끊기고 나서 일 년 반쯤 됐을 때였다. 강남의
한 직장에 취직해 다니고 있는데 어느 날 생각지도 않은 전화가
걸려왔다. 독감에 걸려 정신이 비몽사몽간을 헤맬 때였다. 화장실
에 다녀와 막 서류철을 꺼내드는데 낯선 목소리가 내 이름을 부
르고 있었다.

"서용미씨 맞나요?"

"네? 전대요 누구시죠?"

이상하게 마음이 철렁했다. 이 시간에 직장으로 전화할 사람이
없는데? 이름을 확인하자마자 저쪽에서 반가움이 터져 나왔다.

"언니, 저 홍난희예요!"

"뭐라구? 누구?"

"저 동대문에서 만났던 홍난희요."

"아? 미스홍, 이게 얼마만이야?"

그동안 먹고사느라 서로에게 무심했던 세월이 전화선을 타고

넘실대고 있었다.

"그동안 어떻게 지냈어?"

"네, 언니 저 부산에서 살아요. 결혼해서 딸 낳았어요?"

"누구랑? 어떤 남자랑 했는데?"

"그때 그 사람이요, 언니도 봤던?"

"그래? 잘 살아? 재미있어?"

"사는 게 다 그렇죠 뭐, 남편이 시내에서 의류매장을 해요, 저는 애기 보면서 가끔씩 나와요, 그리고 시부모님도 모시고 살아요."

그제야 그녀가 결혼 전에 시가(媤家)의 반대에 부딪쳤다는 생각이 났다.

"아니 남편이 막내아들이라며? 그런데 모시고 살아?"

"그럼 어떡해요, 아무도 안 모시는데요."

그렇지 착하고 순한 홍난희가 그냥 지나칠 리가 없지. 결혼 전에 그렇게 자신을 반대하고 적잖은 모욕적인 언사까지 들었을 텐데, 모든 걸 사랑으로 품은 그녀의 넉넉한 마음씨에 저절로 경외심이 일었다.

나 같으면 어떻게 했을까? 아마 모시기는커녕 옛날의 상처까지 끄집어내며 팔팔 뛰었을 것이다.

"언니, 제가 사는 동네는 바닷가 근처라 공기도 좋고 살기가 편해요, 꼭 한번 놀러 오세요, 제가 좋은 구경도 시켜 드리고 맛있는 것도 많이 해드릴게요."

역시 홍난희다웠다. 인심 좋고 착하고 남 배려할 줄 아는……

저렇게 심성 곱고 착한 홍난희에게 가족들은 어떻게 대할까.

혹여 막 대하는 건 아닐까. 집안 살림과 아이 양육에다 남편이 하
는 사업까지 챙기려면 몸이 열이라도 모자랄 텐데. 혹 시부모가
시집살이 시키는 건 아닐까. 동대문 매장에서 만났던 그녀들처럼
험한 상황이 재연되는 건 아닐까.

전화를 끊고 나서 나는 별별 상상력에 시달렸다. 과거의 기억
이 피해망상으로 고스란히 되살아나고 있었다. 홍난희는 가끔씩
전화로 자신의 처지를 하소연하거나 아이 자랑을 했다. 그 중에
살림걱정은 언제나 들어 있는 단골품목이었다.

한 가지 특이한 건 결혼 전에는 입만 열면 남편 자랑이더니 한
순간에 뚝 끊긴 것이다. 세월이 감에 따라 그녀 역시 평범한 여편
네가 되어 가고 있었다. 나는 결혼을 앞두고 홍난희가 살고 있다
는 부산으로 가기 위해 몇 번 준비를 했던 것 같다.

그러나 끝내 가지 않고 포기한 것은 한정윤의 남자가 싱글 운
운하며 한심한 눈초리로 바라보았던 그날의 기억이 자꾸만 떠올
랐기 때문이다. 만일 부산에 가 홍난희의 남편을 만났더라면 그
도 틀림없이 그런 식으로 말했을 것이다.

"나이 사십이 다 돼 결혼이라니 대단하십니다. 도대체 그분은
뭐하다 이제야 나타난 거랍니까? 그렇담 이제 그런 허접쓰레기
같은 꿈은 집어치운 겁니까?"

그는 그런 식으로 비아냥거릴지도 몰랐다.

그러나 꿈은 결코 허접쓰레기가 아니다. 꿈은 미래고 삶의 원
동력이다. 세월이 가면서 가족은 서로에게 없어서는 안 될 귀한
존재로 인식되기 시작했다.

그리고 어느 날 하루아침에 소설가가 된 나는 홍난희와 함께

일했던 그 매장 상인들 이야기를 소설로 써 많은 독자들로부터 공감대를 이루는데 성공했다. 소설은 허구이지만 가끔씩 현실로 탈바꿈해 나를 놀라게 했다.

아직 작가 초년생인 나는 과거의 기억에다 허구를 잔뜩 묻혀 소설을 완성하곤 했는데 그 대표적인 예가 바로 동대문 매장에서 일어났던 일이다. 나는 그녀들의 삶을 통해 인생을 재조명하고 싶었는지도 모른다.

그녀들이 그토록 주장하는 남편 사랑과 내가 하는 사랑 방식이 어떤 차이가 있는 걸까 그 차이점을 놓고 많은 단편을 낳기도 했다. 물론 내 남편은 그녀들의 남편들처럼 백수건달이거나 아내 덕으로 살아가려는 좀비족은 아니었다.

어릴 때 하도 힘들게 살아 지나치게 성실한 점은 있지만 그렇다고 아내에게 희생을 강요하지도 않았다. 그의 직업이 인생을 구도하는 목회자이기도 했지만 오히려 내 거친 성격을 받아주고 상처를 감싸 안아주는 편이었다.

어쩌면 그는 나를 첫 번째의 목회 대상으로 삼았는지도 모른다. 그래서 작가인 아내를 위해 희생타를 자처했는지도 모른다. 세상에는 갖가지 양상을 띠고 살아가는 인생들이 있다. 종교가 다르듯 서로의 가치관도 다르고 사랑 방식도 다르다.

현재처럼 독선적이고 이기적인 무책임한 사랑이 판치는 세상에서 그녀들은 참 기형적인 사랑을 한 것 같다. 조선시대도 아니고 아프리카나 중동국가도 아닌 세상에서 그 동대문 매장의 여자들은 참으로 희생적인 사랑의 대가를 치렀다.

이해도 가지 않고 어찌 보면 무모하고 무가치해 보이는 사랑방식을……. 최소한의 권리주장도 없는 의무뿐인 무조건적인 사랑.

홍난희와 나는 전화상으로 그녀들의 사랑방식에 대해 담론을 벌였다. 나는 주로 문제를 제기하는 쪽이었고 홍난희는 듣는 쪽이었다. 갈수록 홍난희는 풀이 죽은 목소리더니 어느 날인가부터 소식이 뚝 끊기었다.

그렇게 계절이 몇 번 바뀌고 내 삶속에서 큰일이 파도처럼 몇 차례 지나갔다. 현실에 묶이고 생활이 점점 급박하게 변하고 있었다. 남편의 목회생활에 내 행동과 사고방식이 점차 묶이기 시작한 것이다.

그건 내가 미처 생각하지도 못한 사랑이 낳은 희생의 결과였다. 해박한 신앙지식과 절제되고 교양미 넘치는 말솜씨는 목회자의 내조자로선 필수였다. 안 어울리는 옷을 입은 것 같았지만 어쩔 수 없었다. 그것이 곧 삶이었고 생활양식이었으니까.

그 바람에 꿈은 저 멀리 달아나버린 느낌이었다. 이제 옛 기억은 꿈에서조차 생각나지 않을 정도로 나는 점점 현실화되어 갔다. 꿈이 현실에 묻혀 감각조차 혼미해질 무렵 어느 날 홍난희게 전화가 걸려왔다.

남편이 왕십리에 있는 대학병원 암병동에 입원해 있다는 소식이었다. 홍난희는 그 소식을 전하면서 청천벽력이 따로 없다고 했다.

"언니, 오셔서 기도해 주세요."

나는 그녀가 일러준 대로 대학병원 암병동으로 향하고 있었다. 신축된 암병동은 지하에 장례식장이 들어서 있었다. 공교롭게도 그 대학은 내가 졸업한 모교이기도 했다. 대학 후문에서 병원으로 가는 길은 봄꽃이 만개해 지상천국이 따로 없었다. 샛노랑과 진분홍 새하양이 캠퍼스 전체를 뒤덮고 있었다.

그 광경을 보고 있노라면 누구나 시인이 되어 시어가 저절로 튀어 나올 것 같았다. 가파른 언덕을 넘어 또다시 계단을 지나 암 병동으로 들어갔을 때 나는 이상한 기분에 휩싸였다. 그건 삶과 죽음이라는 생경한 이미지 때문이었다.

이미 내 소설 속에서 수없이 울궈먹었던 그 단어가 왜 그때 낯설고 어색하게 느껴졌을까. 홍난희 남편은 얼굴에 병색이 가득했다. 젊었을 때 좋았던 체격은 어디로 갔는지 깡마른 암 말기증상으로 마지막 숨고르기를 하고 있었다.

순간 내 안에서 의미도 알 수 없는 통곡이 터져 나왔다. 그건 내가 미처 예상하지도 못한 일이었다. 후회와 가책과 알 수 없는 감정이 혼재되어 내 뇌리를 강타하고 있었다. 환자의 머리맡에 성경책과 나무 십자가가 보였다.

안도감이 가슴 속에서 물살처럼 퍼져왔다. 고통이 가득한 얼굴에 잠시 미소가 떠올랐다. 나를 알아보았다는 표시다.

"작년에 딸아이가 죽었어요."

저런? 가슴이 쿵 하고 내려앉는 소리가 들렸다.

"어쩌다?"

"학교 다녀오다 교통사고로……."

듣는지 안 듣는지 홍난희 남편은 눈을 감더니 다시 뜨지 않았다.

"죽으면 더 이상 고통이 없는 천국에 가니 기쁘고, 진짜 기쁜 건 죽으면 이미 천국에 가 있는 내 아이와 만날 수 있으니 오히려 안심이 돼요, 우리는 반드시 부활할 것이기 때문에 죽음은 결코 끝이 아니란 걸 믿어요."

그녀가 하는 말은 다 남편이 들으라고 하는 것 같았다. 홍난희 남편의 눈에서 가느다란 눈물이 흘렀다. 참 뭐라고 할 말이 없었다.

"으응."

난 홍난희와 그녀의 남편 손을 붙잡고 한참을 기도했다. 처음에는 간절함으로 했는데 나중에 보니 나도 모르게 엉엉 울고 있었다. 이상하게 병 고침을 위한 기도는 나오지 않았다. 천국에 대한 소망만 되풀이하다 나왔다.

"그리스도께서 부활하셔서 첫 열매가 된 것처럼 우리도 부활할 것이기 때문에 죽음은 결코 슬프거나 고통스러운 것만은 아니에요."

기도를 마치자마자 쫓기듯이 병실을 빠져나왔다. 며칠 후 그녀와 다시 만났을 때 이야기의 주제는 오직 신앙과 죽음 이후의 부활 천국이었다. 홍난희 남편의 병명은 췌장암이었다. 미처 손 쓸 사이도 없이 퍼져버린 암 앞에 속수무책으로 당할 수밖에 없는 현실이 너무나 참담했다.

"언니, 사랑은 책임지는 거래요. 그리고 사랑은 희생하지 않으면 지킬 수 없는 거래요. 저도 처음엔 동대문 매장에서 만났던 그 아줌마들이 이해가 되지 않았어요, 도대체 요즘 같은 세상에 누가 저런 희생적인 사랑을 하나. 결국 그들도 희생 끝에 제 갈 길로 가긴 했지만 사랑을 지키려는 노력만큼은 대단했다 생각해요. 노력도 해보지 않고 미리 사랑을 포기한다면 가정을 지키기란 어려웠을 거예요."

그녀는 한마디 덧붙였다.

"저희 목사님이 그러시는데 사람은 늘 감사를 생각해야 한대요, 그리고 살면서 사랑하는 건 기본 순서래요. 그 두 가지 원칙만 지키면 사랑은 늘 우리 곁에 머물러 있을 거래요. 사랑이야 말로 우리 인생의 가장 큰 성공이래요."

그때 전광석화처럼 떠오르는 생각이 있었다.

think=thank

live=love

생각=감사

삶=사랑

그녀가 담담한 표정으로 말했다.

"아마 그동안 쌓아온 기도의 힘이 없었다면 견디기 힘들었을 거예요, 남편의 죽음을 앞두고 준비할 시간이 있으니 참 다행이지 뭐예요. 그 동대문 매장에서 언니랑 참 즐거웠었는데, 전 살아오면서 상처가 많았는데 이상하게 언니 앞에만 서면 그 상처가 사그라지는 거예요, 언니가 저에게 좋은 이야기도 참 많이 해주셨잖아요."

"난 전혀 그런 기억이 없는데."

전혀 뜻밖이다. 내가 그녀에게 좋은 이야기라니.

"저에게 신앙을 권유한 분도 언니였잖아요, 기억 안 나세요?"

지나가는 소리로 한번 이야기했을 뿐인데, 가슴에서 뭉클하고 뜨거운 기운이 올라왔다. 언제 그 말을 새겨들었을까.

"고마워요, 이제 언니도 목회자예요, 다른 사람들한테도 저한테 그랬던 것처럼 좋은 이야기 많이 해주시고 기쁜 일 많이 생기시길 기도할게요."

너무도 침착한 그녀의 태도에 어안이 벙벙할 정도였다. 위로해주러 왔다가 도로 위로를 받고 가는구나. 병실을 빠져 나와 계단을 수없이 내려오는데 뭔가 미진한 느낌이 들었다. 긴 복도를 지나 암 병동 초음파실 앞을 걷고 있을 때였다.

방금 전 그녀가 했던 말이 생각났다.

"언니, 전 제가 남편 없는 미망인이 된다는 사실보다 그이가 주님을 영접했다는 사실이 너무 감사해요, 살면서 속을 무던히도 섞여서 이혼을 해야 하나 수없이 고민도 많았었는데. 내가 왜 이 사람한데 시집 와서 이 개고생을 해야 하나, 나도 그 동대문 매장에서 만났던 아줌마들처럼 되는 건 아닌가, 그런데 생각해 보니까 제가 어느새 든든한 생활인이 되어 있더라고요. 이젠 뭘 해도 자신 있게 잘 할 수 있을 것 같아요."

그랬었구나.

그때였다. 누군가 뒤에서 나를 부르는 소리가 들렸다. 탁하면서도 날카로운 중년 여자의 음성이었다.

"미스 서, 미스 서."

뒤돌아보니 거기엔 뜻밖의 인물이 나를 바라보고 있었다. 큰 키에 약간 살집이 붙은 틀림없는 포천댁이었다. 해후 치고는 너무도 언짢은…….

"미스 서, 오랜만이야. 그런데 여긴 웬일이야?"

"친구 병문안 왔다 가는 길예요."

그녀에게 굳이 홍난희라고 밝힐 이유는 없었다. 포천댁의 얼굴을 대하는 순간, 잊고 있던 수많은 단어가 한꺼번에 떠올랐다. 포천댁의 뒤통수를 향해 날아들었던 인면수심, 철면피, 인간말종, 패가망신, 인과응보. 그 중에서도 맨 뒷 단어가 자꾸 떠오른다. 인과응보. 거기엔 어떤 기대 석인 상상력도 포함돼 있다.

그 상상력이 그녀가 막 걸어 나온 암 병동 초음파실 앞에 딱 멈추어 선다.

"그런데 여기 병원엔 웬일이에요?"

"어어, 그냥 암 검진하러 왔다가, 조직 검사 했는데 이왕이면 초음파도 해 보는 게 낫지 싶어서."

그녀는 불안한 기색을 억지로 감추고 태연한 척 말했다.

"요즘은 암도 초기에 발견하면 완치 된다네, 워낙 암이 흔해서, 우리 시누이도 지난달에 암 수술 받았는데 지금은 쌩쌩해."

그녀는 마지막 단어 쌩쌩해에 센 발음을 하더니 이내 표정을 고쳐 가며 말했다.

"우리 아들들은 모두 서울에 있는 대학에 다녀, 큰 애는 D대 작은애는 S대, 전공은 컴퓨터 공학과와 생물학과야."

그녀는 느닷없이 자식 자랑을 하더니 옛날의 독사 같은 표정은 다 어디로 갔는지 선한 미소를 짓고 있었다. 순간 속에서 양심이 피어올랐다. 사람들한테 험한 욕설을 그렇게도 많이 얻어듣고도 자식 농사는 성공한 모양이군.

"이젠 애들도 다 컸고 생활도 안정돼 수술만 받고 나면 봉사활동 다니려고 계획 중이야, 노숙인들 위해 밥도 하고 팔다 남은 옷 있으면 갖다 주어야지, 그리고 우리 아들들과 같이 성당도 다닐 거야. 교리 공부도 새롭게 하고."

죽음 앞에서 갑자기 개과천선이라도 한 건가? 봉사활동은 뭐고 성당은 또 뭐야? 그런다고 지은 죄가 없어지기라도 하나? 감정이 양 극단을 달리고 있었다. 조금 전, 홍난희 앞에서 오열하며 천사인 척하더니 지금은 전혀 다른 양상을 띠고 있지 않은가.

포천댁과 헤어지고 나서 나는 수많은 감정의 오류를 겪었다. 그러던, 어느 날 버스를 타고 매장이 있던 동대문 근처를 지날 때였다. 그곳은 변신을 거듭해 새로운 상가가 형성돼 있었다. 수많은 학원가도 자취를 감추고 식당도 지하로 자리를 옮겼고 예전에는 보지 못했던 빌딩들이 하늘을 떠받치고 있었다.

매장에서 일했던 그녀들이 자기 남편을 떠받쳤던 것처럼. 가끔씩 나는 그들의 사랑방식을 생각하면서 선지자 호세아를 떠올려본다. 그는 음란한 여자 고멜을 아내로 맞아 자녀를 낳아 키우면서 아내에 대한 사랑을 끝까지 외면하지 않았다. 다른 남자와 눈맞아 집나간 아내를 다시 데려와 끝까지 살았다.

어쩌면 그녀들은 이 시대에 있어 진정한 사랑의 의미에 대해 말해주고 있는지도 모른다. 일시적인 쾌락에 감정놀음을 뒤섞어 즐기다가 떠나는 인스턴트 사랑 방식에 젖어 있는 사람들을 향해. 어쩌면 그들이야말로 그런 순수한 사랑의 소유자였는지도 모른다.

가정을 지키기 위해 끝까지 참아주고 나름대로 최선을 다했으니까. 이제는 그 노력의 대가에 대해 희생이라는 의미를 부여하고 싶다. 어느 날 친한 지인이 말했다.

"세상은 돈이 다가 아녀, 돈보다 사람이 먼저여, 그것도 영혼 사랑이 먼저여, 그리고 성경에도 나와 있잖여. 주는 자가 받는 자보다 복이 있다."

　세월은 마음을 변화시키는 신비한 힘이 있는 모양이다. 그 신비한 힘 속에는 절대자의 몫이 다수 포함돼 있었다. 그 힘이 포천댁의 마음속에도 숨어 있었던 걸까. 세월은 거꾸로 수레바퀴를 돌리며 내 마음도 변화시키고 있었다. (2014년 조선문학)

안구 건조증

샛노란, 어느 가을날이었다. 산길을 오르다 말고 심하게 다투는 중년남녀가 있었다. 그들은 언뜻 보아 부부 사이 같지 않았다. 그렇다고 오다가다 만난 사이 같지도 않아 보였다.

그렇다면 불륜 관계?

남자는 수통에다 배낭을 어깨에 걸머진 채 완전 행군 차림이었고 여자도 등산복 차림에다 어깨에 검은색 백팩을 메고 있었다. 둘 다 나이 오십이 넘었는지 이마에 주름이 자글자글했다. 그런데 자세히 보니 스타킹같이 쫙 달라붙은 스판 바지를 입고 있었다. 꼴불견도 그런 꼴불견이 없었다.

튀어나온 둔부에다 늘어진 뱃살이 눈에 확 들어왔다. 둘은 한참 옥신각신 중이었다. 언뜻 들으니 돈 문제 같았다.

"이봐 당신 말야, 우리 둘 사이에 돈 문제 갖고 치사하게 이럴 거야? 내가 말야 언제 당신 돈 떼어먹은 적 있어? 그렇담 어디 한번 말해봐."

남자가 배낭을 손으로 끄집어 올리며 말했다.

"내가 뭐 당신이 의심이 나서 그러는 줄 알어? 집에서 자꾸 의심하니까 그렇지 그 돈 누구 빌려준 거 아니면 당장 내놓으라고

닦달을 하는데 어떡해? 애 등록금도 곧 내야 하구."

"핑계 대고 있네, 당신만 대학생 아들 있어? 나도 있다구. 내 조만간 그 돈 싹 갚아 줄 테니 기다려 알았어?"

"글쎄 그게 벌써 몇 번째냐구. 돈 이천이 작아? 작냐구?"

여자가 정색을 하고 가던 길을 멈춰 섰다. 그러자 남자가 배낭을 바닥에 내려놓더니 갑자기 여자에게 욕설을 퍼붓기 시작했다.

"야! 이 씨팔년아, 내가 언제 너한테 돈 꿔달란 적 있니? 니년이 먼저 몸 주고 돈 주고 꼬리친 것 아니냐구?. 야! 이년아 내가 그 돈 못 준다면 어쩔 테냐? 너 자꾸 그러면 니 서방한테 확 불어버린다."

여자는 창피한지 얼굴이 확 달아올랐다. 그러나 다음 순간 표정이 새파랗게 변하더니 독 오른 목소리를 질렀다.

"뭐? 다 불어 버린다구? 그렇담 나는 니 여편네하고 새끼들한테 안 불을 줄 알고?"

"불어봐, 이 쌍년아, 누가 더 개망신 당하나 한번 해볼까. 나야 집사람하고 쌈박질 한번하고 나면 끝이지만 넌 당장 이혼이야. 알았어? 집에서 쫓겨나 오갈 데 없는 노숙자 신세 된다구. 이 멍청한 년아."

"그래서 내 돈 주겠다는 거야, 못 주겠다는 거야?"

"너 하는 것 봐서."

남자는 배낭을 다시 한 번 둘러메더니 빠르게 산을 내려가기 시작했다. 여자는 잠시 멍하니 서 있다. 곧바로 뒤따라 내려갔다. 걸음걸이가 위태한 것이 꼭 쓰러질 것만 같았다. 여자에게는 남자보다 돈 문제가 더 시급한 것 같았다.

불륜이라는 그 위험천만한 애정행각 앞에서도 돈 문제는 더 화급을 다투는 모양이었다. 감정과 정욕이 결탁해 만든 불륜이 돈 문제로 인해 파국을 치닫고 있었다. 사람들은 그 불륜남녀의 씁쓸한 뒷모습을 바라보며 말했다.

"중년 뒷바람이 무섭다더니 꼭 그 짝이구만, 더러운 세상이여."

은주는 내성적인 성격에다 늘 울기를 잘 해 별명이 울보였다. 150센티를 간신히 웃도는 작은 키에 어릴 때 소아마비를 앓았는지 한쪽 다리를 절었다. 그녀는 성격이 얼마나 내성적인지 농담은커녕 남에게 싫은 소리 한 마디도 못했다.

남학생과 옷깃만 스쳐도 몸 둘 바를 모르며 부끄러워했다. 한여름이 되어도 긴팔 남방만 입고 다녀 여자 애들은 보기만 해도 땀띠 난다며 질색을 했다. 하도 수줍음이 많아 겸손하고 착한 줄 알았는데 그게 아니었다.

어느 날 그녀가 내지른 일성에 모두 혀를 내두르고 말았다.

"그런 인간들은 모두 싹쓸이해서 지옥 땔감으로 써버려야 해."

무슨 사연인가 차근차근 물었더니 내용이 기가 막혔다. 말인즉슨 한 남자를 사귀었는데 못생기고 키도 작아 처음에는 마음에 안 들었다나. 그런데 하도 따라붙어 깊게 사귀었는데 나중에 딴소리를 하더란다.

아버지 직업은 뭐냐, 집안의 재산은 얼마나 되냐 등등. 그 당연한 질문을 두고 그녀는 분이 나서 못 견디겠다는 표정으로 말했다.

"그 자식이 노린 건 내가 아니고 우리 집 재산이었다는 거야."

"너희 집 재산? 너희 집 부자니?"

모두들 의외라는 듯 눈을 동그랗게 뜨고 말했다.

"재산이야 뭐 집 한 채밖에 더 있어?"

"그런데?"

"난 그 자식이 진심으로 날 사랑하는 줄 알았지."

"그런데 그 사랑하고 재산하고 무슨 상관이 있는데? 그리고 그런 것 물어보는 것 당연한 것 아니니?"

그 말에 그녀는 독 오른 표정으로 말했다.

"사랑에 재산을 결부시킨다는 게 넌 말이 된다고 생각하니?"

"왜 말이 안 되는데? 사랑에다 돈이 있으면 금상첨화지, 그럼 넌 돈 없는 남자가 좋으니?"

"그야 남자는 당연히 그래야겠지만……."

그때 정민과 현경은 모두 혀를 내두르고 웃었다. 평소에 말없고 수줍음 많던 그녀에게 그렇게까지 사랑에 대한 이기심이 많은 줄 몰랐었다. 그야말로 이기심으로 똘똘 뭉친 아집의 결과였다. 그런데 문제는 그 이후에 있었다.

그녀는 성격답지 않게 무시로 남자와 염문을 일으켰다. 그러나 결과는 언제나 그녀의 일방적인 짝사랑으로 끝났다. 생각해 보라. 몸도 성치 않은데다가 미모도 아닌 그녀를 어떤 남자가 순정을 바쳐 사랑해 주겠는가.

그러함에도 그녀는 목숨 바쳐 남자를 따라다니는 것이다. 소문에 의하면 그녀는 낙태 수술도 여러 번 했다고 한다. 어느 날 현경이는 비웃듯 말했다.

"굼벵이도 구르는 재주는 있다더니 그 주제에 남자는 알아 가지고."

"왜 재라구 좋아하는 남자 없으란 법 있니?"

"그게 아니니까 그렇지. 넌 행여 은주 짝 나지 마라, 자고로 남자란……."

현경이는 남자 문제에 있어서 자기는 항상 선배라면서 매사에 충고를 잊지 않았다.

"저거 은주, 눈물 흘리고 죽는다고 난리 칠 날이 멀지 않을 거다."

"쳇! 지가 무슨 예지자나 되는 것 같이."

그러나 현경이의 그 말은 얼마 안 가 곧 현실로 나타났다. 은주의 자살 소식이 전해진 것이다. 은주의 주검이 발견된 곳은 제1공학관 건물이었다. 원자력 공학과가 들어 있는 그 건물은 그녀가 짝사랑했던 남학생이 공부하던 곳이기도 했다.

그러니까 일부러 보란 듯이 죽음으로서 뭔가를 나타내려 한 것이 틀림없다. 학교에서는 그 사건을 쉬쉬했지만 소용없었다. 이미 소문은 일파만파로 번진 뒤였다. 은주를 아는 친구들은 모두 목을 놓아 울었다.

현경이는 아예 몇 날이고 통곡을 했다. 눈물을 동이로 쏟으며 울던 그녀가 정민을 보며 말했다.

"넌 안 우니?"

"나?"

정민은 그때 고개를 외로 꼬며 말했다.

"난 눈물이 안 나는데."

"독한년."

그 다음날 정민은 최창식과 대판 싸움을 벌였다. 이유는 친구의 죽음에 대해 어떻게 눈물 한 방울이 없냐는 것이었다. 그러니까 다시 돌려 말하면 너는 천하의 독종이라는 것이다. 눈물 한 방울도 없는 철면피에다 악종이라는 것이다.

"너! 도대체 사람 맞냐? 어떻게 친한 친구가 죽었는데 눈물 한 방울이 없냐? 난 살면서 너 같은 독종은 처음 본다."

최창식은 정민의 정신상태마저 의심하는 눈치였다. 사실 정민에게는 최창식이 첫사랑이었다. 세상에 태어나 처음으로 마음을 건네준 이성(異姓)이었다. 정민은 평소에도 사랑이나 정(情)에 무관심했다. 원래 성격 자체가 그랬다.

마음이 약하다느니 정들었다느니 하는 표현이 그녀에게는 전혀 어울리지 않았다. 냉정하고 차분한 성격이기도 했지만 그렇다고 온순한 성격도 아니었다. 경쟁에 있어 남에게 지고는 못 사는 성격이라 때에 따라 불같이 폭발해 주변 사람들을 놀라게 했다.

두뇌는 다소 명석한 편이었고 철저하게 논리적이고 이성적이었다. 완벽을 추구하는 경향이 강해 이치에 맞지 않으면 전혀 타협하거나 아예 상대조차 하지 않으려 들었다. 그러니까 그녀의 심리구조는 냉철하기 그지없는 아주 메마른 성격이었다.

그러나 감정이란 늘 예외가 따르는 법이다. 최창식이 바로 그였다. 그는 여자들이 바라는 거의 모든 조건을 갖추고 있었다. 남자다운 준수한 외모가 그랬고 집안 환경도 좋은 편이었다. 또 성격도 완벽한 외모답게 빈틈없이 치밀하고 정확했다.

그런가 하면 경제학과에서 매너 최로 통할만큼 항상 예의가 바르고 친절했다. 그렇다고 아무 여자나 사귀면서 염문을 뿌리는 그런 스타일도 아니었다. 그의 여자관은 다소 고리타분한 편이었는데 그건 정신적 육체적 순결에 있었다. 그래서 여자들은 그를 더 흠모하고 선망했다. 그런 그가 그 많은 여자들을 뒤로 하고 정민을 택한 것이다.

사람들은 그 이유를 그녀의 명확한 성격을 들었다. 그녀는 어느 자리에 갖다 놓아도 무슨 일을 맡겨도 잘 해낼 것 같은 믿음을 주었기 때문이다. 또 매사가 빈틈없고 정확한 게 최창식의 성격과도 잘 맞아떨어지기도 했다.

사실 정민의 외모는 보잘 것 없었다. 고집스런 인상에다 약간 뚱뚱한 체격이라 결코 미인이랄 수 없는 게 그녀의 입장이었다. 그러함에도 그녀는 기죽지 않고 당당했다. 그러나 그 성격이 문제였다.

은주의 죽음으로 인해 그녀의 성격이 온통 까발려진 것이다. 냉철하고 흔들림 없는 성격이 피도 눈물도 없는 냉혈한으로 비쳐진 것이다. 그러니까 은주의 죽음이 정민에게는 엉뚱하게도 화근으로 작용하고 있었다.

그는 은주의 장례식이 진행되는 동안에도 자꾸만 정민의 표정을 살폈다. 혹시나 눈물을 흘리지 않을까, 감정을 확인하는 것 같았다. 고민과 갈등을 거듭하던 그는 기말고사가 끝나던 날, 드디어 이별을 통고했다.

"이제 우린 끝이다. 어떤 자리에서 만나도 서로 아는 체하기 없기다."

그는 잔인하게도 확인 사살까지 했다. 사실 정민은 첫 사랑인 만큼 그를 진심으로 사랑하고 있었다. 그런데 은주의 죽음으로 인해 파멸을 가져온 것이다. 처음에는 그와의 이별이 사실로 믿겨지지 않았다.

그러나 늘 주변에서 맴돌던 그가 사라지자 그제야 이별이 실감 났다. 친구들이 왜 요즘 그와 만나지 않느냐고 물었을 때도 가슴이 아프도록 이별이 실감났다. 특히 현경이가 옆에서 이별의 이유에 대해 꼬치꼬치 캐물을 때는 슬픔과 고통이 배가되는 것 같았다.

흔한 유행가 가사처럼 이별 후에 사랑인 줄 알았다는……. 그 가사가 그녀를 극한 슬픔 속으로 몰아넣었다. 절망감과 고통이 가슴 깊은 곳에서 소용돌이처럼 일어날 때도 그녀는 울지 않았다. 아니 눈물이 흐르지 않았다.

술을 동이로 쏟아부어도 눈물은커녕 헛웃음도 나오지 않았다. 가슴이 뚫릴 것처럼 괴로운데도 미쳐버릴 것처럼 혼란스러운데도 눈물이 나지 않았다. 아! 내 안에 있는 감정체계가 고장나버린 걸까. 아니 그런 것 같지는 않다. 그렇다면 눈물샘이 고장난 걸까?

하긴 그녀는 아버지의 갑작스런 죽음 앞에서도 눈물을 흘리지 않았다. 세상이 떠나가도록 우는 엄마와 남동생, 일가친척들 사이에서 그녀는 두 눈만 멀뚱하게 뜬 채 서 있었다. 도무지 눈물이 나오지 않았다. 죽음이 실감나지 않아서였다.

아니 그때 죽음은 그녀가 세상에서 처음 경험하는 아주 낯선 광경이었다. 몸은 죽어도 영혼은 불멸한다는 그 흔한 종교적 표현이 친척들 입 사이에서 흘러나왔을 때도 그녀는 도무지 죽음의 실체를 이해할 수 없었다.

그냥 잠시 잠들어 누워 있는 것이라 생각할 뿐이었다. 그때 누군가 그녀의 귓가에 대고 이렇게 말했다.

"넌 안 우니?"

곁에 서 있던 고모가 혀를 끌끌 차며 말했다.

"지 애비가 죽었는데도 눈물 한 방울 안 흘리다니……. 저렇게 독하니 제 애비를 잡아먹었지."

"아니, 쟤는 어째 눈물 한 방울이 없대? 독하기는 즈이 애비하고 똑같구먼."

독하다니, 그것도 내 아버지가 독하다니……. 그 독하다는 표현이 순간 그녀의 심사를 뒤틀리게 했다. 그러나 다시 한 번 자신의 감정을 뒤돌아보지 않을 수 없었다. 도대체 감정이란 무엇일까. 어떠한 것이기에 나는 이 상황 속에서 당연히 흘려야 할 눈물을 보이지 않는 걸까.

그녀는 잠시 혼자만의 묵상에 빠졌다. 장례식이 끝나고 아버지의 4주년 추도식이 있던 날이었다. 이모가 찾아와 말했다.

"정민아, 이모가 주는 거니까 받아, 이거 용돈해라. 이제 곧 졸업할 텐데 어려운 일 생기면 이모에게 와라."

봉투 두께가 제법 두툼했다. 그녀는 자신도 모르게 손이 나가면서 봉투를 움켜쥐었다. 곧 졸업고사가 시작됐고 끝나자마자 그녀는 곧바로 취직 열풍에 시달렸다. 교사 임용 고사를 보았지만 보기 좋게 미역국을 먹고 말았다.

시험을 치른 친구들 중 유일한 낙방자는 그녀 혼자였다. 처음에는 그 사실이 믿겨지지 않았다. 그녀는 초등학교 시절부터 피아노 콩쿠르 대회는 물론 각종 대회에 나갔다 하면 상은 모조리 휩쓸었었다.

뿐이랴. 영어 경시대회와 체육대회에서도 선두는 항상 그녀였다. 친구들과 싸움을 해도 그녀는 꼭 이겼다. 절대로 져서는 안 되었다. 그런데 당연히 붙을 줄 알았던 교사 임용 고시에 낙방한 것이다.

세상에……. 어릴 때부터 수재 소리만 듣고 살아온 내가 불합격이라니……. 내 인생에 불합격이란 있을 수 없다고 그렇게 호언장담했었는데. 수석을 하지 않을까 미리 시샘하던 친구들은 예외라는 듯 못미더워하는 눈치였다.

그녀의 낙방 소식을 들은 엄마는 채점하는 컴퓨터 기계가 오작동한 결과라며 재채점을 해야 한다고 우겼다.

"원숭이도 나무에서 떨어지는 법이란다. 그까짓 것 한번 실수한 셈 쳐라."

그녀의 수석합격을 점쳤던 담당 교수가 한 말이었다. 그러나 이왕 벌어진 일이었다. 그녀는 자신과 교사는 인연이 없는 모양이라며 애써 마음을 달래려 했지만 소용없었다. 시간이 갈수록 불합격이란 단어가 자꾸만 뇌리를 물고 늘어졌다.

내 사전에 불합격이라니……. 난생처음 겪는 실패요 좌절이었다. 일찍이 경험해 본 바 없는 수치와 모욕이었다. 그 엄청난 충격과 추락 앞에 그녀는 그야말로 속수무책이었다. 그녀는 갈 길 몰라 방황하는 한 마리의 어린양이 되어 몰락의 길로 들어섰다. 그녀는 외부와의 연락을 끊기 위해 핸드폰을 없애버린 뒤 은둔에 빠졌다.

낯선 곳으로 가 술을 도가니로 퍼마시며 잠적하는가 하면 밤낮이 바뀐 채로 올빼미 생활을 했다. 낯선 도시를 헤매며 낯모르는 남자와 춤을 추기도 했다. 처음 겪는 실패의 위력은 참으로 대단했다. 시간이 지날수록 실패의 경험은 모든 의욕을 꺾고 무기력의 그물에 갇히게 했다. 사람들은 흔히 말한다. 실패의 경험도 해봐야 한다고.

실패만큼 좋은 경험도 없다고. 실패는 성공의 어머니라고. 그러나 모든 경우가 다 그런 것은 아니다. 어느 날 이모가 찾아와 말했다.

"실패만큼 좋은 경험도 없단다. 실패할수록 또다시 실패할 확률은 적어진단다."

그러면서 강남에 있는 입시학원 강사자리를 소개했다. 막가는 심정으로 취직을 결정했다. 이를 악물고 강의 준비에 들어간 그녀는 이상한 희열을 느꼈다. 졸업하고 나서 처음으로 시작하는 직장생활이었다.

교사 임용고시에 합격한 친구들도 언제 발령이 날지 모르는 상태에서 제일 먼저 취직이 된 것이다. 그것도 강남에서 내노라 하는 고액 입시학원이었다. 부유층 자제들을 상대로 하는 만큼 보수도 넉넉했다.

몰락했던 양반가의 규수가 다시 신데렐라가 된 기분이었다. 어느새 부푼 꿈으로 가득한 그녀는 성심성의껏 강의 준비를 하면서 동생에게 미리 용돈을 앞당겨 주는 호기를 부렸다. 그러나 강의 첫날부터 벽에 부딪쳤다. 상하가 바뀐 느낌이었다.

누가 가르치는 자고 배우는 자인지 영 헷갈렸다. 아이들은 영악하기 이를 데 없었다. 마치 그녀를 시험대에 올려놓고 가지고 노는 분위기였다.

심한 경우에는 학원을 옮기겠다며 위협적인 말을 하기도 했다. 원장은 돈에 눈먼 40대 중반의 남자로 공수 특전대 출신이었다.

그는 출신답게 말과 행동이 거칠고 위협적이었다. 욕설은 기본이고 가끔씩 음담패설을 곁들이는데 얼굴이 화끈거려 도무지 들어줄 수 없을 정도였다. 왜 그가 하고 많은 직업 중에 학원을 택했는지 도무지 이해가 가지 않았다.

자신의 말로는 물리학이 전공이라고 하는데 전혀 신빙성이 없었다. 중지를 모아본 결과는 강남 땅 투기에 성공한 졸부에 불과했다. 그는 학원생이 줄 때마다 실적 순에 따라 강제 퇴출시키겠다고 막말까지 했다.

그녀의 월급도 경고 끝에 드디어 삭감 태세에 들어갔다. 그녀가 맡은 아이들이 석 달째 감소 추세에 있는 것이었다. 그러더니 육 개월 째 들어서던 날 반으로 줄어든 사태가 발생했다. 그야말로 피 말리는 형국이었다.

게다가 좋지 않은 소문까지 나돌기 시작했다. 말만 일류대 출신이지, 학교 때 성적은 꼴지를 달리고 교사 임용고시에서도 낙방했다는, 그리고 무엇보다 중요한 건 강남의 분위기와 그녀가 맞지 않다는 것이었다.

또 가르치는 수준이 다른 강사들에 비해 떨어진다나.

그렇지 않아도 학생 수가 줄어 죽을 맛인데 악의성 소문까지 나돌아 당장이라도 심장이 멈추는 것만 같았다. 어느 날 원장이 그녀를 부르더니 조용한 목소리로 말했다.

"아무래도 김정민 선생과 우리 학원과는 인연이 아닌 모양입니다."

이미 각오하고 있는 바였다.

"김 선생 실력이야 다 인정하는 바지만 말들이 많아서……."

"뭐라구요?"

"김정민 선생 내 몇 번이나 말했잖습니까, 옷 좀 신경 써서 입으시라고."

이건 또 무슨 소린가.

"여긴 상류층 아이들이라 여간 까다로운 게 아닙니다. 더구나 김정민 선생은 미모도 아닌 데다."

"뭐? 뭐라구요?"

기가 막혀서 뒤로 넘어갈 지경이었다. 미모가 아니라니, 원장은 음흉한 눈빛으로 몸매를 훑어 내리더니 비웃듯 말했다.

"웬만하면 다이어트 좀 하시지 않고."

퇴출을 시키려고 작정하고 부른 줄 알았는데 이야기가 엉뚱한 곳으로 흘러가고 있었다.

"내 은사분의 조카라 봐주려 했지만."

봐주긴 뭘 봐줘? 그냥 자르면 될 걸 가지고, 뭐? 외모가 어떻고 다이어트가 어째? 이 망할 자식아, 너나 살 빼, 너나 다이어트 실컷 해라. 꼭 하마같이 배는 툭 튀어나와 가지고, 니 여편네는 하고 다니는 폼이 꼭 술집 마담 같더라.

목구멍까지 나오는 말을 삼키느라 그녀는 속이 터져 버리는 것 같았다. 당장이라도 멱살을 쥐고 욕설을 퍼부어야 직성이 풀릴 텐데.

"무슨 뜻인지 알겠습니다."

억지로 말을 내뱉고 돌아서는데 그녀는 느닷없는 살기를 느꼈다. 아! 그때 최첨단 살인병기가 있었다면 놈을 흔적도 없이 해치우는 건데. 아니 야구 방망이가 보였다면 놈의 대갈통을 박살 내 버리는 건데.

그 다음 달 그녀는 이모의 도움으로 또다시 취직했다. 친구들은 이런 그녀를 두고 부러워 죽는다고 야단이었다. 자신들은 백수를 면하기 위해 사방으로 뛰어도 취직이 안 되는데 너는 무슨 복이 많아서 그렇게 취직이 잘 되는 거냐며 자기들에게도 능력을 발휘해 달라고 했다.

이번에 취직한 학원은 의정부에 있는 소규모 신설학원이었다. 강남에 비하면 시설도 훨씬 뒤떨어졌고 원비도 쌌지만 원장의 인상이 후덕해 보여서 결정했다. 그런데 이번에도 아이들이 문제였다. 궁색이 도는 아이들은 처음부터 공부에는 아예 관심도 없었다.

쉬는 시간만 되면 복도에 나가 담배를 피는데 심한 경우에는 강사 앞에서 버젓이 담배를 꼬나물며 불을 달라는 것이었다. 더 가관인 건 그녀에게 맞담배를 피우자는 것이었다. 그런가 하면 남녀 학생끼리 붙어 앉아 수업시간에 낄낄대고 웃었다.

더 기가 막힌 건 원장의 태도였다. 그는 강사의 고충과는 상관없이 학생이 빠져나가지 않도록 신신당부하는 것이었다.

"이건 직장이 아닌 감옥소다, 그것도 아주 비열한 정신 감옥소 아무리 내 사정이 딱해도 이건 아니다."

그녀는 그곳도 때려치우고 이모를 찾아갔다. 그러나 이모는 요즘 워낙 불황인데다 구하는 곳이 드물어 좀 기다려야 할 것 같다고 했다. 그런데 그 좀이라는 단어가 문제였다. 반년이 지나도록 종무소식이었다. 그동안 친구들은 발령이 나거나 학원가에 취직했다. 그녀만 홀로 백수가 된 것이다.

그러니까 전세가 완전히 역전된 셈이다. 그러자 엄마의 푸념이 이어지는데 나중에는 다 때려치우고 시집이나 가라는 말까지 나왔다. 남동생은 군대로 가 숨어버렸고 그녀는 또다시 몰락의 길로 들어섰다. 이번에는 컴퓨터 게임 중독에 빠졌다.

밤새 컴퓨터 게임하다가 지쳐 쓰러져 자기 일쑤였다. 때에 따라 술독에 빠지기도 하고 쇼핑 중독에 빠져 온종일 거리를 쏘다니기도 했다. 제 정신이 아니었다. 그녀는 날마다 그 알 수 없는 강력한 힘에 이끌려 정신없이 돌아다녔다.

어떤 날은 이른 새벽부터 가락동 도매시장에 가 헤맸고 고속버스터미널 대합실에서 대형 TV에 시선을 박기도 했다. 영등포와 청량리 시장 골목을 헤매면서 길거리에 쓰러져 있는 노숙자를 보면서 깊은 회한에 잠기기도 했다.

그러던 어느 날 그녀는 뻥 뚫린 가슴을 보았다. 그건 좌절과 방황으로 인한 상처였다. 삶은 고통이요 투쟁의 연속이었다. 거듭되는 실패와 악운 속에서도 또다시 가야 하는 가시밭길이었다. 대학 다닐 때만 해도 그녀의 삶은 일방통행식이었다.

아무런 걸림돌이 없는 탄탄대로였다. 그러나 어느 순간인가부터 그녀의 감각은 서서히 지쳐가고 있었다. 방황은 방종을 낳고 무기력과 무능력을 생산했다. 길거리를 지나면 수많은 검은 손들이 그녀의 정신과 발목을 붙잡고 늘어졌다.

천길만길 낭떠러지로 떨어질 느낌이 들 때면 이모에게서 연락이 왔다. 그리고 서너 차례 학원가를 더 들락거렸다. 그때마다 그녀는 짜 맞추기라도 하듯 똑같은 방식으로 쫓겨났다.

그 과정 속에서 그녀의 정신은 심한 타격을 받은 것 같다. 이 따금 자살 충동에 휘말리기도 했는데 그것은 실패에서 오는 충격이라기보다 느닷없는 감정의 몰락이었다. 이성을 송두리째 흔드는 감정의 몰락. 그때마다 가슴속 깊은 곳에서 알 수 없는 울음소리가 들려왔다.

그것도 아주 처절한 상한 심령의 울음소리가. 그리고 어김없이 은주의 죽음도 생각났다. 남자에게 이용당하고 버림당한 은주의 마지막 모습이……. 그녀는 사랑이라는 감정의 쾌락 앞에 노예가 되었다가 끝내 죽음으로서 앙갚음했다.

그녀의 죽음으로 종지부를 찍어야 했던 첫사랑이었던 최창식도 생각났다. 긴 방황 속에 그는 여전히 그녀의 의식 속에 살아 있었다. 그것도 끈질기게 아주 처절하도록 그녀의 뇌리를 붙들고 있었다. 감정과 의지를 조종하면서.

어느 순간인가부터 분노와 슬픔이 가슴 밑바닥에서 자꾸만 솟아났다. 드라마의 여주인공처럼 실컷 울어버리고 싶은데 도무지 눈물이 나오지 않았다. 사람들은 흔히 주변 사람 중 누가 죽었다든지 혹은 이별에 대한 안타까움이라든지 아님, 기쁜 일이 생겼다든지 경사가 겹칠 때 눈물을 흘린다.

억울한 일을 당했을 때도 마찬가지다. 슬픈 멜로 드라마를 보거나 심지어 배가 아프게 웃다가도 눈물을 흘린다. 특히 감정이 민감한 여자들은 걸핏하면 눈물부터 뿌리는 바람에 일을 그르치기도 한다. 어찌됐든 눈물은 가장 대표적인 감정 수단이 아닐 수 없다.

그런데 그녀의 경우는 그 어떤 것에도 해당되지 않을 만큼 눈물이 없었다.

아마도 안구건조증에 걸린 모양이다. 안구건조증은 폐경기 이후 여성에게 흔히 나타나는 병으로 원인은 두 가지다.

첫 번째는 혈압약이나 수면 유도제 및 정신과와 여드름 치료제를 복용했을 때 따른 약물 부작용이 있다. 또 안구 및 그 주위의 외상 및 수술 등이 원인이 되어 발생하기도 한다. 두 번째는 눈물층의 이상으로 생긴다.

즉 눈물이 빨리 건조되어 나타나는, 그러니까 눈물이 부족해 생기는 병이다. 치료법으로는 인공눈물을 넣어주는 방법과 인공 누액이 있다. 직접 인공눈물을 넣어주거나 녹는 실리콘으로 만든 플러그로 눈물 배출구를 막아 눈물이 없어지는 것을 막아 눈을 축축하게 만드는 방법이다.

그렇다면 인공눈물을 넣어 주어야 한다. 감정의 대표 수단인 눈물을 의학의 힘을 빌려서라도 채워 주어야 한다. 이모에게서 또다시 연락이 왔다. 이번에 소개한 학원은 외국어 학원이었다. 주로 직장인들을 상대로 하니까 지난번에 겪었던 아픔은 없을 거라 했다. 그녀는 이모에게 처음으로 감사하다는 인사를 했다.

이모는 그녀가 급하면 달려가는 창구와 같았다. 아니 이모는 때에 따라 피난처와도 같았다. 이모는 다른 사람과 달리 끝까지 관용하고 참아주는 일방통행식 사랑을 보여 주었다.

"정민아, 이젠 나이도 있고 하니 진득이 붙어 있다가 착하고 성실한 남자 만나 결혼하도록 해라. 이모가 중매하랴?"

"이모, 그건 나중 얘기고 요즘은 여자도 능력이 있어야 해, 우선 직장부터 안정되고 나서."

그녀는 이번에는 절대로 직장을 도중에 그만 두는 일은 없기로 자신에게 다짐했다. 성격을 다 죽이는 한이 있더라도 끝까지 직장에 붙어 있으리라, 절대로 쫓겨나는 일은 없으리라 그녀는 다짐하고 또 다짐했다.

'더 이상 내 인생에 실패는 없다.'

그런 의미에서 그녀는 산행을 하기로 결심했다. 심기일전하는 의미에서 머리를 짧게 커트한 다음, 오랜만에 산 공기를 마시면서 앞날에 대한 구체적인 계획도 세워 보리라. 이제 두 번 다시 방황하는 일은 없으리라.

남들보다 뒤쳐지는 일은 결단코 없으리라. 결단에 결단을 굳혔다. 이른 아침 그녀는 동네 미용실에서 머리를 짧게 자른 뒤, 전철역으로 달려갔다. 청량리역에서 내린 그녀는 다시 시외버스로 갈아탔다.

1시간 가량 지나 그녀가 내린 곳은 경기도에 있는 ○○산이었다. 언제 봐도 경관이 아름다운 곳이었다. 포장도로를 지나 천천히 산길을 따라 올라가는데 언젠가 산행에서 만났던, 불륜 남녀가 생각났다.

대학에 다니는 다 큰 아들 딸을 둔 중년남녀가 불륜을 저지른 것도 모자라 대낮에 돈 문제 가지고 싸우다니…….

세상에 아무리 낯짝이 두꺼워도 그렇지, 벌건 대낮에 낯 뜨겁게 불륜 행각을 공개하면서 쌍욕까지 해가며 싸우다니. 그건 인간 이하의 행동이었다. 망신도, 망신도 그런 개망신이 없을 터였다. 한마디로 짐승만도 못한 것들이었다.

옛날 같았으면 동네에서 조리를 돌리거나 대중 앞에서 돌 맞아 죽을 일이었다. 세상이 좋아져서 그렇지, 어떻게 그런 인간들이 활개치고 다닌단 말인가. 그래놓고 자기 자식들 얼굴은 어떻게 보려고.

아아! 나는 그런 부모를 안 둔 게 얼마나 다행이고 감사한 일인가. 그런 정욕에 물든 부모를 둔 인간은 얼마나 재수 없고 불행한 경우란 말인가. 그녀는 다시 한 번 자신의 출신 성분을 하느님께 감사했다.

그런 생각을 하며 산을 오르는데 느닷없이 등 뒤에서 벼락 치는 듯한 소리가 들려왔다.

"야! 김정민 너 김정민 맞지?"

누구? 하며 뒤돌아서는데 최창식이 이쪽을 향해 손을 흔들고 있었다.

세상에⋯⋯!

그가 캐주얼 차림에 등산모를 쓴 모습으로 이쪽을 바라보는데 완전 영화배우 감이었다. 오랜만에 봐서 그런지 더 잘생기고 멋있어 보였다. 얼마나 반가운지 가슴이 쿵닥쿵닥 뛰었다. 그런데 그 옆에 중년 여자가 서 있는데 아무래도 어머니 같았다.

나이가 들어 보이기는 하지만 잘 차려 입어서 그런지 꽤 미모였다.

"인사드려 우리 엄마셔."

웬일일까. 내게 자기 엄마를 다 인사시키고, 천지가 개벽할 노릇이네. 평소의 최창식이라면 소개는커녕 그냥 모른 체하고 지날 텐데. 그새 내게 대한 마음이 달라지기라도 했단 말인가. 멍하니 그의 얼굴을 바라보는데 정민은 속에서 울음이 치솟았다.

자세히 보니 최창식은 전보다 더 야위어 있었다. 살도 빠지고 뺨도 홀쭉해진 게 전과는 다른 인상이었다. 그동안 얼마나 힘들었으면…….

그녀는 그 책임이 자신에게 있기라도 하듯 가슴이 아팠다. 그가 애처로운 표정으로 바라보는데 옛날의 감정이 되살아나 심장이 멈추는 듯했다. 여전히 멋있다. 야윈 모습이 오히려 남자다운 매력을 더했다.

산길을 오르는 많은 여자 등산객들이 그에게 시선을 집중하고 있었다. 영화배우가 야외 촬영이라도 나온 줄 아는 모양이었다. 그런데 공휴일도 아닌 평일에 산에 웬일일까? 그것도 어머니까지 동행하고. 그렇담 그는 아직 취직도 못한 백수?

"김정민이라고 했던가. 얘기 많이 들었어요. 우리 애랑 한 학교 다니면서 친하게 지냈다고."

그와 많이 닮았다. 눈빛과 특히 얼굴 윤곽이 많이 닮았다. 그러나 나이는 속일 수 없는지 이마에 주름이 자글자글했다. 몸매도 살집이 붙은 게 역시 중년의 나이는 속일 수 없었다. 그런데 가만가만……. 뚱뚱한 몸집과 이마에 주름살이…….

"정민이 너 취직 안 했니? 평일인데 산에를 다 오고."

그러는 너는? 하려다 정민은 창식의 눈길을 따라 산 정상을 향했다. 그때 그들에게 손을 흔들며 내려오는 여자가 있었다.

"창식씨! 형."

꽉 끼는 청바지 차림에 쫄티를 입은 여자는 정민을 보더니 기겁할 듯이 놀랐다.

"어! 너 정민이 아니니?"

"넌 현경이? 네가 여긴 웬일이니?"

"너 몰랐니? 여기 창식씨랑 나 다음 달에 결혼해, 그래서 오늘 어머님하고 같이 등산 온 거야."

"뭐? 결혼?"

정민은 뒤통수를 세게 얻어맞은 것처럼 멍한 충격에 사로잡혔다.

"놀랐지? 너무 재미있지 않니?"

저런 뻔뻔스러운 년. 뭐 재미있어? 놀랐느냐고? 정민은 하도 기가 막혀 쓰러질 지경이었다. 세상에 어떻게 가장 친한 친구의 애인이었던 남자와 결혼을 하면서 재미? 놀랐느냐고? 뻔뻔해도 저 정도면 사이코 수준이다.

"둘이서 어떻게 만난 건데?"

정민은 기어코 그 말을 묻고야 말았다. 자존심의 손상을 무릅쓰고서.

"응, 졸업하고 나서 같은 직장에서 만났지. 정말 우연이었어. 신입사원 리셉션에서 만났다니까. 이건 사실이야, 아마 하나님이 그렇게 만나라고 정해 주신 모양이야. 그런데 넌 아직도 취직 안 했니? 소문에 듣기로는 꽤 힘들다고 하던데."

정민은 이미 발걸음을 돌이켜 산을 내려가고 있었다. 등 뒤에서 킥킥대는 웃음소리가 들려왔다. 피가 거꾸로 솟는 것 같았지만 정민은 끝내 돌아서지 않았다. 마지막 남은 자존심이 이미 먹칠을 당하고 있었기 때문이다.

속에서 울음이 탁! 치밀어 오르면서 다리가 후들후들 떨렸다.

하도 분하고 억울해서 오늘밤은 절대로 잠이 안 올 것 같았다. 재수가 붙어도 옴 붙었지. 하필이면 저것들을 여기에서 만날 게 뭐람. 아무리 생각해도 그들의 태도가 여간 뻔뻔스러운 게 아니었다.

그들은 이미 그녀의 삶을 엿가락 꿰듯 이미 다 알고 있는 눈치였다. 그래서 더 일부러 그랬는지도 모른다. 못된 것들. 내가 그동안 얼마나 힘들게 살아왔는지 잘 알면서, 뭐 결혼? 나보고 취직했냐고?

그런데 내려오면서 생각해 보니 이상했다. 일부러 약 올리려고 꾸며낸 거짓말 같다는 생각이 들었다. 저것들이 나 모르는 사이에……, 내가 피해망상인가?

정민은 두 사람의 모습에 배신감은 둘째 치고라도 질투와 열등감이 치솟아 견딜 수가 없었다. 세상에 태어나 그렇게 비참하고 더러운 기분은 처음이었다. 욕설이라도 한바탕 퍼부어야 속이 시원할 것 같았다.

또다시 속에서 울음이 울컥하고 치밀어 올랐다. 힘없이 시외버스 정류장을 향해 걸어가는데 이번에도 또 이상한 한 쌍을 만났다. 대로변에서 중년남녀가 팔을 걷어붙이고 싸우는 장면이었다.

"야! 내가 언제 니 돈 떼어 먹은 적 있니? 있음 말해 봐."

남자가 주먹을 내지르며 여자에게 하는 말이었다.

"아니, 창피하게 길거리에서 왜 이래, 조용조용하게 말하지 않고."

여자는 나이에 비해 꽤 미모였다. 날씬한 체격에다 교양도 있어 보였다.

"너 자꾸만 그런 식으로 나오면 니 서방한테 확 불어버린다. 알 겠어?"

그러자 길 가던 사람들이 재미있다는 표정으로 웃었다. 여자는 얼굴이 벌개져서 어쩔 줄을 몰라 했다. 그러자 남자는 더욱 더 큰 소리로 외쳤다.

"나야 여편네 하고 쌈박질 한번 하고 나면 끝이지만 넌 당장 이 혼이야, 알겠어? 집에서 쫓겨나 오갈 데 없는 노숙자 신세가 된 다구."

남자는 아예 여자를 망신 주기로 작정한 것 같았다. 마치 사람 들 보고 여기 불륜 현장이 있으니 마음 놓고 구경하라는 투였다. 남자의 얼굴과 말투가 어디서 많이 본 듯한, 그러니까 언젠가 들 었던 똑같은 레퍼토리 같다는 생각이 들었다.

그 둘이 티격태격하는 사이 기다리던 버스가 도착했다. 사람들 은 귀중한 구경거리를 놓친 듯 못내 아쉬운 표정으로 차에 올랐 다. 정민은 버스에 오르자마자 현경이의 일은 까맣게 잊은 채, 방 금 전에 만났던 중년남자에 대한 생각에 빠졌다.

어디였더라? 분명 어디서 본 얼굴과 말투였는데. 가물가물 생 각이 날 듯 날 듯 하다 떠오르지 않았다. 버스가 경기도를 빠져 나와 서울 근방에 닿았다. 차창 밖으로 상가 건물이 빠르게 지나 갔다.

단란주점, 지하 나이트클럽, 노래방, 대형 슈퍼마켓도 보였다. 길거리에 쓰러져 있는 노숙자의 모습도 보였다. 그때였다. 섬광같 이 떠오른 장면이 있었다.

그래 바로 그거였어, 언젠가 산에 갔다가 만났던 바로 그 불륜의 중년남녀. 그러고 보니 최창식의 어머니가 그 여자? 맞아 어쩐지…….

정민은 너무도 재미있어 달리는 버스 안에서 일어나 마구 환호성을 질렀다.

"재미있긴 이 바보들아, 야! 최창식 현경이 이년아."

어느 날 정민은 TV에서 기막힌 장면을 접했다. 역(驛) 앞에서 아버지를 기다리고 있는 꼬마를 섬으로 납치해 40년간이나 기계로 사육한 사건이었다. 먹을 것 한 덩어리 던져주고 농사일과 어장 일을 시키면서 그는 철저하게 기계로 사육되었다.

글도 모르고 섬 안에 갇혀 기계 인생을 산 것이다. 기계로 사육되면서 게으름을 피우거나 실수를 하면 그는 나무에 묶인 채 매를 맞았다. 그의 정신연령은 잡혀올 당시의 네 살 수준이었다. 그 이후 정신 성장이 멈춰 있었다.

그리고 모든 기억을 상실했다. 폭력에 항거할 사고(思考)조차 그에겐 허락되지 않았다. 나이 오십이 될 때까지 그는 자신을 모르고 살았다. 극악한 인간 백정에게 사육 당하면서 사고(思考)를 잃어버린 것이다.

더 가증한 건 그곳에 사는 섬 주민들이었다. 그들은 모두가 일가친척으로 그의 사육과정을 방관하고 외면했다. 천인공노할 인간악이었다. 너무 많이 맞아 감각을 잃고 쓰러진 그는 외부인의 도움으로 간신히 풀려났지만 억압된 정신은 풀려나지 못했다.

어린아이들을 성폭행한 주지승도 있었다. 종교의 힘을 빙자한 아동 학대 사건은 전율을 느끼게 했다. 사찰 안에 골프장을 건립하려다 신도들의 반대로 무산되자 처첩을 거느린 승려들이 술과 노름으로 헌금을 탕진한 사건도 있었다. 고양이 머리에 대못을 박은 사건이 인터넷 뉴스에 보도된 적도 있었다.

세상은 온통 쾌락과 폭력에 취해 감성과 이성을 잃고 광란의 도가니에 휩쓸리고 있었다. 가장 경악할 건 종교의 힘이 상실된 것이다. 상실된 종교는 세상과 영합되면서 점점 세속화되고 있었다. 어린 생명이 종교에 의해 착취당하고 유린당하고 있었다.

그 광경을 바라보는데 가슴속에서 뭉클하고 뜨거운 기운이 솟았다. 얼어붙은 마음속에 연민의 감정이 스멀거리고 올라왔다. 동네 약국에서 인공눈물이 든 손가락 크기 만한 흰 플라스틱 병을 사들고 왔다.

방에 들어서자마자 인공눈물을 눈에 적셨다. 눈을 적신 액체는 눈가에 흐르며 눈물로 변한다. 정민은 거울 앞에 서서 눈물짓는 표정을 한다. 아주 슬픈 멜로드라마의 여주인공처럼 눈물을 바라보며 소리 내어 운다. 마침 이별 장면을 찍는 중요한 씬이다.

"이렇게 헤어지게 될 줄은 정말 몰랐어요……. 흑흑흑흑……."

절정에 다다른 슬픔이 눈물의 폭포수가 되어 온통 얼굴을 적신다. 그녀는 주먹으로 눈물을 훔치며 말한다.

"이젠……. 정말 어떻게 살아야 할지……. 이게 현실이 아닌 꿈이라면 좋겠어요, 아으으윽……."

소리 내어 울다 두 손으로 머리칼을 쥐어뜯는다.

"누나, 미쳤어?"

언제 들어왔는지 남동생이 거울 뒤에 서서 사나운 눈알을 굴리고 있다.

"누가 보면 애인이랑 헤어져서 진짜 우는 줄 알겠네, 헤어질 애인이나 있음 내 말도 안 해.”

남동생은 노골적으로 비웃으며 또다시 뇌까린다.

“애인이 없는 게 당연하지, 이건 무슨 여자다운 매력이 있나. 그렇다고 멋을 부리기를 하나, 독하기는 꼭 오뉴월의 찬서리만큼이나 냉정해 가지고는.”

이때쯤이면 남동생의 멱살은 그녀의 손아귀에 잡혀 캑캑거린다. 때에 따라 단추가 뜯겨져 나가고 난타 당하기 일쑤다.

“차라리 여형사나 해라.”

남동생은 말꼬리를 내리며 방을 빠져나간다.

갑자기 커다란 화면이 그녀를 압도한다.

‘내 머릿속의 지우개.’

신분 계층을 뛰어 넘은 두 남녀 주인공이 과거와 현재를 오가며 오랜 사랑을 나눈다. 아픈 과거를 딛고 일어선 사랑 앞에 논리는 이미 존재하지 않는다.

사랑은 논리를 배제한다. 사랑은 과거와 모든 허물을 덮어준다.

생모를 향해 극한 분한을 앓는 남편에게 아내는 말한다.

용서란 미움에게 방 한 칸 내 주는 것이라고.

용서란 그리 어려운 게 아니라고,

그는 그 용서와 사랑을 동시에 실천하며 자신에게 주어진 십자가에 순종한다. 기억이 사라지는 병을 앓는 아내를 끌어안고 과거와 현재를 모두 감당하며 사랑한다. 기억은 최근의 것부터 점차 사라진다.

그러니까 옛 기억이 가장 마지막으로 남아 현재를 살아내는 것이다.

그는 자신을 과거의 남자로 착각, 사랑을 고백하는 아내를 끝까지 사랑한다. 사랑은 끝까지 함께 하는 것이다. 상대의 어떠한 변화에도- 나는 끝까지 변치 않는 것이다. 과거의 회로를 찾아 헤매는 아내를 용서하고 사랑하기를 끊임없이 반복하는 것처럼.

현경이 청첩장을 보내왔다. 정민의 감정과는 상관없이 그녀는 마냥 행복한 모양이었다. 결혼식 일 주일 전에는 전화까지 걸어와 꼭 참석할 것을 당부했다. 승리의 쾌감을 만끽하듯 현경은 마냥 행복감에 취해 있었다.

기가 막힌 정민은 친구에게 전화를 걸어 하소연했다.

"도대체 현경이 그년 제 정신이니? 아니, 어떻게 나한테 그럴 수가 있는 거니? 어떻게 그렇게 당당할 수가 있는 거냐고?"

그러면서 정민은 영화 속의 한 장면을 떠올리고 있었다. 자신을 과거의 남자로 착각, 사랑을 고백하는 아내를 끝까지 사랑하는 남자. 정우성

"그년이 나한테 뭔가 과시하고 싶어 하는 것 같은데, 도대체 현경이 그년 왜 그런다니?"

그러자 친구의 입에서 의외의 말이 터져 나왔다.

"정민아, 너 그거 아니? 창식이가 다니는 그 회사 말야, 거기 계열사 사장이 현경이 아빠래."

"뭐? 현경이 아빠?"

그제야 뭔가 감이 잡히는 듯했다.

"응, 처음에는 창식이도 현경이를 그렇게 좋아하는 것 같지 않았는데 말야, 현경이 집안 배경을 보고 나더니 마음이 달라진 것 같애. 우리가 보더라도 현경이 걔 인물이 별로잖니."

이건 또 무슨 소린가. 그렇담 그가…….

"요즘 취직하기가 하늘에 별 따기라는 것 알지? 그게 다 그렇게 된 거라구. 그리고 이건 너한테만 말하는 건데, 현경이 그게 학교 때부터 은근히 창식이 좋아했어. 하긴 현경이뿐이겠냐. 창식이 안 좋아한 여자 있음 나와 보라 그래. 여자라면 다 좋아했지. 그때 니가 창식이 사귈 때 부러워하는 여자들이 얼마나 많았는지 아니? 너보고 복도 많다고……. 죽은 은주도 엄청 부러워했다."

"뭐? 은주도?"

말하다 말고 친구는 움찔하는 기색이었다.

"다 옛날 일이야. 잊어버려 이왕 결혼하는 것 어쩌겠니. 잘 살라고 빌어 줘야지."

그거야 니 입장이지 그게 어째 내 입장이냐. 속에서 치솟는 말을 정민은 얼른 집어 삼켰다. 수화기를 내려놓는데 손끝이 저절로 떨렸다. 언젠가 은주가 독 오른 표정으로 말하던 생각이 났다.

"사랑에 재산을 결부시킨다는 게 넌 말이 된다고 생각하니?"

그 말에 대꾸하던 현경이 말도 생각났다.

"왜 말이 안 되는데? 사랑에다 돈이 있으면 금상첨화지, 그럼 넌 돈 없는 남자가 좋으니?" 어쩜 그 말이 이 상황 속에 잘 맞아 떨어지는 걸까. 정민은 쓴웃음이 나왔다. 그래 어쩌겠어. 잊어야지. 별수 없잖아.

그러나 생각과는 달리 자꾸만 안에서 울음이 치솟았다. 밖으로 나가 거리를 걷는데 날씨가 흐린 탓인지 빗방울이 툭하고 손 등 위로 떨어졌다. 비가 오려나. 그녀는 비를 피하기 위해 지하도 속으로 발걸음을 옮겼다.

그러다 다시 손 등 위로 떨어지는 물방울을 보았다.

눈물이 흐르고 있었다. 인공눈물을 안 넣었는데도 자꾸만 자꾸만 흐르고 있었다. 처음 당하는 일이라 그녀는 너무도 당혹스러웠다. 그녀는 빠른 속도로 계단을 뛰어 내려가 얼른 전동차에 올랐다.

주먹으로 눈물을 쓰윽 훔치는 데도 눈물이 자꾸만 솟아났다. 곁에 서 있던 남자가 손수건을 꺼내 그녀에게 건네주었다. 그녀는 낯모르는 남자가 건네주는 손수건을 받으며 희미하게 웃었다. 그러다 또다시 울음이 터지고 말았다.

창밖으로 어둔 터널이 길게 길게 지나가고 있었다.

(2006년 순수문학)

인과응보

오후 5시가 채 되지도 않았는데 어둑한 하늘에 눈발이 흩날리기 시작했다.

거리는 추위에 발을 동동거리며 걷는 행인과 아스팔트 위를 아슬아슬하게 달리는 차량으로 더욱 을씨년스러웠다. 날씨가 추운 탓인지 아예 불빛조차 사라진 채 철시한 상가들도 많았다. 몇몇 편의점 불빛만이 행인들의 발걸음을 기다리고 있을 뿐 거리는 음산한 분위기마저 들었다.

평상시 같았으면 불야성을 이루었을 거리가 캄캄한 도심의 하늘을 떠받친 채 졸고 있었다. 버스가 정차할 때마다 사람들이 우르르 차도로 몰려갔다. 염화칼슘에 녹아 흐르는 물이 검게 아스팔트를 물들이며 작은 포물선을 그렸다.

이제 입시철도 막바지에 이르고 있었다. 인터넷 매체는 물론이고 전동차와 버스 안까지 대학을 홍보하는 광고가 범람하고 있다. 생전 처음 들어보는 대학 이름이 취업률을 앞세워 신입생 유치 작전을 펼치고 있다.

이제 마음만 먹으면 아무리 공부가 시원찮아도 대학 가기가 쉬워진 세상이 되었다. 눈만 낮추면 말이다. 지방 읍내까지 파고든 대학은 전국 취업률을 더 낮추는 결과가 된 건 아닐까.

내가 대학 갈 때만 해도 수도권에 있는 대학이 손가락에 꼽힐 정도였는데 어느새 엄청난 숫자로 불어 있었다. 그 당시 유명한 공대는 대학 3학년이 되면 각 기업체에서 장학금을 주고 서로 데려 가려고 유치 작전을 벌였었다.

하긴 그때는 아날로그 시대이고 지금은 디지털 시대 즉 IT 시대가 아닌가. 자동설비화로 인터넷이 사람의 기능을 몇 배 몇 수천 배로 해내면서 일자리를 앗아간 것이다. 이제 사람들은 집에 앉아서도 은행 업무를 보고 각종 쇼핑몰을 통해 물건을 구입한다. 뿐인가.

언제부터인가 상가에서는 사진관이 사라지고 재래시장이 대형 마트로 바뀌기 시작했다. 사람들은 편리성만 추구할 뿐 더 이상 향수를 그리워하지 않는다. 인간의 기본적인 복(福)에 대한 개념도 사라져가는 추세다.

오복인 수(壽)·부(富)·강녕(康寧)·유호덕(攸好德)·고종명(考終命) 외에 다남(多男)이 다복의 하나로 취급되던 시절이 있었다. 가문의 대를 잇고 번창시킨다는 목적으로 남아선호 사상이 뿌리 깊은 가정일수록 더했다.

7080세대만 해도 아들을 낳지 못해 대가 끊기면 며느리로서 아내로서 갖은 수치를 감내해야만 했었다. 요즘은 한 가정에 한 자녀가 보통인 시대가 되어버렸다. 외아들 외딸이 대세인지라 대를 잇는 것쯤은 아랑곳하지 않는다.

취업문이 낙타 바늘 귀 뚫는 것만큼 힘든 세상이라 자녀에게도 똑같은 고생을 시키지 않고 싶은 것이다. 여자도 남자도 취업이

일 순위가 되어 모든 걸 능력 위주로 사고방식조차 변해가고 있
다.

능력이 없으면 부부 사이에 금이 가는 것도 시간문제가 되어
버렸다. 경제적 능력이 없으면 아예 결혼 자체가 안 되고 자녀를
낳고 살다가도 파산이나 실직이 되면 이혼카드를 서슴없이 꺼내
드는 게 요즘 세대다.

사업이 부도났다고 자살하고, 돈 안 되는 순수 예술은 각종 비
리의 온상이 될만큼 예술계도 병들어 버렸다. 해마다 터지는 입
시 부정은 예술계가 단연 으뜸이지 않은가. 그건 30-40년 전이나
지금이나 별반 차이가 없는 것 같다.

그러니까 요즘은 예술도 돈 되는 예술을 해야 한다고 거리마다
실용음악 학원이 대세이고 미술도 디자인 계통이 대세인 것이다.
게다가 조기 교육 바람이 불어 닥쳐 그나마 발붙이기가 더 힘든
실정이 되었다.

눈발은 회오리바람을 타고 더 강하게 역 광장을 몰아치고 있었
다. 눈발은 건물들을 색칠하듯 점점 하늘과 땅을 하얗게 덮어 갔
다. 사거리 맞은편을 돌아 버스 한 대가 오더니 내 앞에 멈춰 섰
다. 정확히 내 앞에 선 버스는 승객들의 발걸음을 순식간에 잡아
올렸다. 버스 안은 이미 검은 물 천지였다.

판독기에 버스카드를 대자 멘트가 나왔다.

환승입니다.

다행히 뒤에 자리가 있어 앉았다. 창밖을 보니 눈발이 대지를
집어 삼킬 듯이 내리 쏟아 붓는다. 이 정도면 낭만이 아니라 재앙
이라 싶을 정도로 눈발이 거세다. 차창 밖의 거리는 단층들로 주

변의 들판과 묘한 대비를 이루고 있다. 교각 밑을 흐르는 개울물과 들판을 가로지르는 고가도로는 이곳이 외곽지대임을 말해주는 듯하다.

버스가 지날 때마다 상가 이름이 들어온다. 오토바이 수리점, 철물점, 고물상, 닥트 수리점, 미용실, 중국 음식점, 정밀기계. 밀링, 선반. 그러고 보니 여기가 공장 지대였구나. 들판 앙상한 나뭇가지 위에 쌓인 눈이 크리스마스트리를 연상케 한다.

눈은 건물과 밭과 개울가를 하얀 색으로 통일하면서 사람들의 마음도 하얗게 통일하는 것 같다. 버스가 지하도로 들어선다. 짙은 어둠이 잠시 몰려왔다가 지나간다. 버스는 다시 지상으로 나오면서 이번에는 밝은 상가의 빛을 받고 있다.

네온사인은 상가와 음식점 간판을 교대로 비추면서 관악산 자락과 함께 공원을 자리매김하고 있다. 관악산에서 흘러내리는 물줄기는 온통 주변을 하얗게 색칠하는 눈발과 함께 향수마저 불러일으킨다.

눈은 누가 뭐래도 겨울의 대명사다. 눈이 없는 겨울은 낭만을 빼앗긴 예술과 같다. 온통 눈을 뒤집어쓰고 네온사인과 함께 음악을 내보내는 카페 불빛이 보인다.

7080 카페.

나는 그곳으로 발걸음을 드밀며 웃는다. 중년들, 베이비붐 시대에 태어난 세대를 가리킨 또 하나의 단어가 7080이다. 군사정권의 힘든 시절을 온몸으로 겪어낸 주역들이 작금(昨今)에 이르러 온갖 희생의 대명사가 되어 사회에서 가정에서 퇴출 위기를 만나고 있다.

극도의 이기주의는 희생양을 만들어내는데 익숙하다. 이용가치에 따라 폐기처분하는 건 물건이나 사람이나 별반 다르지 않은 모양이다. 그런 면에서 볼 때 베이비 붐 세대는 가장 큰 희생양이 되었다.

이제 차후의 세대들은 더 이상 희생도 않고 당하지도 않는다. 마지막으로 부모를 봉양하고 버림당하는 세대가 바로 베이비 붐 세대인 것처럼. 나무 계단을 올라 2층 카페 문을 열고 들어서자 훈기가 확 끼쳐져 들어왔다.

나무 탁자 옆에 푹신한 소파가 샹들리에와 함께 안온한 실내 분위기를 연출하고 있었다. 어두운 조명은 눈 덮인 바깥 풍경을 슬라이드처럼 비추고 있다. 개울물과 상가를 비추는 네온과 초록을 덮고 하얗게 옷을 입힌 눈발까지.

눈은 온 천지를 하얗게 덮으면서 옛 기억을 하나씩 떠올렸다. 스피커에서 7080 노래가 나왔다. 심수봉의 애절한 목소리가 옛 향수를 가슴을 저미듯 노래했다.

희미한 색빛 저 하늘 아래 달려가는 그림자

초라한 모습 보이지 않게 태양아 떠오르지 마라

세상에 다치고 사는 몸이 사랑도 멀리 두고

나의 종착역은 어디 있나 쉴 곳 없는 내 신세

어디로 어디로 나는 어디로 가야 하나

이 밤도 나 홀로 내 사랑만 그리워하네

이젠 나도 영락없는 중년이구나. 이렇게 흘러간 옛 노래를 좋아하는 걸 보면. 심수봉의 노래가 끝나자 이번에는 캐럴 키드의 when I dream이 나왔다.

I could build a mansion that is higher than the trees
I could have all the gifts I want and never ask
please
I could fly to Paris it's at my beck and call
Why do I live my life alone with nothing at all
But when I dream
I dream of you
Maybe someday you will come true
When I dream of you
Maybe someday you will come true
I can be the singer or the clown in any role
I can call up someone to take me to the moon
I can put my makeup on and drive the man insane
I can go the bed alone and never know his name
But when I dream
I dream of you
Maybe someday you will dream come true
When I dream I dream of you
Maybe someday you will come true

감미로운 음률은 옛 기억을 떠올리며 후회를 연발하고 있다. 마음속에 눈물이 흐른다. 눈 한번 깜빡이고 났더니 30년 세월이 지나고 말았다. 과거는 하느님도 어쩔 수 없는 영역이 아니던가. 그럼에도 사람들은 과거에 연연하며 추억의 그림자를 떠안고 살아간다.

　감상(感想)의 늪에는 나이도 어쩔 수 없는 모양이다. 눈물이 주체할 수 없을 정도로 흘러 내렸다. 그 순간이었다. 누군가 내 앞에 와 섰다. 검은색 바지 위로 검은색 부츠가 내 시야를 가린다. 동시에 30년 전 세월이 내 앞에 딱 멈춰져 있는 게 보였다. 숨 막힐 듯한 긴장이 내 영혼을 집중시키며 소설적 상상력이 밀물처럼 일어났다.

　“송양희?”

　그녀는 고개를 끄덕이며 내 얼굴을 찬찬히 살핀다. 그녀 역시 내 얼굴에서 30년의 세월을 찾고 있는 듯하다. 두 사람의 표정에서 공감대가 흐른다. 세월 이기는 장사 없다더니 많이 변했구나. 그녀는 자리에 앉으며 주변을 살핀다.

　“눈이 많이 오네, 오는데 힘들지 않았니?”

　“응, 조금.”

　잠시 어색한 침묵이 흐른다.

　“이게 몇 년 만이지? 참 세월 빠르다. 그치?”

　“응, 그래 벌써 30년 세월이 흘렀구나. 창밖 좀 봐, 눈이 엄청 많이 내린다. 우리 학교 다닐 때 생각나니? 눈만 오면 창경궁 돌담길을 걸으며 많은 이야기를 했었지.”

　“그래, 이야기는 천천히 하고 우선 차부터 시키자, 뭐 마실래?”

　“커피. 넌?”

　“난 율무차. 속이 좀 안 좋아서.”

　그녀는 차림표를 들여다보더니 기겁할 듯 놀란 표정이다.

　“왜 그래?”

　“너무 비싸서.”

"괜찮아, 내가 살게, 그보다 옛날에 비해 살이 많이 찐 것 같
다."

"응, 중년이잖아, 내 친구들도 젊었을 때 칼날같이 날씬했던 애
들도 지금은 모두 배불뚝이로 변했어, 먹는데 비해 움직이지 않
으니까 그게 다 살로 가나봐."

"응, 나도 젊었을 땐 45킬로이더니 지금은 거의 50킬로에 가까
워."

"그 정도면 양호한 편이지, 애들은?"

"응? 애들이라니?"

"애들 시집 장가는 다 보냈느냐고?"

"아, 아직."

"저런, 결혼을 늦게 한 모양이구나."

"그, 그게 아니고."

"자식들 시집 장가보내면 한 시름 놓을 줄 알았더니 그것도 아
니더라."

양희는 뭔가 사연이 많은 모양이다. 어릴 때부터 일찍 철이 들
더니 가정주부 역할 하느라 고생이 심한 눈치다. 그때 20대 초반
으로 보이는 남자 알바생이 찻잔을 놓고 돌아 섰다.

"저 남자애 참 잘 생겼네, 꼭 내 남편 젊었을 때 모습 보는 것
같네."

그녀는 심상한 웃음을 짓는다.

"자경아, 우리 그때 종로 2가 YMCA에서 헤어졌을 때가 몇 살
때였더라."

"스물다섯 살 때였지, 아마."

"그래 꼭 삼십 년 됐구나. 그때 우리 둘 다 미혼이었는데 넌 언제 결혼한 거야?"

그녀는 내가 결혼한 것처럼 아예 기정사실화 하여 말한다. 나는 차마 평생을 미혼으로 지냈다는 말을 못했다. 이때 왜 자존심이란 단어가 생각나는지 모르겠다.

"남편은 뭐하는 분이셔?"

내 질문에 그녀는 난처한 표정을 짓는다.

"평생 속만 썩이고 죽을 고생시키더니 지난달 하늘나라 갔어."

"뭐라구?"

나는 놀라서 어안이 벙벙하다. 전혀 예상치 못한 대답에 할 말이 없다.

"너는? 너희 남편은 뭐하시는 분이시니?"

"그, 그게 있지 그러니까."

"말하기 곤란하면 안 해도 돼. 이혼했니?"

나는 놀라서 기절할 지경이다. 이혼이라니? 생전 처음 들어보는 질문 앞에 난 또다시 할 말을 잊었다.

"괜찮아 요즘 세상에 이혼이 뭐 대수라고, 능력 있으면 평생 싱글로 사는 것도 나쁘지 않다더라. 자식 있으면 뭘해? 애물단지 끼고 살면서 평생 속이나 썩지. 안 그래?"

"응, 그 그렇지 뭐."

"그런데 넌 아까부터 무슨 대답이 그러니? 속 시원하게 말하지 않고 뭐 불편한 거 있니?"

"아, 아니."

"그럼 어디 아프니?"

"응, 조금 나, 사실은 작년에 암 수술 받았어."

"뭐? 암?"

그녀는 놀라는 눈치더니 다시 표정을 고쳐 잡는다.

"요즘 세상 그까짓 암 별거 아니다더라. 너답지 않게 꽤 놀란 모양이구나, 남편께서 걱정 많이 하셨겠다."

그녀는 말하다 말고 아차 싶었는지 제 입을 손으로 가리고 만다.

"미, 미안해."

"뭐가?"

"그, 그냥."

양희는 나를 이제는 이혼녀 취급하며 말을 아끼는 눈치다.

"그런데 이렇게 먼 데까지 와서 만나자고 한 이유는 뭐야?"

"이유는 뭐, 30년 세월 동안 어떻게 지냈나 항상 궁금했지."

"그런데 내 연락처는 어떻게 안 건데?"

"양희야, 너 우리 학교 다닐 때 경자 생각나니?"

"응, 걔 신학생과 결혼했다던?"

"응, 경자가 니 소식을 가르쳐 주더라."

"뭐라고? 경자가? 걔가 내 소식을 어떻게 알고."

"그건 잘 모르겠고 요즘은 인터넷 검색만 하면 웬만한 건 다 알 수 있다면서."

"그래도 그렇지 이상하네."

"이상하게 생각할 거 없어, 넓으면서도 좁은 게 세상이니까."

양희가 창밖을 가리키며 말했다.

"저기 저 관악산 좀 봐, 하얗게 눈이 쌓이니까 설경 한번 끝내

준다.”

지난달에 남편 상을 치른 과부답지 않게 그녀는 너무도 씩씩하고 활달하다.

“그래 사는 건 괜찮아?”

경제 문제에 이르자 그녀는 표정이 삽시간에 어두워진다.

“사실은 나 일 다녀.”

들릴 듯 말듯 잦아드는 목소리에 나는 가슴이 조마조마하다.

“그래, 다행이구나. 열심히 살아야지, 자식들을 위해서라도.”

“넌 요즘 뭐하고 지내? 가정 경제는 좋은 편이니?”

가정주부들은 누가 뭐래도 항상 돈 문제에 먼저 집착한다.

“난, 양희 너가 참 부럽다.”

“뭐? 내가 부럽다구? 뭐가 부러운데, 참 내 기가 막혀서.”

그녀는 어이없다는 표정에 앞서 아예 화가 난 듯하다. 그런데 왜 내 입에서 그런 말이 나왔을까. 양희가 부럽다니.

“가족이 있다는 건 참 행복한 일이야. 그렇다고 생각하지 않니?”

그제야 양희는 표정을 가다듬는다.

“애들은 아이 아빠가 키우는 거니?”

그녀는 나를 아이 빼앗긴 채 혼자 살아가는 이혼녀 취급하며 말했다. 얼굴에 안쓰럽다는 표정이 가득하다. 나는 그녀의 질문을 묘하게 빠져 나가면서 말했다.

“돈 문제보다 건강이 더 먼저가 아닐까?”

“아참, 아까 암 수술 받았다고 그랬지, 많이 심각한 거니?”

“상황에 따라선……”

나는 이 부분에 소설을 쓰고 만다. 왜 그랬을까.

"저런. 그렇지만 실망하진 마, 요즘은 약도 좋은 게 많이 나왔대, 내가 일하는 식당 사장님도 암 수술 크게 받았는데 지금은 멀쩡하다나 봐, 내가 자세히 물어보고 나서 너한테 말해줄게, 그러니 너무 걱정 말고 마음을 편하게 가져."

그녀의 마음씨는 30년 세월에도 전혀 변하지 않았다. 여고시절 그녀와 내가 같이 붙어 다닐 때마다 친구들은 말했었다. 저기 바늘과 실 간다.

"요즘도 글 쓰니? 너 학교 다닐 때 문학소녀였잖아, 소설 쓴다고 한참 그랬었잖아."

용케도 기억하고 있었구나. 나 사실은 소설가야. 그러나 말은 목 안까지 넘어 왔다가 도로 사라진다. 그랬다간 그녀는 당장 스마트폰으로 내 이름을 검색해 보고 나서 한마디 할 것이다.

"와! 진짜네, 이게 진짜 니가 다 쓴 책이니?"

나는 결단코 신상정보를 밝히고 싶지 않다.

"그게 언제 적 얘긴데, 옛날에 문학소녀 아니었던 사람도 있었나."

"자경아, 그건 그렇고 넌 어떻게 사니? 돈벌이는 잘 하고?"

그녀는 여전히 돈 문제에 관심이 많다. 학교 다닐 때는 정치와 부모공양에 관심이 많아 자타가 인정하는 효녀였었는데. 가난한 집안 4남매의 장녀에다 몸은 늘 병고에 치이면서 공부는 간신히 중위권을 맴돌았던 나는 항상 미래에 집착하는 이상주의자였다. 현실은 늘 아랑곳없고 제 주제는 모르고 눈만 다락같이 높았었다.

대학은커녕 밥벌이나 하라는 집안의 요구에 나는 한사코 대학을 고집했다. 당시 내 실력으로 서울은커녕 지방 대학도 가기 힘들었다. 그럼에도 나는 내 미래를 위해 죽어도 대학은 가야 한다고 생각했다. 왜냐하면 반드시 소설가가 될 것이므로. 나와 성적이 별반 차이가 없는 양희도 마찬가지였다.

그녀는 나보다 더 눈이 높았다. 나는 어떡하든 대학 배지 다는 게 소원인 반면 양희는 서울에 있는 유명대학을 원했다. 반에서 1,2등해도 가기 힘든 대학을. 그건 그녀의 바람이자 일류대학을 나온 오빠들의 바람이기도 했다.

내가 별 볼 일 없는 가난한 집안의 장녀라면 그녀는 그래도 살 만한 집안의 7남매의 막내였다. 맨 큰오빠가 양희보다 22살 많았다. 큰 조카가 양희보다 다섯 살 아래였다. 큰오빠는 고향에서 농사지으며 부모님을 모시고 있었다.

당시 양희와 나는 17살이었는데 그녀의 부모님은 이미 환갑이 지나 있었다. 내 부모는 이제 겨우 40살인데. 그것을 두고 나는 얼마나 웃었는지 모른다. 양희는 서울에 있는 오빠 집을 오가며 학교를 다녔다.

바로 위의 언니는 여상을 졸업하고 나서 같은 직장에 다니는 남자와 연애결혼 했는데 인물이 좋았다. 반면 양희는 사각진 얼굴에다 몸집도 통통하고 인물이 별로 좋지 않았다. 물론 그녀에 비해 내 인물도 썩 좋은 편은 아니었다.

나는 못 먹어 빼빼 마른 체형에 뼈가 휜데다 얼굴은 버짐이 피어 몰골이 말이 아니었다. 양희는 사랑받지 못한 상처에다 피해의식까지 가중된 나에 비해 성격이 좋았다. 집안의 막내로 사랑받고 자랐고 경제적으로도 나보다 훨씬 여유로웠다.

정서적으로도 안정되고 마음도 넉넉하고 인심도 후한 편이었다. 늘 쫓기듯 정서불안에 시달리는 나는 그녀 이외에 달리 친구가 없었다. 그녀와의 대화는 늘 평행선을 긋는 듯했으나 나는 그녀를 굳게 신뢰하고 있었다.

그녀는 한 번도 이치에 어긋나거나 험한 말을 하지 않았다. 더구나 그녀는 끔찍한 효녀였다. 어느 날 양희가 내게 슬픈 얼굴로 말했다.

"아버지가 많이 편찮으셔, 병원에 가시려고 시골서 올라 오셨는데 오빠들 중 아무도 병원에 모시고 가는 사람이 없어, 아버지가 너무 불쌍해."

그녀는 얼마나 울었는지 퉁퉁 부은 눈으로 말했다. 아둔하고 속 좁은 나는 그 말뜻조차 이해하지 못했다. 돈이 있으면 그냥 병원에 가면 될 일이지 꼭 자식들 하고 같이 가야만 하나.

"아버진 평생 자식들 위해 농사지으며 희생하셨는데 오빠들은 모두 제 살길 바쁘고 엄만 엄마대로 아파 꼼짝 못하시니 내가 힘들어 미치겠어."

그러다 어떨 땐 이런 말도 했다.

"아무리 부모님이래도 노인이 돼 기력이 떨어지면 하늘나라 갈 생각을 해야지."

"너 지금 무슨 말 하는 거니? 어떡하든 부모님 살릴 생각을 해야지."

"너는 부모님이 젊으시니까 내 말을 이해 못하는 거야, 너도 나중에 알게 돼."

그녀는 동갑인 나에 비해 일찍 철이 들어 아는 것도 많고 예의

범절도 밝았다. 나는 모든 게 내 위주였고 나만 좋으면 그만이라
는 식으로 행동했다.

"지난주에 시골서 아버지가 올라 오셨어, 막내인 내가 안쓰러운
지 계속 웃으시면서 말씀하시는 거야, 아가 아버지라고 하지 말
고 그냥 아빠라고 불러라, 넌 막내니까 괜찮아, 아가 한번 아빠라
고 불러봐라."

"아버지 그것도 어릴 때 이야기지 제가 스무 살이 다 됐는데 이
제 와서 아빠라고 하면 더 이상하잖아요, 어색해서 안 돼요."

"어색할 게 뭐 있냐, 그냥 하면 되지 아가 한번 아빠라고 해봐
라."

그래도 그녀는 끝내 아빠라고 부르지 않았다고 한다. 경어를
전혀 쓰지 않는 나에 비해 양희는 꼬박꼬박 경어를 사용했는데
그래서 더 어른들 공대에도 깍듯했다. 양희의 어머니는 그때 위
암 투병 중이었는데 아마 위중했던 것 같다.

막내딸이 고등학교 졸업하기 직전 생을 마친 어머니는 시골서
장사(葬事)를 지냈는데 온 일가친척이 다 모였다. 장사 지내는
내내 막내딸에 대한 배려가 끔찍했던 모양이다. 당시로선 철저하
게 금기시 되었던 이성교제까지 거론하며 막내딸의 상처를 무마
하려 했다.

그리고 아버지가 생존해 계실 때 막내딸의 결혼을 서두르라는
재촉도 이어졌다. 그녀는 형편에 따라 오빠들 집을 오가며 살았
는데 자신의 처지를 서가식 동가숙으로 표현할 때도 많았다.

어쨌거나 나는 사랑받는 그녀의 처지가 여간 부러운 게 아니었
다. 그녀는 군대 간 막내오빠와도 편지를 주고받으며 절친했다.

무관심의 사각지대에 살던 나는 모든 게 고통의 연속이었다. 병든 몸은 늘 죽음의 시기만을 카운트다운 했고 마음은 우울증과 열등감으로 혼절할 지경이었다.

"양희야, 나는 말이지 이다음에 소설가가 될 거야, 왜냐하면 난 난 잘하는 게 아무것도 없기 때문이야."

"소설 써서 어떻게 밥이나 먹고 살겠니? 소설보다 전공을 잘 선택해서 돈도 벌고 소설도 쓰면 어떨까."

말은 그럴 듯했지만 사실은 내 아둔한 두뇌를 꾸짖고 야유하는 것이었다. 그녀는 어디까지나 현실적이었고 어려움 없이 평탄한 삶을 산 탓인지 다른 사람의 상처나 고통을 전혀 이해하지 못했다.

내가 돈 한 푼이 없어 벼랑 끝 같은 고통을 호소해도 마찬가지였다. 더구나 사랑과 배려 없이 자란 내 처지에 대해서는 더더욱 이해하지 못했다. 나는 정신이 반쯤 나간 상태에서도 꿈과 환상에 매달렸다. 삶이 힘들면 힘들수록 더 미래에 집착했다.

허무맹랑한 공상과 신데렐라가 되는 꿈을 꾸었고 나를 괴롭히는 주변 인물들을 향한 복수를 소설로 대신하기도 했다. 삶은 내게 고문보다 더한 수치를 안겨주었고 나는 수십 번도 더 죽음의 언저리를 넘보다 가까스로 벗어났다.

양희는 생활은 힘들어도 사랑받기에 모든 걸 넉넉히 이기고 항상 긍정적이었다. 나는 백번을 죽었다 깨어나도 긍정적이 될 수 없었다. 지옥과 같은 상황의 되풀이 속에서 긍정적이 되라는 건 억지 춘향이 노릇하라는 것과 똑같았다.

현실은 지옥 같은데 미래는 화려한 성공만을 꿈꾸니까 자기기만과 같은 일들이 자꾸 벌어졌다.

바로 현실 부정이었다. 혼란한 정신 속에서도 열심히 공부한 결과 입시를 앞두고 상위권에 진입하는 결과가 나타났다. 전혀 예상치 못한 결과였다. 하지만 입시 결과는 줄줄이 낙방이었다. 그런대도 가족은 다행이라는 듯 안심을 했다.

대학 등록금을 대주지 않아도 되니 저절로 신바람이 나는 모양이었다. 경리를 하든 공장에 들어가 재봉틀을 밟든 돈이나 벌어서 동생들 뒷바라지나 하라고 매일같이 지청구를 주었다. 처음부터 내 대학입시에 반대했던 가족들에게는 천만다행인 모양이었다. 세상에 내게는 우군은 없고 모두 적군만 있는 거 같았다.

화가 난 나는 경기도에 있는 모 대학에 응시해 마침내 합격했다. 그런데 이상한 일이 벌어졌다. 당장 악담을 하고 난리를 칠 줄 알았는데 이상하게 조용했다. 분위기가 심상치 않았다. 가족들의 입가에 미소가 번지더니 서로 눈치만 살폈다.

아마 입학금 때문에 저러는구나 싶었는데 다음날 은행에 갔다 온 아버지가 돈 봉투를 내놓았다. 그렇게 입학금은 대출을 받아 해결했고 나는 처음으로 나를 인정하는 가족들의 얼굴을 볼 수 있었다.

입시를 앞두고 가족들 마음속에 있는 명암을 한꺼번에 본 것이다. 양희는 서울은 물론 지방대학까지 모두 떨어졌다. 실력도 안 되는데 높은 대학만 지망했기 때문이다. 사실 그녀의 입시를 앞두고 올케들은 엄청난 반대를 했었다고 한다.

양희의 오빠 대학 등록금 대는 것만도 허리가 휠 지경인데 시누이 등록금까지 대라는 건 무리라고 끝까지 우긴 것이다.

그런데도 양희는 끝까지 간호대학에 응시해 낙방의 고배를 마셨다. 양희의 실력으로 간호대학이라니 어림도 없었다. 입시에 실패하자 올케들은 그녀에게 취직할 것을 권면했다. 돈이나 벌어서 시집 갈 밑천이나 마련하라는 것이었다.

혹시 재수라도 할까봐 오빠들을 시켜서 직장까지 알선했다. 나는 대학생이고 그녀는 직장인인 처지에서 우리는 부지런히 만나고 정(情)을 쌓았다. 하지만 알지 못하게 질투와 시샘도 쌓여갔다. 그녀는 내가 다니는 학교를 심하게 폄훼(貶毀)했고 그럴수록 나 역시 그녀의 학벌을 마음속으로 조롱했다.

나는 전공을 잘못 택한 탓에 그 흔한 알바 한번 못하고 공부에 매달려 간신히 학점을 따 졸업했다. 자격증도 간신히 취득했다. 대학 4년 동안 내 가족은 등록금 마련하느라 피나는 고생을 했다.

아버지는 수없이 공사장을 전전했고 엄마는 부업하느라 손에 일거리가 떠날 날이 없었다. 나는 그 속에서도 더욱 이기적이 되어 갔다. 내 꿈을 위해선 모든 것을 희생시킬 수 있다고 생각했다.

동생들은 각자 알아서 공부했고 몸이 건강해 알바하면서 대학을 마쳤다. 나는 대학 졸업 후 취직하는데 목숨 걸다시피 해 한번도 백수 신세를 지지는 않았다. 하지만 그 결과로 소설을 포기했다.

그렇게 20대 중반을 지나며 결혼 적령기에 접어들고 있었다. 그때쯤 양희와 나는 만나기만 하면 결혼에 대해 이야기를 했다. 그녀는 가족들의 관심과 성원 아래 거의 일주일 간격으로 선을 보았다. 성격이 까다롭고 냉정하고 독선적인 나에 비해 양희는 긍정적이고 너그러웠다. 희생도 감수할 만큼 적극적이었고 걱정도 하지 않았다. 그간 직장생활 하면서 벌어 놓은 자금도 있었지만 무엇보다 그녀에겐 7남매라는 가족 후원군이 있었다.

"나는 별 걱정 안 해, 한 집에 한 가지씩 맡기면 돼, 큰오빠한테는 냉장고 둘째오빠한테는 세탁기, 셋째오빠한테는 장롱과 화장대 세트. 넷째오빠한테는 혼수일체를 맡기면 되고 언니한테는 텔레비전과 가전제품을 맡기고 막내 오빠는 미국에 가 있는데 현찰로 달라고 할 테야."

나는 속으로 부러워 죽을 지경이었다. 그러나 그녀는 맞선을 보는 족족 퇴짜를 맞거나 성사가 되지 않았다. 하나같이 못나고 부족한 놈들이 인물타령을 해댔기 때문이다. 그런데도 양희는 남자의 집안과 재산을 따지며 마치 제가 퇴짜 놓은 것처럼 말했다. 신랑감만 나타나면 당장이라도 결혼식을 올릴 수 있는데도 정작 당사자가 나타나지 않는 것이다.

반면 내 집안은 내 결혼에 대해서는 관심도 없었다. 대학 졸업하고 벌어놓은 돈도 없었고 동생들도 재학 중이었기 때문이다. 앞으로 돈 들어갈 일이 태산인데 내가 결혼한다면 당장 혼수해줄 돈도 없었다.

거기에다 나는 엄마를 닮아 어찌나 까다로운지 중매도 들어오지 않았다. 이제 해만 넘기면 양희도 나도 이십대 후반으로 넘어서는 겨울날이었다. 그날도 양희와 장래 이야기를 하는데 대판 싸움이 벌어지고 말았다.

행복한 가정을 인생의 성공으로 꿈꾸는 양희와 소설가가 되는 게 평생 숙원인 나와는 처음부터 가치관이 맞지 않았다. 양희는 집안이 좋고 재산이 있어야 행복한 가정을 이룰 수 있다며 나에게 꿈을 포기하라고 했다.

그날 나에게 얼마나 빈정대고 야유를 퍼붓는지 그동안 그녀의 말과 행동이 모두 위선으로 느껴질 정도였다. 그녀의 주된 요지는 소설이 밥 먹여 주냐, 능력 있는 남편 만나는 게 먼저라는 것이었다. 그러면서 한다는 말이 헛된 꿈꾸느라 세월 낭비하지 말고 일찌감치 정신 차리라는 것이었다.

그날 대판 싸우고 돌아선 나는 그녀에 대한 생각이 싹 바뀌고 말았다. 하지만 시간이 흐르자 아쉬운 생각이 들었다. 나는 그녀 말고 딱히 친하게 지내는 친구가 없었기 때문이다. 시간을 내 만났는데 이번에도 저번처럼 또다시 대판 싸우고 말았다.

화가 난 나는 지방 공무원 특채로 가는데 서명하고 말았다. 가기 전 종로 2가에서 버스를 기다리고 있는데 양희의 모습이 보였다. 그날 YMCA에서 강의가 있었는지 양희가 어떤 여자와 이야기를 하며 서 있었다.

잠시 눈길이 마주쳤는데 나는 그만 버스에 올라타고 말았다. 그게 그녀와 마지막 만남이었다. 그리고 30년 세월이 흘러갔다. 그녀가 헤어지기 전 내게 한 말이 생각난다.

"너 그렇게 까다롭게 굴다간 평생 면사포 못 써. 사람이 대충대충 할 줄도 알고 허물도 덮어주고 그래야지, 어떻게 완벽한 걸 기대하니? 백날 기다려 봐라 그런 남자 나타나나."

참다못한 나도 한마디 했다.

"그래, 가문 좋고 재산 쌓아놓은 남자가 퍽이나 너 같은 걸 좋

아하겠다. 길에 나가 봐라, 너보다 잘 빠지고 인물 좋은 여자들이
얼마나 많은지."

"그런 넌 뭐 잘난 줄 아냐?"

우린 그런 식으로 서로 물고 찢으며 싸웠던 것 같다. 그녀와
헤어지고 나서 우리 가정에는 많은 아픔이 있었다. 지병을 앓던
엄마가 하늘나라로 갔고 동생들은 인물이 좋고 능력도 많은데 이
상하게 결혼이 안 됐다.

그건 나도 마찬가지였다. 애초부터 가족들에겐 이상하게 만남
의 축복이 없었다. 우연이라도 단 한 번의 행운도 따라주지 않았
고 걸핏하면 악재가 끼어들어 하루도 평안할 날이 없었다. 사람
이 노력한다고 복을 받는 게 아니라 복은 권능자가 주어야만 하
는 것이라더니 그 말이 맞는 것 같았다.

악재에 치이고 직장에 매달리면서 세월이 간단하게 흘러가던
가던 어느 날 나는 꿈을 꾸었다. 그건 많은 사람들 앞에서 상(賞)
을 받는 것이었다. 무슨 상인지 잘 모르겠지만 암튼 사람들이 많
이 모인 것으로 보아 괜찮은 상임에는 틀림없었다.

꿈에서 깨어난 나는 오랜만에 컴퓨터 앞에 앉아 글을 썼다. 신
문 시사 내용을 본 딴 글을 쓰거나 간단한 에세이를 썼다. 그동안
공직 생활 하느라 축적된 노하우도 십분 활용했다. 그렇게 필력
을 쌓으면서 소설을 쓰는 데는 많은 시간이 걸렸다.

옛날의 기억 하나를 떠올려 소설로 꾸며 쓴 글이 있었다. 기승
전결을 제법 갖춘 글이라 생각돼 우연히 투고했는데 그야말로 기
적적으로 당선이 되었다. 드디어 필생의 꿈을 이룬 것이다. 그렇
게 꿈을 이루고 등단 작가가 된 것까진 좋았는데 느닷없이 백수

가 되었다.

정리해고 일 순위가 되어 밀려 난 것이다. 공직사회에도 해고 바람이 밀어 닥쳤는데 그 일 순위 희생자가 내가 된 것이다. 정확하게 말하자면 내가 근무하던 부서 자체가 사라진 것이다. 그런데도 나는 하나도 걱정하거나 슬프지 않았다.

본격적으로 내 꿈을 펼칠 시기가 왔다고 생각한 것이다. 소설을 쓰면서 나는 맞선이라는 행태를 수없이 겪었다. 안 될 줄 알면서도 맞선 현장을 누빈 것은 소설 소재감을 찾을 겸 현실 감각을 익힐 겸 겸사겸사였다.

30대 중반에서 시작된 맞선 행렬은 40대 중반쯤에 이르러 중단됐다. 그동안 나는 맞선을 통해 소설 소재를 무진장 건져내면서 느낀 사실이 있다.

인간은 누구나 악하고 교만하다. 그 근저에는 이기심이 독소처럼 깔려 있기 때문이다. 겉으로 사랑을 외치는 인간일수록 남을 이용가치로 알고 깔고 뭉개려고 한다. 그런데도 여자들은 하나같이 사랑받기 위해 목숨을 건다.

살을 빼고 화장품으로 자신을 치장한다. 그런가하면 못나고 무능한 남자일수록 여자에게 미모와 능력을 원한다. 갖은 사탕발림으로 여자의 혼을 빼내고는 사랑이라고 적당히 둘러대고 끝없이 희생을 강요한다.

그렇게 어떤 여자는 평생을 백수건달로 놀고먹는 남편을 먹여 살렸다고 한다. 그런데 희한한 사실이 있었다. 나는 어쩌면 그 많은 만남 속에서 한 번도 괜찮은 남자를 만나보지 못한 걸까.

사람들이 내게 맞선 상대로 내미는 사람들은 하나같이 나보다 학력 낮고 무능력한 사람들이었다. 죽을힘을 다해 대학을 나왔는데 나보다 학력 낮은 남자를 들이미는 것이다. 그것도 어쩌다 한두 번이지. 나중에는 누군가 중매하겠다고 하면 내가 먼저 말했다.

그 남자 나보다 학력 낮은 사람 맞지요?

인간관계에 악마가 존재했던 걸까. 아무리 재수가 없어도 그렇지. 실망감은 분노가 되고 원한이 되어 가슴속에 쌓여갔다. 나는 그 모든 분풀이를 소설에다 풀었고 어느 날 글을 쓰다 중요한 사실을 깨달았다.

복의 근원은 신(神)에게 있다는 사실이었다. 그래서 세계에서 가장 크다는 교회에 나가 신을 향해 따지고 항변했다.

도대체 당신이 생각하는 복의 기준은 무엇인가요?

당신은 무오의 진리, 전능주 창조주시라면서요?

아무리 따져도 신은 묵묵부답이었다. 그래서 이번에는 성당에 나가 신부(神父)에게 물어 보았다. 그랬더니 신부는 내게 성경을 읽어 보라고 했다. 그러다 나는 어느 날 은혜(恩惠)라는 단어를 깨달았다. 값없이 주시는 신의 선물이 은혜라는 것이었다.

맞선 행렬을 끝내고 나자 글의 소재가 말라갔다. 그래서 나는 툭하면 여행을 떠나고 도서관에 처박혀 책을 읽거나 그도 아니면 교회에 나가 목사의 설교를 들으며 소설 글감을 찾았다. 그리고 컴퓨터 앞에서 엄청난 분량의 소설을 써대기 시작했다.

세상은 문학사망 시대라고 떠들어 댔지만 내 책은 재고도 없이 잘 팔려 나갔다. 돈 문제도 술술 잘 풀렸다. 툭하면 병원 신세지기 바빴던 육신도 건강 체질로 바뀌었다. 남들은 건강했던 사람도 중년이 되면 병원 신세 지기 마련이라는데 나는 정반대였다. 어느 날 나는 강대상에서 중요한 소식을 들었다.

그건 다름 아닌 꿈이 미래를 이끌어 간다는 사실이었다. 꿈은 장래를 이끄는 원동력이 되어 삶의 조건들을 만들어간다는 것이었다. 그것이 바로 신의 은혜이며 축복이라는 것이었다. 어느 날 내게 지인(知人)이 다가와 말했다.

한량이 따로 없군, 복이 터져서 소설이나 쓰고 앉아 있으니. 밥은 제대로 먹고 사쇼?

그럼 너는 내가 굶고 사는 줄 알았냐? 나는 한마디 쏘아붙이려다 참았다. 한번은 자고 일어났는데 전화가 왔다. 문학상 후보로 결정되었으니 참석하라는 것이었다. 꿈이 현실로 나타나는 순간이었다. 그날 나는 하루 종일 얼마나 웃었는지 모른다.

꿈꾼 지가 언젠데 벌써? 내 이름은 인터넷 검색코너에 대고 치면 담박 뜬다.

이것도 꿈의 결과인가.

내가 소설을 쓴다고 하면 사람들은 내 귓가에 대고 별별 소리를 다했다. 99퍼센트 이상 부정적이고 악담에 가까운 소리였다. 소설을 써내려가던 어느 날 양희가 생각났다. 속에서 참회의 목소리가 들려왔다.

세월이 오래 지났지만 이제라도 사죄하고 싶었다. 질투라고 하지만 그녀에게 너무 많은 상처를 준 것 같다. 남의 처지를 비웃고 조롱한 건 악마의 처사와도 같다. 그때 내 안의 악마가 속삭였다면 이제라도 사죄해야 한다.

인터넷을 뒤적였지만 양희에 대한 연락처를 찾을 수는 없었다.

순간 내 안에 기지가 떠올랐다. 그녀와 친했던 홍경자가 생각났다. 인터넷 검색에 홍경자를 입력했더니 그녀의 남편에 대한 기사가 떠올랐다.

미국에 갔다가 얼마 전에 귀국했는데 그가 목회자로 변신했다는 것이었다. 기사는 짧은 간증 내용이었는데 아내에 대한 사랑과 은혜로운 단어들로 채워 있었다. 나는 그녀가 속한 단체에 전화해 당장 연락처를 알아냈다. 그리고 양희에 대한 연락처도 알아냈다.

"나 그동안 미국 가서 생활하느라 잘 몰라, 내가 전화번호를 알려줄 테니까 거기한테 물어봐."

그 전화번호는 양희의 올케였다. 경자가 미국에서 목회할 때 많은 도움을 주던 사람이라 했다. 다른 소식은 묻지 않았다. 양희와 고등학교 동창인데 소식이 궁금해서 전화했다고 했더니 흔쾌히 전화번호를 알려 주었다.

그 말 몇 마디 하는데도 얼마나 가슴이 쿵쾅거렸는지 모른다. 마치 도둑질하다 걸린 것처럼.

창밖에는 아직도 눈발이 거세게 날리고 있었다. 양희는 마치 인생에 달관한 사람처럼 보였다. 나는 내 처지에 대해 숨긴 것에 약간의 가책이 있었지만 이왕 이렇게 된 것 할 수 없지 하고 말았다.

사실 암 수술했다는 말도 새빨간 거짓말이었다. 그러니까 나는 양희를 만나 이야기하는 동안에도 소설을 써대고 있던 것이었다.

"자경아, 너 상조보험이라고 들어봤니?"

"응, 들어 본 것 같은데 왜?"

"응, 우리 나이면 이제 죽음도 준비해야 할 시기가 된 것 같애, 내가 사실은 상조회사 보험 영업도 하는데 하나 들어줄 수 있니? 한 달에 삼만육 천 원만 내면 돼, 백번 내는데 들어놓으면 좋을 거야, 사람이 막상 죽으면 정신이 하나도 없잖니, 그때 상조회사에서 모든 장례절차를 대신해 주는 거야."

"그럼 삼백육십만 원이네, 그렇게 싸?"

"그래, 전국에 체인망을 갖고 있어서 그런 거야."

"한 번에 삼만 육천 원이면 괜찮네, 내가 하나 들어줄게, 동생들한테도 말해서 들어주라고 할게."

"자경아, 너무 고맙다. 오늘 너 만나길 정말 잘한 것 같애."

"뭘 그런 걸 가지고. 양희야, 저기 건너편에 음식점이 있는데 스테이크를 아주 잘해, 내가 저녁 살게 같이 가자."

"아니, 아니 내가 사야지."

"아니, 내가 그 정도는 살 능력이 있어, 나는 자유거든."

"자유? 자유라니 그게 무슨 소리야?"

"그런 게 있어, 어서 나가자."

양희와 함께 7080 카페를 나서는데 눈발이 우리들의 어깨에 사정없이 날아와 앉았다. 개울물은 눈과 함께 하얗게 이불을 뒤집어쓰고 마음마저 깨끗이 씻어내고 있었다. 나는 지난 세월 양희에게 하고 싶었던 말을 끝내 하지 못했다.

레스토랑에서 스테이크를 사주면서 덕담 몇 마디 했을 뿐이다. 마지막으로 자리에서 일어나면서 말했다.

"앞으로 자주 만나자, 가끔 내 시상식에도 찾아와 주고."

"시상식이라니? 아이들한테 무슨 좋은 일 있는 거니?"

"응, 그런 게 있어. 나중에 또 만나자, 눈길에 길조심 하고."

이제 예술공원은 관악산과 함께 거리와 건물 아스팔트가 모두 눈 천지로 변해가고 있었다. 쏟아지는 눈발 속에 반달이 희미하게 웃고 있었다. 며칠 후, 나는 경자로부터 양희에 대한 소식을 들었다.

"양희가 평생을 제 오빠 집에 얹혀살다가 이제 독립을 하려고 하는데 힘든가 봐, 요즘 보험 세일하고 있다고 하니까 니가 좀 도와 줘라."

"오빠 집에 얹혀살다니 그게 무슨 소리야? 지난달에 남편 죽고 아들 딸도 잘 있다던데."

"그거 걔가 꾸며낸 거짓말이야, 남편은 무슨……. 여적 시집 한 번도 못 간 싱글이다."

"뭐야?"

"앞으로 너희 싱글들끼리 잘들 지내보셔, 그럼 난 이만 전화 끊는다."

전화를 끊는데 손목에서 스르르 힘이 빠져나갔다. 그날 예술공원에서 양희를 만났던 일이 꼭 소설을 썼던 것만 같다.

(2013년 만다라문학)

작가의 말

음악인에게는 음감이 있고 미술인에게는 색감이 있고 문학인에게는 영감이 있다.

이것이야 말로 일반인과 예술인과의 차이다.

예술은 천부적인 재능에 의해 펼쳐지는 창조적인 행위로 범인과는 확실히 구분된다. 무에서 유를 창조하는 것은 어떤 과학의 힘으로도 풀 수 없는 예술인들만의 고유 영역이다. 또한 예술인들은 일반인들과 달리 사고방식은 물론이고 가치관이나 삶의 형태도 다르다.

어린 청소년 시절.

나는 다락방에 누워 상상했다.

소설가가 되어 창작에 몰입하는 내 모습을. 장마가 져서 흙탕물이 범람하는 계단을 보면서 난 이미 상상 속에서 소설가가 되어 있었다. 내 삶은 온통 소설을 위한 무대였다. 소설가의 인생만 살 수 있다면 다른 것은 아무래도 상관없을 것 같았다.

난 꿈꿀 수 있는 자유를 사랑했고 현실이 아닌 환상에 더 많은 시간을 할애했다.

작금의 인터넷이나 스마트폰 시대가 올 거라곤 상상도 하지 못했다. 현대인들은 시간을 인터넷과 스마트폰에게 빼앗겨버린 채 미디어의 범람 속에 살아간다. 독서는 스마트폰으로 대신하고 돈이라는 가치 척도에만 매달린다. 이제 문학은 그 기능마저 위태로운 가운데 있다. 얼마 안 가면 문학은 문학인들만의 집안잔치로 끝날 공산이 크다.

독자의 수는 나날이 줄어 기사회생의 기미마저 전혀 보이지 않고 있다. 그러함에도 작가는 쓰고 또 쓴다. 돈이 생기지 않는다고 해서 창작을 포기할 수는 없다. 순수성을 잃어가는 현대인들의 감성에 문학이라는 생기를 불어놓고 싶어서다.

요즘 인터넷을 뜨겁게 달구는 것 중의 하나가 미투 운동이다.

썩어빠진 정치인이야 그렇다 치더라도 영혼의 순수성을 지켜야 할 예술계마저 성폭력이 만연한 사실을 두고 사람들은 이렇게 말할지 모른다.

너희 영혼부터 치료하고 반성해라.

모든 행위는 마음에서 시작한다. 마음을 정화하고 바른 양심을 갖는다면 남의 영혼을 망가뜨리고 일평생을 상처와 고통 속으로 밀어 넣는 폭력을 저지르지는 않을 것이다. 문학은 상한 감정을 치유하고 죽은 감성을 일깨움으로 영혼의 순수성을 제고하는데 있다. 그 기능을 담당하고 싶어 작가들은 오늘도 힘겨운 현실과 싸우고 있다.

내가 쓰는 소설은 주로 심리소설이다. 마음 근저에 있는 상처를 끌어올려 그것을 객관화함으로 치유책을 제시하고 있다. 그래서 부정적 사고 (Denial)와 투사(Projection)에 시달리는 독자들에게 작게나마 공감대를 전하고 싶다.

이번에 내는 소설집 '어떤 이별'은 내 18번째 저서이다.

신보헤미안 외에 10편의 단편이 수록돼 있다. 주변에서 겪는 많은 인생 이야기에다 허구를 덧입혀 스토리로 엮어 보았다. 독자들과의 공감대를 기대하며 살아계신 하나님께 감사의 기도를 올린다.

이번에도 어려운 출판 환경에도 책을 내주신 도서출판 한글의 심혁창 아동문학가님께 깊은 감사를 드린다.

올 2018년도는 독자들 삶속에 형통의 축복이 임하기를 기도드리며.

신 외 숙